星降る夜に

シナリオブック

Contents

第1話

君と初めて出会ったのは、星降る夜のことだった

★プロローグ①

広がる満天の星――

無音。

★プロローグ②

夜のキャンプ場。

やはり無音。

湖の桟橋の先で、ひとりの青年（柊一星）が、三脚を立てて、夜の空の写真を撮っている。

満天の星は湖面にも映っており、360度星のような風景。

ややあって一星は、違うカメラで、空以外の風景も撮り始める。

一星「(人の気配を感じる)………？　(振り返る)」

桟橋の入り口に立っている女性（雪宮鈴）がいて、こちらを見ている。

何かを話しかけるその女性に、思わず見とれる一星。

一星「(そのまま、吸い込まれるようにシャッターを切る)」

驚いた顔の女性。

一星「(そのまま撮り続ける)」

文字が出る。

『君と初めて出会ったのは、星降る夜のことだった』

★　★　★

時間経過して――

鈴のテントの前で、お酒を飲んでいる鈴と一星。

★　★　★

再びカメラを持ち、鈴を撮り出す一星。

一星「(写真を撮りながら、鈴の顔に近づき、カメラを外して、突然、鈴にキス)」

鈴、思わず一星を殴る。

一星「(ひるまない。微笑んでいる)」

一星の反応に戸惑っている鈴。何かを話そうとしているが人差し指で唇に触れ、それを遮る一星。

そのまま、2度目のキス。なぜか拒まない鈴。

★(日替わり)

海辺のマロニエ産婦人科医院・外来診察室

産婦人科医師の雪宮鈴(35)と、看護師の伊達麻里奈(25)が、NSTを装着して、胎児の心拍を確認している。

鈴「荒井さん、やはり赤ちゃんの心拍の音がちょっと弱いです。陣痛待たずに、今すぐ帝王切開しましょう」

荒井「え、帝王切開?」

鈴「手続きなどはご家族に連絡するので」

荒井「あ、赤ちゃんは、赤ちゃんは大丈夫なんですか!? あいたたたたたた」

伊達「どうしました!?」

荒井「あれっ陣痛も来たような気がする、うううううう」

モニターの胎児の心拍、どんどん落ちる。

鈴「家族に連絡、点滴の準備。院長と佐々木先生呼んで。カイザーするよ」

★**同・廊下**

手術室に向かって颯爽と走る産婦人科医・佐々木深夜(45)。長身で美しく白衣の似合うベテラン医師に見えるが実は新人。

トイレから、看護師・蜂須賀志信（30）が、検査用に採取した尿3人分のコップを持って出て来て、深夜と激突。

検尿が深夜の白衣にもろにかかり、床にもこぼれる。

素早く飛びのいた蜂須賀は無事。

深　夜「………！」

蜂須賀「あ〜あ〜やっちまったやっちまった〜」

深　夜「すみません………」

蜂須賀「なんつーか、ホンット顔だけっすよね」

深　夜「本当にすみません、顔だけで」

蜂須賀「尿もらい直すのダル………掃除オナシャ〜ス（と何もかも放置して、去ってゆく）」

深　夜「い今僕、手術室に呼ばれ（てるんですけど）………」

そこにやって来る看護師長・犬山鶴子（50）。

犬　山「佐々木先生、オペやるよ！　ってか何なんだ、このオシッコ」

深　夜「すみません、僕がその蜂須賀さんにぶっかってしまって」

犬　山「ボーっと生きてんじゃないよ、佐々木先生！　早く着替えて！　やる気元気佐々木！　返事！」

深　夜「ハイッ」

★同・手術室

妊婦には全身麻酔がかかっており、鈴の執刀で帝王切開中。

助手は深夜。機械出しは伊達。

麻酔医は院長の麻呂川三平（63）で、モニターを見ている。

助産師資格のある犬山もいる。

鈴「（深夜に）ちゃんと腹膜把持して」

深　夜「ああ～………（手際が悪い）」
鈴「（伊達に）クーパー。卵膜破膜します。（深夜に）羊水吸引」
深　夜「はいぃっ………」
鈴「頭出たよ、胎児娩出します。臍帯クランプして」
お腹の中から赤ん坊を取り上げる鈴。
犬　山「よし来た!………ん?」
犬山が受け取り、背中をさする。
しかし産声を上げない赤ん坊。
麻呂川「おろ………」
伊　達「泣かない………」
深　夜「あ～………どうしましょう、赤ちゃんが（と鈴を見てオロオロ）」
鈴「佐々木先生、子宮筋膜縫合お願い」
深　夜「は………」
鈴、急いで聴診器で赤ん坊の心臓の音を聴く。

鈴「………（どくんどくんと聞こえる）」
鈴、心音を聴きながら足の裏を刺激する。
やがて、びえ～～～と産声を上げる赤ん坊。
犬　山「よっしゃ!」
一　同「（ホッ）」
麻呂川「バイタル安定。（鈴に）お母さんも順調よ」
鈴「（深夜が縫合を始めていないのを見る）縫合、どうしたの?」
深　夜「あっ、あああ今………」
鈴「もういい、わたしがやります」
深　夜「（呆然）………」
鈴「マチュ30、クーパ（手際よく縫合を始める）」

★同・病室

麻酔から覚めた母親のもとに鈴、深夜、おくるみにくるまれた赤ん坊を抱いた犬山が来る。

鈴「元気な男の子ですよ」
犬山「ほぉら、ママですよ～」
荒井「わぁ～」
深夜「おめでとうございます！　よかった……本当によかった（と言いながら変な顔になる）」
鈴「…………（深夜を見て）」
犬山「また変な顔して」

★同・スタッフ控室

入って来た鈴が、自分宛の郵便物を見ている。
法律事務所からの封筒がある。

鈴「（封を切る）」
出て来た書類は医療過失についての通知書である。

鈴「…………」
麻呂川が入って来る。

麻呂川「雪宮先生、ご苦労さん、午後は任せて」
鈴「すみません、今日は満月の大潮で、忙しくなるかもしれませんけど、よろしくお願いします」
麻呂川「大丈夫大丈夫」
鈴「じゃお先に（と帰って行く）」
麻呂川「お疲れさん」
ややあって、深夜が入って来る。

深夜「あ、院長」
麻呂川「今日もいっぱい叱られたけど、大丈夫？」
深夜「はい……………すみません」

麻呂川「謝ることはないよ。何でも一喜一憂しちゃうピュアな新人はかわいいもんだ」

深　夜「頑張ります。今朝のお産でも思ったんですけど、一組の男女が出会う確率、その男女の中の1個の卵子と1匹の精子が出会う確率、その受精卵が無事にお腹の中で育ち、人間として生まれて来る確率、それらを全部かけあわせると、約1000兆分の1じゃないですか」

麻呂川「おお～急にすごいしゃべるね」

深　夜「まさに奇跡だなって思うと、胸が、いっぱいになってしまって……」

麻呂川「それで、あの変な顔になっちゃうんだ（笑）」

深　夜「変な顔？　僕、変な顔してましたか？」

麻呂川「うん、変な顔しててもイケメンだけどね」

深　夜「……？」

麻呂川「まぁ一見ベテランに見えるところが、患者さんを混乱させそうで心配だけど……45歳の新人先生、頑張ってよ」

深　夜「はい、頑張ります」

★キャンプ場

夕方、ソロキャンプ準備中の鈴。
テントを立てたり、お湯をわかして焼酎お湯割りを作り、音楽に乗って、体を少しだけゆすったりしながら――。

★　★　★

夜になっている。

鈴「（空を見上げる）……」

満天の星。

鈴「……」

鈴の視線の先に、湖の桟橋の先で、写真を撮っている青年（柊一星）がいる。

鈴「……？」

美しい青年がカメラを覗く姿は、絵になっている。

違うカメラで、空以外の風景も撮り始める青年。

鈴「(しばらく見ている)」

鈴、立ち上がって、一星の方に歩いて行く。

一星「………(気配に気づき、鈴を見る)」

満天の星が、湖面にも映っている。

桟橋の上に2人。

鈴「………きれいですね。星が降ってるみたい」

一星「(カメラを鈴に向け、鈴の写真を撮る)」

鈴「………! (断りもなく撮るなんて、と思う)」

一星「(そのまま写真を撮り続ける)」

鈴「………(手で顔を隠し) やめて下さい」

一星「(撮った写真を見て、いいと思う)……

……(鈴に歩み寄り、撮った写真を見せる)」

鈴「(予想外によく撮れているとは思うが、顔には出さない)………写真家さんですか?」

一星「(聞こえない)………(また近くで鈴を撮ろうとする)」

鈴「(手で遮る) やめて下さい、もう」

カメラを鈴が振り払おうとすると、一星はバランスを崩し、カメラを落としそうになる。

あっと、手を出す鈴。

一星と鈴の手が触れ合う。

アッと顔を見合わせる2人。

一星「(危ないじゃないか! と、キッと厳しい表情になる)」

鈴「………(そっちがいきなり写真撮るのが無礼だろう)………」

一星「（スタスタと鈴のテントの前に歩いて行く）」
鈴「………？」
一星「（鈴が座っていた椅子に座る）」
鈴「………！」
一星「（鈴が持って来ていたコップで、鈴の焼酎を勝手に注ぎ、ドンと乱暴に大きな音を立ててボトルを置く）」
鈴「………！」
一星「（焼酎をストレートで飲む）」
鈴「いただきますくらい言ったらどうですか？」
一星「（いただきます、というようにコップを上げる）」
鈴「（一星の態度が意味不明）…………（さっきの残りのお湯割りを飲むが冷めている）………（ゾクッとして）さぶ〜」
一星「（立ち上がり鈴の前に来て、自分のマフラーを取り、鈴の首に巻く）」
鈴「………！」
一星「（じっと鈴を見る）」
鈴「…………（本当に寒いので、口元までマフラーを上げる）」
一星「…………（指でマフラーを下ろし、鈴の口元を出す）」
鈴「（キスするのかと身構え、体を引く）」
一星「（キスする気はなく、カメラを再び手に取り、鈴を撮り出す）」
鈴「…………（キスだと構えた自分が恥）……………」

★　★　★

ファインダーの中の、美しい鈴。

★　★　★

一星「（イイ女だと思う）」
鈴「（元の椅子に座り、焼酎のお湯割りを作り直す）」

一星「(撮り続けている)」

不愛想だが、色っぽく見えるファインダーの中の鈴。

一星、俄然欲情する。

★　★　★

一星「(写真を撮りながら、鈴に近づいて行く)」

鈴「(しゃべらない不思議な青年に写真を撮られ続け、酔いが回る)」

一星「…………」

鈴「星撮ってたけど、星のこと、くわしいんですか?」

一星「…………」

鈴「何でしゃべらないの?」

一星「…………」

鈴「(空を見上げ)シリウス………ペテルギウス、オニオン、ん? (あれ、何? と一星に聞こうと、一星の方を見た瞬間)」

いきなり一星が鈴にキス。

鈴「……!!」

鈴、思わず一星を殴る。

鈴「あっ……ごめ……」

一星「(ひるまない。微笑んでいる)」

鈴「……何なの?」

一星「(人差し指で唇に触れ、言葉を遮る)」

鈴「……?」

一星「(2度目のキス)」

鈴「(なぜか拒否しない)」

★(日替わり)同・テントの中

翌朝。

鈴が目を覚ます。

鈴「(頭が痛い)……?」

★　★　★

断片的に思い出す昨日のこと。

ひとりで手際よくテントを立てる鈴。

わたしの焼酎を勝手に飲む、図々しいが、かわいい顔の青年。

キスして来た！

★　★　★

鈴「ほん？」
ふと見ると、見覚えのないマフラーがある。
鈴「…………？？？」
立ち上がり、外に出て行く鈴。

★同・テントの外

鈴が出て来ると、昨夜の青年が荷物を背負い、帰ろうとしている。
鈴「…………あの…………」
一星「（気配で振り返る）」
鈴「あんまり、覚えていないんだけど、わたし……」
一星「（無表情で、おもむろに何か手話をして、けだるく帰って行く）」
鈴「…………？？？」

★鈴の自宅マンション・表

入って行く鈴。

★同・ＬＤＫ

１ＬＤＫの間取り。

キャンプ用品を抱えて、帰って来る鈴。

すぐパソコンを開いて「手話　辞典」と打ち込むが、「50音順で探す」というページしか出て来ない。

鈴「ん〜…………」

一星の手話をもう一度思い出す。

鈴「これはあなた、だよな………（バカの形）
これは？………ぱふぱふ？　あなた、
ぱふぱふ。（拭き掃除の形）ばいばい？
あなた、ばいばい、ぱふぱふ？……わか
らん………」

　つぶやきながら激しくパソコンを打っ
て検索を繰り返すが「手話　イラスト
検索」「手話　あいさつ」「手話　ばい
ばい」「手話　ぱふぱふ」などあれこれ
調べるが、なかなか正解に辿り着かな
い。

鈴「はっ！　嘔吐物、これゲロ？　ゲロだ…
………あなた、ゲロ、掃除………ぱふ
ぱふ、ぱふぱふは何？」

　と調べ続けて、時間経過。
　やっと辿り着く。

鈴「………！」

★　★　★

　フラッシュバックする一星の最後の手
話に、鈴の声がかぶる。

鈴の声「お前のゲロ、全部片付けた、バ〜カ」

★　★　★

鈴「バカ！（呆然）………え、ゲロ、どこ
で………（ハッとして荷物の中から、マフ
ラーを出して臭いを嗅ぐ）くっさ……
…！（速攻ゴミ箱に捨てる）」

　心を落ち着かせて、もう一度考える鈴。

鈴「………最悪………」

★（日替わり）
マロニエ産婦人科医院・外観

★同・外来診察室

　2、3日後。
　34週くらいのお腹の大きな妊婦（芝里

子）が定期健診に来ている。気の弱そうな夫（芝正一）もついて来ている。
超音波で胎児の様子を見ている鈴。

鈴「赤ちゃんの体重は、3000グラムありますね。胎盤の位置も羊水の量も問題ありません」

里子「お腹がどんどん大きくなって不安なんですけど」

鈴「3000グラムは大きいですが、大き過ぎということはありません」

里子「姑が早く産まないと難産になるって言うんですよ」

鈴「奥様も赤ちゃんも順調ですので、このまま自然な陣痛を待つ方がいいと思いますよ」

正一「は………」

里子「まったく、は、しか言えないんだから、バカ」

鈴「あと1カ月です、一緒に頑張りましょう」

里子・正一「はい（は）」

★　★　★

時間経過して——
違う妊婦を診ている鈴。
この妊婦はひとりで来ている、お腹もさほど大きくはない。

妊婦1「先生、トイレ掃除をするとかわいい子が生まれるってホント？」

鈴「は？」

妊婦1「SNSで見たんだけど」

鈴「迷信です」

妊婦1「だよね」

鈴「ネットを何でも信じないで下さい」

★　★　★

時間経過して——
違う妊婦を診ている鈴。妊婦の夫も一緒に来ている。

鈴「足のむくみはないですか？」
妊婦2「スッゴ〜イ。何でわかるの、先生」
鈴「医者ですから。ご主人、奥様のふくらはぎ、こういう風にマッサージしてあげて下さい」
夫「（やってみる）大変ですね、これ」
鈴「奥様とお子さんのためです」
犬山が顔を出す。
犬山「失礼します。先生、東京の都中央病院からお電話です」
鈴「都中央病院？」

★同・医局

電話に出る鈴。
鈴「はい、雪宮です」
声「雪宮愛子さんのご家族の方でしょうか？」
鈴「雪宮愛子は母ですが」
声「1週間前にご入院になった雪宮愛子様、先ほど、心不全のためお亡くなりになりました」
鈴「………!!」

★（日替わり）斎場つき火葬場・外観

★同・遺族控室

2日後。
火葬中、待っている遺族。愛子の写真もある。
鈴と、遠い親戚が3、4人いるだけ。
乾き物のつまみで飲んでいる男の親戚もいる。
鈴「（ぼんやり座っている）」

親戚も親しいわけでもなく、鈴は浮いている。

親戚1 「鈴ちゃん、ピーナツ、食べない？」

鈴 「…………（食べる気にならない）」

親戚2 「今、海の近くの病院に勤めてんだって？」

鈴 「はい」

親戚2 「何で辞めちゃったの、大学病院」

親戚1 「（あんまり聞くな、という目で親戚2を見る）」

親戚2 「お母さん、前から悪かったの？」

鈴 「…………（気づかなかった。ずっと母親にも会っていなかった）…………ちょっと…………（と、トイレに行くような振りで出て行く）」

親戚1 「（余計なことを言うからよ、と親戚2を見る）」

親戚2 「トイレでしょ」

★同・外通路

歩く男の後ろ姿。その手には星があしらわれたボックス。

★同・中庭

建物を出て来る鈴。

鈴 「（空を見上げる）…………………（やりきれない気分）…………（空から地上に視線を下ろすと、視線の先に一星がいる）………？（じっと一星を見る。どっかで会ったことある………誰だっけ？）」

気配で一星が、鈴の方を見る。

目が合う鈴と一星。

お互い、すぐにはあの夜のキャンプ場にはつながらない。

一星「………！」

鈴「………！」

一間あって、思い出す2人。

運命の再会だ。

★タイトル

★（時間戻り）
実景・朝の海街

★遺品整理の
ポラリス事務所・外観

★同・中

時間を半日遡って、その日の朝。

「遺品整理のポラリス」の社長・北斗千明（ほくとちあき）（45）と社員の一星、佐藤春（さとうはる）（30）、事務員兼鑑定士の服部洋美（はっとりひろみ）（45）、新人社員・桃野拓郎（もものたくろう）（22）、ベテラン風な中年・岩田源吾（いわたげんご）（50）が、朝礼を行っている。まるでベンチャー企業のような雰囲気。

事務所の壁には、遺品整理、生前整理、特殊清掃、空き家清掃、遺品のリサイクルや買取、遺品供養などの、オシャレなポスターや、お客様の声（感謝の手紙）などが貼ってあり、パンフレットなども置いてある。

『こころに寄り添う、遺品整理』『捨てる？　捨てない？　思わぬお宝発見も？』『明るく、素早く、ハッピーな終活！』『天国へは身軽で行こう！』など明るいキャッチコピーが並んでいる。


北斗「おはようございます。先月の集計が出たんだけど、生前整理の売り上げがいい感じなの」

一星は、会社支給のタブレットでUDトークアプリを横目で見ながら朝礼に参加している。

北斗「今の3倍くらいは軽く見込めると思うので、会社としても営業するけど、ひとりひとりがそのつもりで宣伝してね。今、この業界は来てるから」

春「(桃野に) いい会社に就職したな」

桃野「ハイッ」

北斗「5年後に上場するから」

桃野「ホントですか！」

岩田「社長、はしゃぎ過ぎです」

北斗「では、みんな今日の予定確認。わたしはえっと、桃野と岩田さんと遺品整理か」

服部「見積もりで行った時かなり荷物多かったから午後までかかると思うけど、よろしく」

桃野「ハイッ」

春「(予定表を見て) 俺達、今日2軒だけど……(一星の肩を叩き、手話で) どっち先行く?」

一星「(手話で) 80代のおじいちゃんの孤独死から行こう」

春「(手話と声で) OK、孤独死から」

北斗が一星と春に近づいて来て、

北斗「(ボードを見せつつ) 1週間前に生前整理した雪宮さん、亡くなったって」

一星「………！(手話で春に) 余命1カ月って言ってたのに」

春「(手話と声で) 早かったな………」

服部「ご冥福はお祈りしても、お客様の死に引っ張られてはダメ。前向きに前向きに、って春、通訳して」

春「(手話で) 前向きに前向きに」

北斗「前向いても後ろ向いても、死はいつか必ずみんなに来るけどね。じゃ、わたしらも行くか」

北斗、桃野、岩田も出て行く。

一星「(手話で)行くぞ」

春「おっ。行って来ます」

服部「行ってらっしゃ〜い」

一星と春も出て行く。

★どこかのアパート・中

殺風景だが、生活感の残る部屋の中。

一星と春、帽子を取り、

春「清掃始めます(と深く一礼)」

2人頭を下げて、素早く作業に取りかかる。

普通の段ボールと、かわいい星の模様のボックス(お客様ボックス)があり、残しておいた方がいいと思われるものは、お客様ボックスに入れて行く。

更に、燃える、燃えない、缶、瓶、スプレー、電球などを仕分ける袋があり、リユース用の段ボールもある。

素早く作業を進める2人。

★　★　★

時間経過して——

食器棚のような意外なところから、コンドームの箱が出て来る。

一星「(春の肩を叩きヘイヘイという仕草)(手話で)コンドーム、高級品だ!」

春「(1箱2400円という記載を見て、手話で)おお……こんな高いの使ったことないわ」

一間あって、また何か見つける一星。

一星「(春の肩を叩き、手話で)これお宝AVじゃない!?」

春「(手話で)『喪服でイェイ!』だ!」

――星「(手話で)あの伝説の、駅弁!?」

春「(手話で)駅弁!」

――星「(思わず手話で)………見たい」

春「(手話で)………お客様の遺品は即処分が基本だろ」

――星「(手話で)わかってる。でも、1回だけ見てから処分しても、罰は当たらなくない?」

春「………(黙々と仕事)」

――星「(手話で)でも家じゃ見られないな、ばあちゃんいるし。春んちも嫁いるもんなぁ」

春「………(黙々と仕事)」

――星・春「(同時に手話で)事務所!」

――星「(ニッと笑顔)」

春「(手話で)いややっぱダメだって。仕事に私情は挟まない。だろ?」

――星「(手話で)ですよね~」


そっとAVを置き、作業に戻る2人。

一星、しばし部屋の中を見回して――。

――星「(手話で)………孤独死とか言うと悲しい人生だった、みたいに聞こえるけど、この家のおじいちゃん、意外に楽しく生きてたのかな」

春「(手話で)………そうだといいね。(AVを見つめ)ステキな人生だったんじゃないの」

――星「(AVを見つめ手話で)よきよき。俺もこういうジジイになりて~!!」

春「(手話で)なりて~!!」

と笑いながら、優しく丁寧に作業を進めてゆく。

★　★　★

時間経過して――
何もないガランとした部屋になっている。

深く一礼して出て行く一星と春。

★海沿いを走るトラック

★遺品整理のポラリス事務所・倉庫

たくさん並んでいる星の模様のボックスの中から、雪宮愛子様と書いてある小さめのボックスを出す一星。

春「(一星の肩を叩き、手話で)今日、雪宮さんの遺族に、お客様ボックス届けんの?」

一星「…………」

春「(手話で)ま、好きにしなよ。俺はそういうのやらんけど」

一星、ボックスを持って出て行く。

★斎場つき火葬場・外通路

時間戻って——

歩く一星の姿。その手には星があしらわれたボックス。

★同・テラス

「雪宮家控室」の小さな立て看板を見る一星。

★同・中庭

一星目線。中庭に入って行く一星。

一星「…………(視線を感じて、後ろを見ると)」

視線の先に鈴がいる。

鈴と一星、目が合う。

鈴「…………」
一星「…………」
ややあって、同時にあの夜のことを思い出す。
鈴「………!」
一星「………!」
サッと仕事モードになり、鈴に近づいて、タブレットを見せる一星。
そこには既に文章が打ち込んである。
『雪宮愛子様のご遺族様ですか?』
鈴「……?」
鈴「(うなずく)」
タブレットを次のページに繰る一星。
『このたびはご愁傷様でした。
私は、雪宮愛子様に生前整理のご依頼を受け、担当した遺品整理士の柊一星と申します』
一星「(名刺も出す)」
鈴「(名刺を見る)」
『遺品整理のポラリス　遺品整理士
現場リーダー　柊一星』
鈴「遺品整理士……」
タブレット『私はろう者ですので、こちらで説明させて頂きます』

★同・屋上

ベンチに鈴と一星が横並びに座っている。
鈴「生前整理を母が……」
一星「(スマホに打ち込んで見せる)1週間前に整理をさせて頂きました。お住まいは清掃も終え、その日に大家さんに返却されました」
鈴「………何もかも捨てたんですか………」

一星「(鈴の驚いた顔を見て、スマホに打ち込み)ひとり娘に迷惑はかけたくないからと」

鈴「…………(そうは言っても、なぜ、医者の娘に病気のことを言わなかったのか? 様々な想いが交錯する)」

一星「………」

鈴「母には今年のお正月に会ったきりで………………ずっと会ってなかったんです。………ひとり寂しく旅立ったんですね。何もしてあげられなくて、親不孝な娘です」

　一星、鈴の言葉をUDトークアプリで読んでおり――。

一星「(スマホに打ち込んで見せる)ご遺族はみなさん、そういう風におっしゃいますけど、寂しかったと決めつけるのも違うんじゃないでしょうか」

鈴「え………」

一星「(スマホに打ち込んで見せる)お母様の遺品です。これから入院するからすべて処分を、とのご依頼だったんですが、私の判断でこれだけ残させて頂きました。いらないとお思いになれば、こちらで処分します」

鈴「………?」

一星「(箱を渡し、どうぞとジェスチャーで)」

鈴「………(蓋を開けない)………」

一星「(蓋をあけ箱から口紅を出す)」

鈴「………! それ、わたしの」

一星「………?」

鈴「どこ行っちゃったんだろうって思ってたら、お母さんが持ってたの? パリで買った口紅なんです、これ」

一星「(鈴の言葉には反応せず、1枚の写真を、箱から出す)」

　フラダンスの衣装で、オヤジ達に囲ま

れている母。
真っ赤な口紅で、満面の笑みの母。

鈴「……？？？」

―星「（スマホに打ち込んで見せる）この方達は、お母様のファンじゃないですか？」

鈴「ファン？」

―星「（スマホに打ち込んで見せる）かなりお忙しかったようです（箱からカレンダーを出す）」

鈴「………」

―星「（日付の下のメモを指差す）」

鈴「（読む）フラ、プール、買い物、ランチ、バーベキュー、宝塚、京都泊………（たまげる）」

―星「（そんな鈴を見て微笑む）」

鈴「（フラの写真をもう一度見て）浮かれてる」

―星「（更に箱から何本かのＤＶＤを出す）」

『夜顔』『熱帯魚妻』『火曜日の妻たち』『不機嫌なくだもの』『エイジ33』……不倫ドラマばかりだ。

鈴「不倫モノばっか………（唖然とした後、楽しくやっていたのだと、しみじみわかり、少し笑みがこぼれる）………」

―星「（鈴の顔を見てニコッと笑い、最後に段ボールの中の熊のぬいぐるみを持ち上げる）」

鈴「………」

／★鈴の回想

10年前、研修医時代。
実家。
愛子が夜勤明けの鈴の朝食の用意をしている。
自室から出て来た鈴の手に、熊のぬい

ぐるみがある。

鈴「3日ぶりに帰って来たら、これがいたけど、ベッドに」

愛子「鈴がぜんぜん帰って来ないから、代わりに寝かせといたのよ」

鈴「わたしは徹夜なのに、お前はのんきに寝てたのか（と、熊をしめる）」

愛子「ちょっと（熊を取り上げ）いや〜ね、いつからそんな暴力的になったの」

鈴「わたしの代わりなら、ウサギとかにして欲しかったな。こんなオヤジみたいな熊」

愛子「目が黒豆みたいなとこ、鈴ちゃんに似てるじゃない」

鈴「え〜、わたし黒豆ぇ？」

愛子「似てるから思わず買っちゃったわよ」

鈴「え〜、黒豆ぇ〜？」

★斎場つき火葬場・屋上

鈴と一星。

鈴「（熊を手に、涙がこみ上げる）黒豆じゃないし………（と、一星の前なので、泣くのは堪（こら）える）」

一星「…………」

それをあえて見ないよう、前を向いて、座っている一星。

スマホに何かを打ち込み始める。

一星「（鈴にスマホを見せ）生前整理の時にお会いしましたが、面白い方でした。人生を、思いっきり楽しく生きて来た方なんだなと、思いました」

★　★　★

フラッシュ。

実家を生前整理している際、楽しげに

話す一星と愛子。

★　★　★

鈴「…………」

一星「…………(鈴の背中を優しくぽんぽんと叩く)」

鈴「(堪えていた涙が、ドッとあふれてしまう)」

肩を震わせて泣く鈴。

そんな鈴にしばし寄り添う一星。

しばし時間がたって——。

親戚達が来る。

親戚2「鈴ちゃん、お骨上げだって」

鈴「はい……(涙を拭いて立ち上がる。箱に熊を入れて持ち、感謝を込めて、一星に深く頭を下げる)」

親戚1「どちら様？」

一星「(素早く名刺を出し、仕事モードになり、名刺を親戚全員に配る)」

「遺品整理のポラリス」のパンフレットも渡し、用意していた営業用の文章をタブレットで見せ、ページをスクロールしていく。

『私はろう者ですので、こちらで説明させて頂きます』

『只今、弊社は、生前整理に力を入れております。いつでもどこでも伺いますので、是非ご連絡下さい』

『併せて、弊社では空き家清掃やリサイクルのご相談も承っております。この道のプロとして、皆様のお役に立てると存じます。よろしくお願いいたします』

親戚達「(営業がすごご過ぎて、みんなひるむ)」

親戚1「わ、わかりました」

親戚2「行こうか」

一星、まだ営業し足りない様子ではあ

るが、親戚達、鈴と連れ立って去って
ゆく。
鈴、一星の方は振り返らない。

一　星「(鈴が火葬場の中に消えて行くまで、その
背中を見つめている)」

★鈴の自宅マンション・LDK

お骨が置かれており、
箱から熊を出し、お骨の正面のソファ
ーに置く。

★同・寝室

口紅をバッグの中のポーチに入れる鈴。
それからDVDボックスを本棚に置
く。
不倫ドラマがズラッと並ぶ。

鈴「…………(ちょっと恥ずかしいな、と思
う)………」

★(日替わり)
マロニエ産婦人科医院・外観・朝

★同・スタッフ控室

犬山、蜂須賀が朝の準備をしている。
麻呂川も深夜もいる。

麻呂川「しばらく雪宮先生は忌引きだから、今日
も佐々木先生頼むよ」
深　夜「はいっ」
そこに元気よく入って来る鈴。
鈴「おはようございます。お休み頂いちゃっ
て、すみません」
一　同「………!」
鈴「麻呂川先生、今朝は釣りに行く日じゃな

かったでしたっけ？」

麻呂川「そりゃあ雪宮先生が忌引き中は釣りなんかしている暇ないと思ったんだけど、どうしたの？」

鈴「働いてる方が楽ですから」

犬山「仕事こそ、最強の癒しだもんね」

鈴「そうです」

麻呂川「ま、そういう考えもあるかもね」

深夜「…………」

看護師の伊達が入って来て、

伊達「35週の芝さん、破水しちゃって、陣痛も始まっちゃったそうです。今こっちに向かってます」

鈴「わたし、診ます」

麻呂川「あそう、じゃあ僕は外来始めるよ」

犬山「さあ、みんな声出して行こう！」

蜂須賀「暑苦しいですよ、師長」

★同・廊下

「もうイヤだ～」という妊婦の叫び声がしている。

★同・分娩室

破水した妊婦（芝里子）の分娩が行われている。

初産のため、不安と痛みでかなり錯乱している妊婦。

夫（正一）はオロオロしながら腰をさすったり、手を握ったりしている。深夜は後ろで見守っている。

鈴「もうすぐですよ。大きく息を吸って、はい、いきんで」

里子「（いきむ）ん～！」

正一「（小さな声で）里ちゃん、里ちゃん」
　里子、限界が来て力を抜く。
里子「はーもうダメ！　何でわたしだけこんな思いすんのよ〜」
正一「ごめんね、ごめんね、里ちゃん」
里子「ギャー」
正一「（小さな声で）頑張って」
里子「あんたなんかいらね〜！　お母さ〜ん」
犬山「落ち着いて、深呼吸しましょうね、ふ〜〜〜〜」
深夜「ふ〜〜〜〜ふ〜〜〜〜（まるで自分がお産しているような感じに真剣）」
里子「助けて、お母さ〜ん、お母さ〜ん」
正一「（里子の額の汗をぬぐおうとする）」
里子「触んな！　うるせ」
正一「ごめんね」
里子「お母さんでなきゃイヤだ〜、お母さ〜ん」
鈴「…………」
里子「お母さ〜ん」
犬山「あなたがお母さんになるんですよ、もうすぐ」
里子「お母さ〜ん」
鈴「ご主人、お母さんは、お見えになってないんですか？」
正一「は………」
鈴「佐々木先生、リモートでお母さんとつなげてあげて」
深夜「は、（慌てて正一に）あの、携帯お持ちでしたらお母様とつないで頂けますか？」
正一「（言いづらそうに）お母さん、もう死んでます、3年前に」
鈴・深夜・犬山「………！」
里子「お母さ〜ん！　お母さ〜〜〜ん！」
　初めての出産で錯乱状態の妊婦。深夜や犬山が落ち着かせ、呼吸させようとするが、聞く耳を持たず、子どものように叫んでいる。

鈴「(突然、大きな声で)お母さん、娘が大変な時に、何でいないんだ~!」

深夜・犬山「え…………(鈴の突然の大声にびっくり)」

里子「(妊婦も、鈴の大声に、一瞬我に返る)」

鈴「わたしのお母さんも3日前に死んじゃったんですよ」

里子「え!」

正一「そうなんですか」

深夜・犬山「…………」

里子「…………」

急に冷静になった妊婦を見て、そのまま声を上げる鈴。

鈴「じゃあみんな、お母さ~んのかけ声で、息吸って長く吐きますよ、セ~ノ、お母さーーん」

深夜・犬山・里子・正一「(思わずつられて)お母さーーん!」

鈴「ハイ息吸って。いきんで!」

★海の景色

響くみんなの声「お母さーーん」

★鈴の回想

◇保育園の頃の鈴。

お迎えに来ている保護者達。

保育園から「お母さ~ん」と飛び出して来る子ども達。

鈴もいるが、母親の姿がない。

保育園の先生「あら、鈴ちゃんのママ、まだ?」

鈴「…………」

保育園の先生「お仕事まだ終わらないのかな?中で待っててよ、先生と」

鈴「(動かない)」

走って来る鈴の母、愛子。

愛　子「ごめんごめん、遅くなった～」

鈴「お母さーーん(と、愛子に向かって走って行く鈴)」

◇高校3年の時の鈴。

実家でパソコンを見ている。鈴と愛子、緊張しながら結果をクリックする。

鈴「お母さん！　受かった！」

愛　子「ヤッター、おめでとう！　どうしよう、6年後には鈴、お医者様なのね。総回診とかやるのかな？　失敗しないフリーランスの外科医になっちゃったりして(笑)」

鈴「(笑いながら)お母さ～ん(と、愛子に抱き着く)」

◇5年前。病院の廊下で電話している鈴。

手には訴状を持っている。

鈴「お母さん………」

以下、自宅の母とカットバック。

愛　子「どうしたの？」

鈴「わたし、訴えられちゃった」

愛　子「え………」

鈴「助けたかったから受け入れたんだけど、母体が………赤ちゃんは助かったんだけど………」

愛　子「お医者さんとして恥じるところはないんでしょ」

鈴「受け入れなければよかったのかな？　他の病院なら………」

愛　子「しっかりして、大丈夫だから、神様は見てる、鈴は間違ってないってこと」

鈴「お母さ～ん」

◇斎場つき火葬場の屋上。
一星にフラダンスの衣装を着た愛子の写真を見せられる。

鈴「………！」

時間経過して――
一星が熊のぬいぐるみを出す。

鈴の心の声「お母さ～ん」

◇鈴の自宅マンション。
愛子のお骨の正面のソファーに、熊のぬいぐるみが置かれている。

鈴の心の声「お母さ～ん」

★マロニエ産婦人科医院・分娩室

鈴・深夜・犬山・里子・正一「お母さーーん！」
元気な産声が、分娩室に響く。

鈴「生まれましたよ」

★遺品整理のポラリス事務所・中

現場戻りの一星と春のもとに、北斗がやって来る。
服部は奥でパソコンで事務作業をしている。

北斗「一星、あんたのせいでロッカールームがいっぱいなんだけど、依頼人に渡せなかった遺品は、もう捨てて。今すぐ、今」

春「(手話で)お客様ボックスの山、整理しろって」

一星「………」
シカトして着替えに行こうとする一星の肩をつかむ北斗。

北斗「(ボードを見せつつ)頼まれてもいないのに、勝手にあれこれ遺品を残しておくのは、業務じゃない！　その分の倉庫代も無駄だし、あんたの余計な作業の分の給料も払えない」

一星「(手話で) その分の給料はいらねえよ」

春「その分の給料はいらないそうです」

北斗「そういう話をしてんじゃないの」

一星「(仕方なさそうにスマホに打ち込み見せる) 自分が死ぬ時、大切な人が死んだ時、みんな全処分を頼むけど、後になって後悔する。そういう遺族を何度も見てきた」

北斗「そこまで心配するのは、出過ぎた行為。遺品整理士の仕事じゃない」

一星「(手話で) でもそれ、あんたが教えてくれたことだろ」

北斗「(手話がわからず) はん?」

春「社長が教えてくれたことだって言ってます」

北斗「…………」

一星「…………」

★一星の回想

両親の通夜。

茫然としている高校生の一星。

★　★　★

一星「(手話で)捨てるものなんかない! 触るな、帰れ! 帰れ!」

北斗「遺品整理は、亡くなった方のためではなく、これから生きて行く方のために行うものだと、わたしは思ってます」

一星「…………」

★遺品整理のポラリス事務所・中

北斗「………だからって、何でもかんでも取っとけばいいってもんじゃないの。古いものは今日中に処分! 倉庫へゴー」

春「はいはい（一星の腕を取って、倉庫に引っ張って行く）」
一星「（不貞腐れてついて行く）」
北斗「頑固者！」

★同・倉庫

かわいい星模様のお客様ボックスが相当数並んでいる。
入って来てそれらを見つめる一星と春。
ボックスには整理した年月日が記載されている。

春「（手話で）2年以上たってるのは捨てようぜ」
一星「…………」
春「（作業を始める）」

★マロニエ産婦人科医院・廊下

歩いて行く鈴と深夜。

深夜「さっきのお産、胸に迫りました。お母さ〜んって雪宮先生が言われると……」
鈴「（立ち止まり）呼吸法だから、要は」
深夜「へ？」
鈴「うまくいきめない妊婦さん、たまにいるから。お母さ〜んとか、お父さ〜んとか、コンチクショーとか、何でもいいから一緒に声出したりして、コミュニケーション取って、うまくいきませないと」
深夜「は〜、そういうことだったんですかぁ……勉強になりました」
鈴「っていうか、佐々木先生、妊婦さんと旦那さんと一緒にテンパるのはダメよ。45歳の新人でも、患者にとっては産婦人科医なんだから、反省しといて」

深　夜「は、すみません」

と深夜を叱りながらも、鈴どこか元気そうな様子で歩いて行く。

そんな鈴の背中を見て、少しほっとしたように微笑む深夜。

そのまま、鈴の後ろを追って行く。

★同・分娩室

後片付けをしている犬山と蜂須賀。

犬　山「さっきのお産での雪宮先生、ちょっと変だったんだよ」

蜂須賀「変って？」

犬　山「いつもクールなのに、やたら熱くなっちゃって……」

蜂須賀「お母さん、亡くなったばっかっしょ。安定してないんすよ、心が」

犬　山「そうだね……（つぶやくように）でも、あーいう雪宮先生、嫌いじゃないかもな」

★鈴の自宅マンション・ＬＤＫ

その夜。

自室に帰って来る鈴。

鈴「（熊をポンと叩き）黒豆じゃないよ」

部屋の片隅に置いてあるマフラーを見る。

鈴「……」

★（日替わり）実景・朝の海街

★一星の家・表

家を出て行く一星。

去って行く依頼人。

一星「(肩をすくめる)」

★マロニエ産婦人科医院・スタッフ控室

昼休み。外来終わりで部屋に入って来る鈴。

深夜が、おにぎり10個とから揚げに総菜いろいろを買って広げ始めている。

その中にバター餅もある。

鈴「ありがと」

深夜「いえいえ、今日僕午後休なんで。何がいいか迷っちゃいました(と、どんどん袋から出す)」

おにぎりや総菜など、何人分かと思うほどある。

鈴「………!(多過ぎる)」

深夜「(鈴が、思っていることがわかる)………

★遺品整理現場・中

居間と個室1つくらいの小さな一軒家。

荒れ果てたゴミの多い部屋。

制服に着替えた一星と春と、依頼人。

依頼人「金目のもの以外、全部捨ててくれていいですから」

春「わかりました。見て判断して頂きたいものは残しておきますので」

依頼人「(遮って)そういうのも面倒なんで、お宅にお願いしているんですよ。何時に終わりますかね?」

春「15時頃には」

依頼人「じゃその頃戻ります。早く終わるようだったら、電話下さい。全部捨てて下さいね、全部」

春「承知しました」

ちょっと買い過ぎちゃって……」
鈴　「わたし、おにぎり1個でいいんだけど」
深夜「よかったら、夜食とか明日の朝用に、いっぱい持ってって下さい。これは僕のおごりですので」
鈴　「そうはいかないよ」
深夜「ホントにいいんです、買い過ぎちゃったんで」
鈴　「じゃ、ご馳走になります（とおにぎりを1個取る）いただきます」
深夜「（も、おにぎりを1個取る）」
2人黙って食べている。
鈴　「佐々木先生って、医学部入ったの、30代後半でしょ」
深夜「はい」
鈴　「何で、そこから医者になろうと思ったの？」
深夜「秘密です」
鈴　「は？」
深夜「でも、僕の目標は、雪宮先生みたいなカッコいい産婦人科医になることです」
鈴　「……？」
蜂須賀、伊達も、休憩に入って来る。
続けて犬山の息子・犬山正憲（まさのり）（23）通称チャーリーが入って来る。
チャーリー「イエイイエイウォウウォウ」
チャーリーは奇抜な服にピンクの髪の毛をしている。
蜂須賀「お、チャーリー、ヤッホー」
犬山が飛び込んで来る。
犬山「誰が呼んだの？　帰りなさい」
チャーリー「怒んなよ、鶴子」
犬山「親を名前で呼ぶな！　またそんな髪にして」
チャーリー「フォーエバーピンクだよ、もうすぐ春だしさ」

蜂須賀「まだ冬だろ」

麻呂川が入って来る。

麻呂川「チャーリーは僕が呼んだんだよ、みんなでケーキ食べようと思ってさ、院長のおごり」

伊　達「ヤッター」

麻呂川「（ケーキの箱を開ける）」

犬　山「配達したら、とっとと帰る」

麻呂川「まあいいじゃないの、チャーリーも一緒にケーキ食べよう」

チャーリー「院長好きー。どれにしよっかな」

犬　山「あんたは最後だ、バカ息子！」

麻呂川「雪宮先生、どれ？」

鈴「じゃあ、チーズケーキ」

麻呂川「師長は？」

犬　山「先生方からどうぞ」

麻呂川「いいからいいから」

犬　山「じゃモンブラン！」

蜂須賀「ショートケーキ」

伊　達「チョコレートケーキ」

チャーリー「シュークリーム残れ」

麻呂川「佐々木先生は？」

深　夜「麻呂川先生どうぞ」

麻呂川「じゃね、シュークリームじゃなくてアップルパイ」

チャーリー「ウッフッフ」

深　夜「どうぞ（とシュークリームをチャーリーにうながす）」

チャーリー「ざっす（とシュークリームを取り、すぐかぶりつく）うんま！」

犬　山「バカ！　先に食べんじゃないの、すみません」

最後に残った地味なババロアを取る深夜。

一　同「いただきます（みんな食べ始める）」

ババロアを食べながらも、鈴を気にし

ている深夜。

★遺品整理現場・中

時間経過して——
きれいに片付いた、ガランとした部屋の中。

★同・表

玄関前のポラリスのトラックに積み込みをしている一星と春。
依頼人が戻って来る。

依頼人「終わった?」
春「あ、はい」
依頼人「なんか金目のものあった?」
春「引き出しに不動産の権利証と現金２０００円がありました（と渡す）」

依頼人「（チッという感じで受け取り）２０００円か………ご苦労様。鍵返して」
春から鍵を受け取り、即帰ろうとする依頼人。
春「あ、ちょっと待って下さい!」
依頼人「何ですか、これ」
一星「（春を見る。説明しろ）」
春「権利証と同じ引き出しにありました。この地図のこの印が、この写真。この印は、この写真だと思うんです。写真の裏に住所が………（と示す）」
依頼人「………!」
一星「…………」
春「これは亡くなったお父様が、大事にされていたものだと思います」
一星「…………」
依頼人「これは………どれも、わたしの設計したビルです。これは、わたしの最初の仕事

一　星「………（つまる）」
「（手話で）お父様は、息子さんの仕事を、誇りに思っておられたんだと思います。これだけは『捨てないでくれ』と言ってるような気がしたので」
春「（同時通訳）」
依頼人「…………（胸が熱くなる）…………これは、もらっときます」
一星・春「（やったね、と顔を見合わせる）」
依頼人「………（涙がこみ上げ、ハンカチを出す）」
春「我々はこれで失礼します（トラックの方へ）」
依頼人「…………ありがとう、これ………」
一　星「（微笑んで、トラックに乗り込む）」

★墓地（佐々木家の墓）

夕方、茜さす夕陽の中――
静かに墓地を歩いている深夜。
1つの墓石の前で止まり、花とバター餅を手向ける。
墓石に、10年前の同じ日に死んだ妻と子の名前が並んで刻まれている。

★（日替わり）
鈴の自宅マンション・LDK

朝。目覚める鈴。休日のようだ。

★同・ベランダ

干してあるマフラーを取る。
鈴「（臭いを嗅ぐ）よし」

★遺品整理のポラリス事務所・外

一星の名刺を見ながら、やって来る鈴。

北斗「(鈴の名刺を見て)命の始まりの産婦人科医と、命の終わりの遺品整理士が出会っちゃったんじゃないかな?」
春「は?」
北斗「鈍いよ、春ぅ(あれは恋をしている目だ)」
春「……………?」

★海星ヶ浜の堤防

高い堤防の上で、一星が海の写真を撮っている。
鈴がやって来る。
堤防の下から、一星を見上げる。
鈴「…………」
気づかず、写真を撮っている一星。
見上げている鈴。

★　★　★

★同・中

鈴と春。北斗が後ろから見ている。
春「柊は、今日休みなんです」
鈴「もし可能であれば、おうちのご住所、お教え頂けないでしょうか?　お返ししたいものがあって」
春「預かりますよ」
鈴「…………」
春「…………」
北斗「(割って入り)家の住所はお教えできないんですけど、今ならアイツ、海星ヶ浜(ひとでがはま)の堤防で写真撮ってると思いますよ」
鈴「………ありがとうございます、行ってみます」
頭を下げて出て行く鈴。
春「…………何で教えたんですか?」

フラッシュバックする出会った日。
星降る夜の一星。
それから火葬場の一星。

★　★　★

鈴「…………」
横の方にある階段を上がって、堤防の上に出る鈴。
まだ気づかない一星。
鈴「(すぐ近くまで行く)」
一星「…………！　(驚く)」
鈴「…………」
一星「(どけ、と不愛想に手で追い払う)」
鈴「(どかない)…………」
一星「(再び、どけという仕草)」
鈴「(バッグからマフラーを出し、ジェスチャーと声で)洗濯して干しておいたので、もう臭わないです」
一星「(マフラーをひったくって、臭いを嗅ぐ)」

鈴「キャンプの夜は、わたしも酔ってて悪かったです。でも、あの言い草はないです」
一星「……？　(わからない)」
鈴「バカとか」
一星「(何言ってんだか、わかんね〜、という顔をし、再び、どけ、と手で払いのける)」
鈴「…………(覚えて来た手話で)ありがとう」
一星「……!?」
鈴「あなたに、母の遺品を整理してもらえて、よかったです」
一星「(口元と状況で、おおむね理解できる)」
鈴「(もう一度、手話で)ありがとう」
一星「…………」
鈴「…………」
一星「…………」
鈴「(更に覚えて来た手話で)でも、お前のキス、大したことなかったけどな」

一星「………！」

鈴「（ドヤ顔）」

一星「（そんなドヤ顔の鈴の顔を見て）…………（思わずぷっと笑う）」

鈴「（何で笑うんだよ。ムカつくが、結局一緒に笑う）」

寒い冬の海辺で、笑い合う2人——。

第2話

★

……一星はかわいそうなの？

★海星ヶ浜の堤防

1話ラストの鈴の手話「ありがとう」からリフレイン。

鈴「…………(覚えて来た手話を披露)ありがとう」

星「………!?」

鈴「あなたに、母の遺品、整理してもらえて、よかった」

星「(口元と状況で、おおむね理解できる)」

鈴「(もう一度、手話で)ありがとう」

星「…………」

鈴「…………」

星「…………」

鈴「(更に覚えて来た手話で)でも、お前のキス、大したことなかったけどな」

星「………!」

鈴「(ドヤ顔)」

星「(そんなドヤ顔の鈴の顔を見て)…………(思わずぷっと笑う)」

鈴「(何で笑うんだよ。ムカつきつつ、結局一緒に笑う)」

笑い合った後の変な間——

鈴「(ジェスチャーしつつ)じゃ、帰ります」

星「…………」

鈴「(歩き出す)」

星「(鈴の腕をグイッとつかんで、引き留める)」

鈴「………!?」

星「(手話で)ありがとうって言うなら、お礼して」

鈴「………え?」

星「(ジェスチャーで)スマホ出せ」

鈴「(スマホ? と思いつつ、出す)」

星「(素早く勝手にメッセージアプリをつな

げる)」

鈴「ちょっ……勝手にもう(図々しい!)」

と、スマホを奪い返すと、つながったばかりのメッセージアプリ画面に早速メッセージが来る。

一星「(メッセージアプリで)お礼して」

鈴「お礼、今言いましたけど」

一星「(メッセージアプリで)今日休み?」

鈴「休み、だけど何?」

一星「(鈴が言い終わらないうちに、腕をつかんで歩き出す。猛烈強引)」

鈴「おおお〜っ………」

★映画館・前

一星に腕をつかまれた鈴が来る。

一星「(チケットをアッという間に2枚買う)」

鈴「映画見るの?」

一星「(チケットを鈴に渡す)」

鈴「(チケットを見る)『ゾンビ・ハンサム・ヘブン』」

鈴のスマホが、バイブレーションする。

鈴「(スマホを見る)」

一星からメッセージアプリで、『記憶喪失のゾンビが、トンネルの向こうの不思議な空飛ぶお城で、海賊王をめざすラブストーリー』

鈴「何なんこれ???」

一星「(ゴーグルを出す)」

鈴「………?」

一星「(メッセージアプリで)字幕が見える(また鈴の腕をつかんで、どんどん行く)」

鈴「おおおおっ」

★同・中

並んでゾンビ映画を見ている鈴と一星。
一星はゴーグルをかけている。

鈴・一星「(笑っている)」

★　★　★

時間経過して――

鈴「(涙をぬぐっている)」

一星「(ゴーグルを取り、泣いている鈴を、不思議そうに見る。これで泣くか？)」

★ハンバーガー屋・店内

2人分、注文する鈴。財布を出す一星を見て、慌ててその手を止める鈴。

鈴「(ジェスチャーで) 払います。年上だし」

一星「(OKという目)」

★　★　★

時間経過して――
食べている2人。

一星「(メッセージアプリで) 俺、月10本は映画見る」

鈴「(へえ～と思うがツンとしている)……
……」

一星「(メッセージアプリで) 映画、キャンプ、写真、旅行、多趣味なんだ」

鈴「(ふ～んと思うがツンとしている)……
…」

一星「(メッセージアプリで) 今日の映画はイマイチだったけど、隣のヤツが鼻水たらしてて、笑った」

鈴「(ムッ)」

一星「(メッセージアプリで) 葬式の日も鼻水たらしてたし、キャンプの夜もゲロ吐いてたし、涙、鼻水、ゲロ、いろいろ出すね

鈴　（笑っているスタンプ）」
鈴　「（思わず声で）鼻水なんかたらしてないです。（と気を取り直しメッセージアプリで）映画面白かった。ゾンビの空中戦、迫力あった」
一星「（ありえね〜、という顔）（メッセージアプリで）映画見る目ねえな」
鈴　「（メッセージアプリで）映画見たの15年ぶりなんで」
一星「………！　（メッセージアプリで）最後に見たの何？」
鈴　「（ちょっと考えて、メッセージアプリで）花男（はなだん）」
一星「（メッセージアプリで）15年前、何してた？」
鈴　「（メッセージアプリで）医学部の学生。柊さんは？」
一星「（メッセージアプリで）一星でいい」
鈴　「一星………」
食べたりスマホ打ったりで、忙しい鈴。
スマホの画面も、油で汚れる。
鈴　「あ〜あ（とスマホの画面を拭いたりしている）」
一星「（メッセージアプリで）俺の15年前は、10歳だ」
鈴　「………10コも若いの………」
一星「（メッセージアプリで）たった10コだよ（生意気な顔）」
ハンバーガーを食べている一星の頬に、ケチャップがつく。
鈴　「（ついてる、とジェスチャー）」
一星「（拭く）」
拭いても取れていない。
鈴　「まだ（と示す）」
一星「（拭いて、今度は取れる）」
鈴　「子どもだな」

一　星「(何と言われているかわかって、フン)」

その時、鈴のスマホがバイブレーションする。

画面に『麻呂川院長』と出る。

鈴　「ちょっとゴメン(スマホを持って外に出る)はい」

★マロニエ産婦人科医院・医局

電話している麻呂川。

麻呂川「飛び込みの匿名妊婦が、転がり込んで来ちゃってさ。追い出すわけにも行かないんだけど、今日、頼まれてる妊婦さんの分娩があって手が離せないのよ」

鈴の声「すぐ行きます」

麻呂川「悪いな〜。ちょっと佐々木先生には荷が重いと思って」

★ハンバーガー屋・店内

鈴が一星の所に来て、メッセージを送る。

『緊急で呼ばれたから、行かないとならないの』とある。

鈴　「ごめんね」

一　星「(手話で)どぞどぞ」

鈴　「じゃ(走り去る)」

一　星「(颯爽としていて、カッコいいと思う)」

★マロニエ産婦人科医院・廊下〜スタッフ控室

鈴に深夜が状況を説明している。

深　夜「保険証も出さないし、名前を聞いても言わないんです」

鈴　「妊娠週数は？」

深　夜「え、あ、わかりません、何にも言わないので」

犬山が来る。

犬　山「匿名妊婦、子宮口7センチ、展開80%、胎児の推定体重は2400グラムです」

鈴「母体に感染症があるかもしれないから、抗体検査とクロスマッチやって」

犬　山「ハイッ!」

鈴と犬山、出て行く。

相手にされていないと思いつつ、ついて行く深夜。

深　夜「………」

★同・外観

夕方になっている。

元気な産声。

★同・分娩室

鈴、臍帯を切り新生児を犬山に渡す。

犬　山「おめでとうございます、かわいい女の子ですよぉ」

深　夜「(いつもの変な顔になっている)よかった……うちに来てくれて……よかった……」

鈴「(深夜を見て、不可解な顔だと思っている)」

犬山が赤ん坊を妊婦(名乗らない匿名妊婦)のお腹に乗せる。

犬　山「ほら、お母さんですよ」

匿名妊婦「(横を向いて、子どもの顔を見ない)」

犬　山「………?」

鈴「………?」

深　夜「………?」

匿名妊婦「（赤ん坊を絶対に見ない）………」
鈴・犬山「（顔を見合わせる）」
深　夜「………？」
犬　山「じゃ赤ちゃんきれいにしますね」
匿名妊婦「（何かつぶやく）」
深　夜「何ですか？」
匿名妊婦「子ども………」
鈴「………？」
深　夜「お子さん、もう一度見たいですか？」
匿名妊婦「いらない」
鈴「………？」
匿名妊婦「子どもなんて、いらない」
鈴「………！」
深　夜「………！」

★タイトル

★マロニエ産婦人科医院・スタッフ控室

鈴、深夜、麻呂川、犬山、蜂須賀、伊達がいる。

犬　山「子どもはいらない、帰るって言ったのよ、まだ胎盤も出てなかったのに」
蜂須賀「やっかいなの引き受けちゃいましたね、院長」
伊　達「赤ちゃん抱いたら、気持ち変わらないでしょうか」
犬　山「そんな甘くないわよ、そもそもお産まで健診もしていない、名前も名乗らない飛び込み出産なんだから。父親だって誰だかわかんないような感じだよ、きっと」
蜂須賀「おろすお金もなかったってことっすかね。貧困とか無知とかマジ社会問題っすね〜」

伊　達「みんな、妊婦さんに優しいんですね。わたしは、あんな無責任な人、許せないです。赤ちゃんがかわいそう」
深　夜「………」
鈴「生き方について意見を述べるのは、わたし達の仕事じゃないよ」
伊　達「そうですけど、ひど過ぎません？」
深　夜「(つぶやく) 母子ともに健康なのに……」
麻呂川「(深夜のつぶやきを聞いている) まあ、いろんな子どもがいるように、いろんな事情のお母さんもいるってことだ」
鈴「………」
深　夜「…………」
麻呂川「雪宮先生、ごめんね。休みの日に呼び出しちゃって」
鈴「いえいえ。佐々木先生、匿名の人、よく見といてね」
深　夜「はい、お疲れ様でした」
犬山・蜂須賀・伊達「お疲れ様でした」

★同・表の道

帰り道の鈴と、自転車を押して歩く麻呂川。

麻呂川「どうしたもんかな……？」
鈴「落ち着いたら、ケースワーカーに相談できること、わたしが話してみましょうか？　わたしが言うと厳しくなるかな？」
麻呂川「厳しくてもいいと思うけどね。子どもと自分の将来は、あの人が決断しないとならないんだから」
鈴「わかりました。やってみます」
麻呂川「さすが、佐々木先生とは経験が違うね、頼もしい。あ、うち寄って、アジの南蛮漬け、持ってってよ」

鈴「は……ありがとうございます」

★鈴の自宅マンション・寝室

疲れてベッドに倒れ込む。
ややあって、スマホがバイブレーションする。

鈴「……！」

一星からだ。
出会った日の、鈴の写真がいきなり送られて来る。
半目の変な顔。

鈴「……」

返信『もっといいの、ないんかい』
何枚も立て続けに、あの夜の写真が送られて来る。
どれもかわいく撮れている、よい写真ばかりだ。
間に、星空の写真も入っている。

鈴「……」

鈴の返信『写真上手だね。
すごくきれい、星空もわたしも（笑）』
一星『今度また映画行こう』
『たぬきの戸締り』の映画情報も送る一星。

★一星の家・一星の部屋

映画のお誘いの後、既読になっているのに、返事が来ない。

一星「（イライラする）」

★同・洗面所

歯を磨いている一星。

★同・一星の部屋

戻って来て、スマホを見る一星。

★鈴の自宅マンション・寝室

鈴は、スマホを手に持ったまま、眠りこけている。

★一星の家・テラス

スマホがバイブレーションすると、ハッとして見るが、クーポンだ。

一　星「(ヤキモキ)………」

★(日替わり)
遺品整理のポラリス事務所・中

朝礼が終わる。

北　斗「じゃみんな、今日一日、よろしくー！」
一　同「よろしくお願いします」
一　星「(メッセージアプリを見る)…………(鈴からの返事はない)………」
一星、スマホをしまい準備を始める。
服　部「桃野がこの前、丸山さんちの清掃で拾ってきたフィギュア、7万で売れたよ」
桃　野「マジすか！」
北　斗「やるじゃ〜ん、桃野ォ」
服　部「ペケモンカードも、よくわかんないホーローの看板も高く売れた」
桃　野「ひえ〜、信じられないす」
北　斗「その分お客さんの請求から引いといてあげてね」
桃　野「あいっ！」
と、準備している春の肩を叩く一星。
コソコソと手話で話し始める。

一星「(手話で)ビデオデッキ借りた、一晩レンタル7000円。3500円ちょうだい」

春「(手話で) 高っ! てかお前諦めてなかったの?」

一星「(手話で)イヤならいいよ、俺ひとりで見るから (と行こうとする)」

春「(慌てて止めて、手話で) 見る。今夜、社長と服部さんが帰ったらここで決行だ」

一星「(手話で) テープどこ?」

春「(手話で) まだ業者に渡してないから」

まだ整理できていない段ボールの山をごそごそ探る春。

その中に、VHSの『喪服でイェイ!』。

2人「(ウム)………」

いきなり北斗が横から手を出して、VHSのテープを取り上げる。

2人「あああああ! (一星は顔で、あああああ!)」

北斗「お客様から処分を依頼されているものは即処分」

春「俺も、そう、言ったん、ですけど」

岩田「中学生かよ (笑)」

一星「(毅然と手話で)俺達はいつだって真摯に遺品整理をしてきた!」

北斗「はん?」

一星「(手話で) 通訳しろ」

春「え、俺ぇ?」

一星「(手話で) 遺品に真摯に向き合い、お客様満足度は今月もナンバー1だ」

春「俺はうちの会社のエースだし、遺品には真摯に向き合い続けていると言ってます」

北斗「当たり前だろ」

一星「(手話で) けどこれは、重要文化財なん

春「プロ意識は持ってるけど、それは文化財なので」

北斗「(無視して服部に)山内様のハウスクリーニングの案件ってどうなってる?」

服部「ハウクリ業者の方から連絡してもらうところです」

北斗「おけ。岸田様の不動産の件って進捗は?」

服部「不動産会社の方が現調に行かれて、これから査定出ます」

北斗「クロスセルできてるね〜」

一星・春「…………(諦めきれない)」

★マロニエ産婦人科医院・新生児室〜廊下

深夜が昨日生まれた2人の赤ん坊を見ている。

一方の赤ん坊にだけ、名前が書いてある。

春「だ! 真摯に1回だけ見たら、必ず処分するから。1回だけ! お願い、1回だけ!」

春「重要文化財だから、真摯に見てから処分したいと」

服部「(北斗からビデオを取り)そんなに価値があるビデオなら、オークションに出さなきゃ(と持って行く)」

春「(思わず)服部さん! 出す前に1回だけ」

一星「(お願い、という顔)」

服部「テープが切れたら売れなくなるわ、相当古いから」

北斗がボードを手に取り、文字を書いて突き出す。

『プロ意識を持ちたまえ』

一星・春「…………」

一星「(手話で)プロ意識は持ってます」

深　夜「元気でちゅか～？　外はいいお天気でちゅよ～。早くお母さんに抱っこしてもらいたいでちゅね～」

鈴と蜂須賀が、その後ろを通り過ぎる。

鈴「…………」
蜂須賀「キモい、佐々木先生」
深　夜「(自分の名前が聞こえて振り返る)え？」
蜂須賀「キモイです」
深　夜「ぼ僕ですか？　キモイって」
蜂須賀「ま、いいすけど(と去って行く)」
鈴「行くよ、病室」
深　夜「あはい。僕、キモイですか？」
鈴「蜂須賀さんにはキモイんじゃない？」
深　夜「は～………」

★同・匿名妊婦の病室

鈴が入って来る。
その後ろから遠慮がちに入って来る深夜。

鈴「失礼します」
匿名妊婦「…………(鈴の方を見ない)」
鈴「マロニエ産婦人科の雪宮です。体調はいかがですか？」
匿名妊婦「(目を合わせないまま)帰りたい」
鈴「退院はまだ無理です。お産って、全治1カ月の大けがしたくらい体にダメージある、って言われてるんですよ。きちんと回復してから帰って下さい」
深　夜「(深くうなずいている)」
匿名妊婦「…………」
鈴「それより、一度も受診しなかったのは、なぜですか？」
匿名妊婦「…………」
深　夜「…………」
鈴「母子手帳をもらえば、無料の健診チケットもついて来ますし、申請すれば、出産費用を援助してくれる制度もあるんです」

匿名妊婦「うっせーよ」

鈴「（ひるまず）この先、あなたがどんな生き方をされても、それは自由です。お子さんを育てるのが難しければ、ケースワーカーにつなぎます。あなたの生活のことも、赤ちゃんのことも相談に乗ってくれるはずですよ」

匿名妊婦「………（少し鈴の方を見る）」

鈴「（安心させるように微笑み）まずはこちらの出生届を（書いて頂いて——）」

深夜「（遮るように）あの！　赤ちゃん、抱いてみませんか？」

匿名妊婦「は？」

深夜「僕が言うのも何ですけど、すっごく目が大きくて、まつげが長〜くて、美人さんですよ」

鈴「（たしなめるように）佐々木先生」

深夜「（止まらなくて）きっと、ママに抱っこして欲しいと思います。あの、写真見るだけでいいので——」

匿名妊婦「うっせんだよ！！！（炸裂）」

鈴・深夜「………」

匿名妊婦「ガキがいたら男捕まんねえだろ！（出生届を投げ）いらねえんだよ子どもなんて！」

深夜「（思わず）そんなこと言わないで下さい！」

鈴「（深夜に厳しく）佐々木先生、外出て」

匿名妊婦「医者なんかやってるお前らに、あたしの気持ちなんかわかんねえよ！」

深夜「………（呆然）」

鈴「わかりませんよ、それは」

匿名妊婦「…………」

鈴「ただ、医師のつとめとして、あなたの体の回復と、赤ちゃんの健康については責任を持ちたいと思っています」
匿名妊婦「…………」
深夜「…………」

★同・屋上

歩いて来る鈴。深夜が追いかけて来る。

鈴「（厳しく）佐々木先生、自分の考え押し付け過ぎ」
深夜「すみません。でもあの赤ちゃん、まだ名前もつけてもらってないのに……」
鈴「赤ちゃんだけを見ない、彼女もわたし達の患者」
深夜「……無事に生まれて来たのに、祝福されない命もあるなんて」
鈴「そういう現実にも慣れて行かないとね、佐々木先生も」
深夜「…………」
鈴「（納得いかなさそうな表情を見て）気持ちはわかるけど、入れ込み過ぎ。よかれと思って頑張っても、感謝されることばっかじゃないんだよ」
深夜「…………」
鈴「医者も神様じゃないし、死産の4分の1は原因不明だし、それが現実」
深夜「…………」
鈴「わたしも訴えられたことあるし」
深夜「え……！」
鈴「もう裁判は終わってるけど」
深夜「……！　そそれはど、どういう事例で……さしつかえなければ」
鈴「……小さな医院から緊急要請があって、受け入れた患者が、子宮破裂と出血性ショックで亡くなったの。生まれて来た新生児も仮死状態で、でも子どもは何とか助かったけど」

深夜「………もちろん、病院側にミスはなしって判決ですよね？」

鈴「うん、処置は適切だった。でも今でも夢に見る。あの大出血………」

深夜「…………」

★深夜の回想

10年前。
深夜の脳裏にフラッシュバックする、あの日のこと——
大学病院・手術室前の廊下。

堀「力及ばず………残念です」

深夜「彩子、死んだんですか………子どもは……
……」

堀「…………」

深夜「（言葉が出ないほどの衝撃）」

★マロニエ産婦人科医院・屋上

深夜「…………産婦人科は出血との闘いですもんね」

鈴「え？」

深夜「え？　あ、僕、また変な顔してました？キモイですか？（と焦る）」

鈴「キモイなんて、わたしは言ってないよ」

深夜「あ………すみません………」

鈴「（どうしたのだろうと思いつつ）とにかく、自分にとっての正解が患者にとっての正解とは限らないから」
と去ってゆく。

深夜「…………」

★バスの中

夜の道を行くバス。
乗っている鈴。
スマホを見ると、一星から何通もメッセージが来ている。

鈴「たぬきの戸締り………(映画情報を見ている)」

またメッセージが来る。
一星『今どこ?』
一星『飯食った?』
鈴『バスの中』
鈴『まだ』
一星『ここに来て』と居酒屋の情報を送って来る。
鈴『疲れたから、また今度』と送ろうとして、少し悩んでその文字をトトトトッと消してゆく。

★居酒屋・店内

結局、やって来る鈴。
店の奥の席で、一星と春が高速手話で話しているのが見える。

鈴「………(何だ、ひとりじゃないんか)………」

素早く鈴を見つけ、手招きする一星。

春「………? あ、あの人、昨日来た産婦人科の(手話で)呼んだの?」

一星「(手話で)通訳しろ」

春「知らねえよ」

一星、いそいそとUDトークアプリを起動。
以後、アプリを見たり、春の手話や鈴の表情を見たり、随時。

鈴「昨日はどうも」
春「いやいや～、もう一緒に食事する感じなんですか、早いですね」
一星「(手話で) 今夜見るはずだった大事なAV、没収されて、残念会やってんだ(伝えてという目で、春を見る)」
春「(言うのがイヤで、濁す)……ちょっと会社でイヤなことがありまして」
一星「(手話で) そのAVは、ただのAVじゃないんだ。伝説のAVなんだ」
春「(イヤそう)………」
鈴「これは何ですか? (とAVの手話をやってみせる)」
春「あ～、それは、AVです」
鈴「エーブイ?」
春「アダルト・ビデオ」
一星「(手話で) ちゃんと通訳しろ!」
春「してる!」
鈴「何て言ってるの?」
春「(困るが言う) 彼は今、伝説のAVについて、しゃべってるんですけど」
鈴「へえ～、それ興味あります」
春「えっ?」
一星「(UDトークアプリを見て鈴の反応に気をよくし、手話で) 欧米のAVは性のトライアスロンだ。恥じらいも情緒もない。ただやるだけ。だけど日本のAVには伝統と情緒がある。だから素晴らしいんだ」
春「(イヤそうに同時通訳) 欧米のAVに情緒はないけど、日本のはある。そこが素晴らしい、と言ってます」
鈴「そうなんだ」
一星「(手話で) 俺の中国人の友達は、日本に旅行に来て、雨が降ったらホテルにこもって、AVを見るんだって! バックパックした時出会った親友が言ってたから本

春　当だよ」
春「（同時通訳）日本に来る中国人は、雨が降ったらホテルにこもってＡＶを見ると、一星の友達が言ってたそうです」
鈴「……………！」
春「こいつ世界中に友達いるんです。通じないことに慣れてるからなのか、どんな国に行っても平気なんです」
鈴「へえ～。その伝説のＡＶを、遺品整理をしてて、見つけたって話？」
春「はい、たまにあるんです。お宝発見的な」
鈴「すごい」
春「（手話と声で）遺品整理してると、亡くなった人が、何が好きで、何が嫌いで、何がうれしくて、何が悲しかったのか、わかるんですよ。遺品はその人の人生ですから」
一星「（春の頭を叩き、手話で）それは俺が言ったんだ」
春「殴んなよ！（鈴に）何飲みます？」
鈴「ハイボール」
一星「（唇でわかり、手話で）ハイボール、よきよき」
鈴「（よきよきの手話を真似（まね）て）これ、どういう意味？」
春「いいねいいね～！って時にこいつがよく使う口癖です。（手話と声で）よきよき」
鈴「（真似をする）よきよき」
一星「（鈴を見つめる）」
春「（何見つめてんだよ、という顔）」

★　★　★

時間経過して――

3人「（グラスを上げる）」
鈴・春「乾杯」
鈴「（ビールのようにハイボールを飲む）」

一星・春「(鈴の豪快な飲み方に唖然)………！」

鈴のスマホが、いきなりバイブレーションする。

鈴「………？」

一星「(メッセージアプリで)こいつは佐藤、辛党なのに砂糖」

鈴「………？」

春「(スマホを覗いて)佐藤って名前は手話で、甘いとか砂糖で表現するんです。だから僕は(手話で)砂糖、春」

鈴「(手話を真似る)サトウ、ハル」

一星「(手話で)よきよき」

春「(調子に乗る)手話の名前表現ってそういう意外な由来のもの、結構あって、例えば佐々木さんだと、佐々木小次郎の背中の刀を抜く形で佐々木。服部さんは、忍者ハットリで服部」

鈴「へえ〜、面白そう、わたしも勉強してみようかな」

鈴のスマホがバイブレーション。

(UDトークアプリで言葉を読んでいた)一星『やれるもんならやってみな』

鈴「(一星をにらみ)感じ悪いんですけど」

春「仲良しですね〜」

一星「(手話で)つきあってるもん」

春「(手話で)やったの？」

一星「(手話で)当然だろ」

春「(手話で)昨日の今日で」

一星「(当然だよ、というドヤ顔)」

春「まだだね」

鈴「何何、何て言ったの？」

春「2人は仲良しですねって」

鈴「その後」

春「それはちょっと」

鈴「(ケチ)………(話題を変える)佐藤さんは、一星より年上ですか？」

春「そうですけど、もう呼び捨てなんですか」

鈴「そうしろって言うから」

春「は〜………仕事では一星が先輩です。転職して、一からこいつに教わったんです。(口元を隠して小さな声で) 年下だけど、尊敬する先輩です」

一星「(アプリに文字が出ないのを見て、手話で) 何しゃべってんだ。教えろ!」

★　★　★

時間経過して——
トイレから戻って来た鈴。
奥の席で、高速手話で話している一星と春を見つめる。
ワイワイした店の中で、他の人は相手の声が聞こえにくくカップルが「え、何〜?」「だからぁ〜」と大声で話している。
一星と春だけは、音に邪魔されず、イキイキと話している。

鈴「………」

騒音の中、2人だけが浮き立って楽しげに見える。

鈴「(ステキだと思う)」

★道

夜の道。
2人で帰って行く鈴と一星。

鈴「(立ち止まり、ゆっくりと、ジェスチャーつきで) もうここでいいです」

一星「(メッセージアプリで) 送る」

鈴「(首を横に振り) いいです」

一星「(メッセージアプリで)送って欲しいって顔してる」

鈴「はあ?」

一星「(鈴の腕をつかんで並んで歩き出す)」

鈴「………その自信、どっから来るわけ？」
一星「（振り返ってニコッと笑う）」
鈴「（その笑顔を、思わずかわいいと思ってしまう）」
一星「…………」
鈴「…………」

やや歩いてから——

鈴「（立ち止まり）ねえ」
一星「（気づかない）」
鈴「（つかまれていないほうの手で肩を叩く）ねえ」
一星「（鈴を見る）………？」
鈴「（メッセージアプリで）柊一星って、手話で、どうやるの？」
一星「（手話でやってみせる）」
鈴「（真似る）柊、一、星」
一星「（うなずく）」
鈴「（自分をさして）わたしの名前は？」
一星「（手話で）雪」
鈴「（手話と声で）これが雪かぁ！」
一星「（手話で）宮」
鈴「（手話と声で）宮」
鈴・一星「（同時に手話で）鈴」
鈴「（手話と声で）鈴」
一星「（手話で）よきよき」
鈴「（手話と声で）柊一星、よきよき」
一星「（手話で）雪宮鈴、よきよき」
鈴「……………さっき、店で、２人が手話で話してるの見てたら、外国に来たみたいな気持ちだった。わたしだけ言葉を知らない国に来たみたいな」
一星「（UDトークアプリで読み）………（満足げに鈴の顔を眺めた後、メッセージアプリで）さっき春と話してたのは全部下ネタ」
鈴「え～………ステキな気持ちだったのに、

今の気持ち返せ」

鈴の顔を見て笑って逃げる一星。

鈴、それを少しだけ追いかける。

月がそんな2人を見守って――。

★（日替わり）遺品整理現場・外

窓外から部屋の中を覗き、立ち尽くしている一星と春。

春「どうするよこれ」

荒れ果てた部屋では5匹の猫達が、残飯などを食べている。

一星「…………」

春「え～と、こういう時ってどうすんだっけかな。今の日本の法律だとペットは物扱いになるから、警察は引き取ってくれないか、え～と？」

一星「（春を叩く）」

春「（手話と声で）え、何？」

一星「（指をさす）」

一星の指差した先には、猫達の写真が飾られた棚。

部屋の中はよく見れば、猫グッズにあふれ、どれだけ飼い主が猫を大切にしていたかがわかる。

一星「（じっと春を見る）」

春「（察して）え、イヤだからね、俺は。（首を振り）やらないからね俺は」

★遺品整理のポラリス事務所・中

猫を抱いた一星と北斗が向かい合ってにらみ合っている。

春、めんどくさそうに猫を抱いて隣に立っている。

桃野、服部、岩田も猫を抱いて困った

顔をしている。

北斗「いやいやいや、ないから。ご遺族はみんな保健所に連れて行って欲しいって言ってんでしょ？」

一星「(拒否されてることはわかり)俺が代わりに飼い主を見つける。遺族の許可は得た」

春「遺族に許可は得たからって」

北斗「おせっかいもいい加減にしな！」

一星「(おせっかい、は読み取れて、手話で)おせっかいは社長もだろ！」

北斗「(なんとなくわかって)ほん？　なんか悪口言ってんなこれ？」

春「まぁ、そうすね」

一星「(手話で)とにかく猫の飼い主は俺が探す。見つからなかったら全部俺が飼う。以上！」

と事務所を出て行く。

北斗「何だあれ！　(春に)止めろよ！」

春「止まんないっすもん」

北斗「(これみよがしのため息)」

春「ま〜社長の背中を見て育っちゃいましたからね」

北斗「はん？」

春「俺は一星みたいにできないし、したくもないですけど(笑)。まあでも遺品を整理してもらうならあーいうやつに頼みたいなって思いますよ」

北斗「だからって猫5匹も飼えないだろ」

春「じゃ俺も行きまーす(と猫を桃野に押し付け、逃げようとする)」

北斗「春。………1匹うちで飼ってもいいよ。友達にも聞くし」

春、微笑んで出てゆく。

★マロニエ産婦人科医院・スタッフ控室（夕方）

鈴「え、逃げた!?」

げっそりした様子の犬山と伊達が、外来を終えた鈴・深夜・蜂須賀に報告をしている。

伊達「はい、名無しのお母さん、脱走しました。気づいた時にはもう姿が見えなくて、昼食は全部食べてあって」

深夜「赤ちゃんは!?」

伊達「赤ちゃんは、健康です」

蜂須賀「置き去りかよ」

犬山「ベッドもまだ温かかったからさ！　慌てて探したんだけど、どこにもいなくてさ」

深夜「どうして……」

蜂須賀「サイテーな女」

鈴「すみません、わたしのケアが甘かったのかもしれません」

麻呂川「いやいや、誰のせいとかではないよ。警察には僕が話しておくから」

伊達「（怒りに震えて）こんなの、赤ちゃんがかわいそう過ぎます」

蜂須賀「それな。これからどうすんだよな」

深夜「……」

突然走り出てゆく深夜。

鈴「え。ちょ！（麻呂川に）行って来ます」

鈴、追いかけてゆく。看護師達、ぽかんとしている。

犬山「（小さな声で）どしたの佐々木先生」

麻呂川「……」

★同・廊下～新生児室前

慌てて外に出ようとする鈴。

と、新生児室の前で立ち止まっている

深夜が目に入る。

鈴「佐々木先生」

深夜「(振り返り)あ……」

深夜、そのままぼんやりと新生児を見つめる。

深夜「僕がしつこく言ったからでしょうか」

鈴「どうかな。わたしの言い方がキツかったのかも」

深夜「……なりたくても、親になれない人もいるのに」

鈴「……でも、産んだらみんな幸せ~とは限らないし、わが子だから必ず愛せるってわけでもないからさ」

深夜「そういうものですか?」

鈴「フランスでは自ら養育しない母親が、名前を隠して出産することも認められてるんだよ。200年も前から」

深夜「え……!?」

鈴「日本は匿名出産は認められてないけど。でも、危険な闇中絶や孤立出産、新生児殺人を防ぐために、そういう制度が、日本にもあったらいいのにね」

深夜「……僕は、まだまだ知らないことばっかりです」

鈴「そりゃそうだよ、まだ医者になって1年目なんだから」

深夜「でも、それでも……このままじゃ、赤ちゃんがかわいそうです」

鈴「……かわいそう、か」

と、すやすや眠る赤ん坊を見つめる鈴。

★バス停

帰り道、バスを待っている鈴。と、なぜか一星が現れる。

一星「(あ、という顔)」

鈴「あれ。何してるの？」
一星「(メッセージアプリで)猫を飼ってくれる人、探してた」
鈴「猫？」
一星「(メッセージアプリで)うん、でも無事見つかったから平気。仕事終わり？」
鈴「うん」
一星「(メッセージアプリで) コーヒー飲む？」
鈴「(一瞬考えて)……飲む」

★海沿いの道・ベンチ

コーヒーを飲みながら、UDトークアプリを読んでいる一星。
今日の出来事を鈴が説明したような履歴もあり――。

一星「(手話で) 何だそれ、探そう。その逃げた母親、探そうよ」

鈴「(首を振り) いいの。もう終わったことだから」
一星「(手話で) よくない。行こう。置き去りにされてる赤ん坊が、かわいそうだ」
鈴「…………(かわいそう、という手話がわかる)」
一星「(伝わらんと思いメッセージアプリで)俺は高校の時、事故で両親を亡くした」

★　★　★

一星の脳裏にフラッシュバックする過去の記憶。
両親の通夜。
茫然としている高校生の一星。

★　★　★

一星「(メッセージアプリで)何で俺だけが生きてるんだろうって、毎日泣くくらい辛かった。だから、思う。生まれた時から親がいないなんて、かわいそう過ぎる」

鈴「…………」

一星「（立ち上がり、手話で）行こう、俺が絶対見つける」

鈴「…………」

一星「（手話で）何で？　探そう。探そうよ（と立ち上がり、歩き出す）」

鈴「（一星の腕をつかんで止める）」

一星「（手話で）何で？」

鈴「ずっと気になってた、みんなが赤ちゃんを、かわいそう、かわいそうって言うのが」

★　★　★

鈴の脳裏にフラッシュバックするナースや深夜の声。

伊達「赤ちゃんがかわいそう」

深夜「このままじゃ、赤ちゃんがかわいそうです」

一星「（手話で）赤ん坊が、かわいそうだ」

★　★　★

一星「………？」

鈴が何か話しているのを見てUDトークアプリを見る一星。

鈴「確かにあの子の人生はこれからいろんなことがあるかもしれない。でも母親が帰って来たからって、幸せだって保証もない。それに、まだ2日しか生きてないのに、みんなからかわいそうとか、不幸とか決めつけられるのは、何だかおかしい気もする。親がいなければ、必ずかわいそうなのかな？」

一星「…………（読む）」

★一星の回想

両親の通夜の続き。

親戚達の口元「かわいそう」「かわいそ

う」「かわいそう」

一星「(思わず、手で目を覆う)」

★海沿いの道

一星「(手話で)……俺も、かわいそうじゃない？」

鈴「……？」

一星「(メッセージアプリで)俺も、かわいそうじゃない？」

鈴「……！」

一星「……」

鈴「……一星はかわいそうなの？」

一星「(鈴の疑問の顔がわかり、メッセージアプリで)普通と違うから」

鈴「……確かに、強引だし趣味多過ぎるし、ＡＶについて熱く語るし、相当変わってるけど」

一星、またＵＤトークアプリで鈴の言葉を読む。

一星「……」

鈴「別にあなたを彩る要素は、耳が聞こえないことや、両親が亡くなってることだけじゃない。わたしから見た一星は、自由で、自信満々で、ポラリスのエースで、頼んでもない遺品届けてくれるくらいおせっかいで……羨ましいくらい魅力的な人生だと思うけど、かわいそうなの？」

読み終わる一星。

一星を見つめる鈴。その視線を受ける一星。

一星「……(首を振る)」

鈴「……」

一星「(手話で)ありがとう」

鈴「……何のありがとう？」

一星「……」

一星、落ち着きを取り戻し、コーヒーを飲む。

そして急に空に向かって目を閉じる。

鈴「？」

一星「(目を閉じたまま手話で空に願う)その赤ん坊が、めちゃめちゃハッピーに生きますように！」

鈴「………？（手話がわからず）」

一星「(目を開けて鈴を見て、メッセージを送る)その赤ん坊に、俺を見習うように言っとけ」

自信ありげに鈴の方を見る一星。

鈴「何それ（かすかに微笑む)」

一星「(手話で）帰ろう」

鈴「(うなずく)」

歩いて行く2人。

★（日替わり）

マロニエ産婦人科医院・モンタージュ

診察室で出生届を書く鈴。その傍らに麻呂川。

★　★　★

新生児室で、哺乳瓶でミルクを与える深夜と犬山。

★　★　★

医局で児童相談所に連絡している麻呂川。

★　★　★

新生児の引き取りについて、乳児院と相談する鈴。

その横顔を見ている深夜。

★（日替わり）
実景・海から朝日が昇る

★マロニエ産婦人科医院・待合室

朝。まだ開院前。
乳児院の人の到着を待っている鈴、深夜、麻呂川、犬山。
深夜が赤ん坊を抱いている。

深　夜「雪宮先生、僕が間違ってました」
鈴「ん、何が？」
深　夜「自分の価値観押し付ける前に、この子のこれからのために、医師としてできることがあったのに」
鈴「…………」
麻呂川「こういうことに正解はないからさ。親がいたってＤＶだったりする場合もある」
犬　山「本当の事情なんて、本人にしかわかんないしね」
深　夜「…………」
鈴「（赤ん坊を見て）でもこの子は、佐々木先生のことは好きみたいだよね」
深　夜「え？」
麻呂川「あ」

と、玄関外から乳児院の人がやって来る。
蜂須賀、伊達もいて——
深夜、赤ん坊をその人に渡す。

麻呂川「元気に生きろよ」
鈴「バイバイ（と手を振る）」
深　夜「…………」
赤ん坊の顔を覗き込む深夜。
赤ん坊、深夜に向けて笑いかける。
深　夜「…………！」
そのまま、自分も笑い返そうとして、変

な顔になる深夜。

深　夜「元気でね（変な顔になる）」

鈴「（また、変な顔になっていると思う）」

乳児院の人に抱かれて出て行く赤ん坊。

一同、手を振る。

ポッカリした間——

蜂須賀「行っちゃいやしたね……」

その時、裏口から入って来たチャーリーが登場。

チャーリー「イエイイエイウォウウォウ」

一　同「………！」

麻呂川「おはようチャーリー」

犬　山「朝から何だ」

チャーリー「鶴子、傘忘れてたよ。午後から雨だぜ（折り畳みの傘を出す）」

犬　山「親を名前で呼ぶな」

麻呂川「今日はウィーバー休みなの？」

チャーリー「ウィッス。逆に夜が仕事す、スリープリンスで」

深　夜「何ですか、それ？」

チャーリー「添寝士です。俺、夜は添寝士してるんす」

伊　達「添寝士？」

麻呂川「ナンバー1らしいよ」

蜂須賀「院長、何で知ってんすか？」

麻呂川「ここで生まれた子だからね」

チャーリー「ウィッス（添寝士の名刺を出し、みんなに配り、最後に鈴に）どこでも呼んで下さ〜い。添寝しま〜す。あ、腕枕はオプションです」

鈴「添寝士って何…（呆然）」

蜂須賀「チャーリーと添寝すんなら、こっちが金もらうよ」

深　夜「いろんな仕事があるんですね。まだまだ知らないことばかりだな〜………」

鈴「（深夜の顔を見て）顔、元に戻った……」

深　夜「え……？」

★同・スタッフ控室

鈴がひとり昼休みにジャージャー麺を食べている。

★鈴の回想

火葬場の中庭。
目が合い、一間あって、お互いを思い出す鈴と一星。

★　★　★

火葬場の屋上で、母親の遺品を手に、泣いている鈴の背中をぽんぽん叩く一星。

★　★　★

ハンバーガー屋で、頰にケチャップをつけている一星。

★　★　★

鈴に手話で悪態をつかれて、思わず吹き出す一星。

★　★　★

出会った日の一星とのキス。

★マロニエ産婦人科医院・スタッフ控室

鈴　「…………（麺をすすり）」

★マロニエ産婦人科医院近くのハーブ園

同じ頃、深夜が、カップラーメンを食べている。
もう１つある。
北斗がやって来る。

北　斗「ヤッホー」
深　夜「北斗ちゃん」

北斗「こんな寒い日に、外でランチしないとならないくらい、あんたは病院でハブられてんのかい?」

深夜「そういうわけじゃないよ」

北斗「これ彩子の分?」

深夜「…………」

北斗「相変わらず余計な金使って……桜のおやつにもらって行くよ(と、どんどんおにぎりやサンドイッチを自分のバッグに入れる)」

深夜「…………」

北斗「これ、おみやげ、彩子が好きだった秋田のバター餅。ネットで見つけたから買ってみたんだ」

深夜「あこれ、ウニャーって歯にくっつくやつ」

北斗「そうそう」

深夜「ありがと。仏壇に供えるよ」

北斗「都庁であんなに颯爽と働いてたのにさぁ、この頃背中が丸いよ」

深夜「(曖昧に微笑む)昔のことは忘れた………」

北斗「生き直すのも大変だな。頑張れ深夜ぁ!(と、ばんっと深夜の背中を叩く)」

深夜「(痛い)いっ………!　骨折れるよ、すごい力だな」

北斗「遺品整理は力仕事でもあるからね。見てこの筋肉」

深夜「は………そういえば北斗ちゃん、僕って、変な顔?」

北斗「………?　変な顔じゃないよ。きれいな顔だ」

深夜「看護師や先輩の先生に、変な顔だって言われるんだよな………」

北斗「どこがっ!?」

深夜「よくわかんないけど………」

★遺品整理のポラリス事務所・中

仕事終わり、事務所のロッカールームで着替えている一星と春。

★マロニエ産婦人科医院・表の道

鈴が帰って行く。

★バス停

バス停で待っている一星。
雪が降って来る。

一星「…………」

★一星の回想

「雪宮鈴」の手話を教えた時の、鈴。

一星「(手話で)雪」

鈴「(手話と声で)これが雪かぁ!」

★バス停

一星「…………」

スマホがバイブレーションする。
鈴からだ。

一星「……!」

鈴『今どこ?』

★別の道

鈴が雪の中、歩いて行く。
傘はなく、手を頭の上にかざしたりしながら……。

鈴「(立ち止まり、スマホを見る)」

既読になっているのに、一星の返事は来ない。

鈴「何だよ……」

歩いて行く鈴。

踏切に来る。遮断機が下りてくる。

鈴「(寒い)」

またスマホを見るが、一星の返事はない。

鈴「(スマホをポケットにしまい、前を向く)」

すると、いつのまにか踏切の向こうに、一星が立っている。

鈴「……!!」

一星「……」

鈴「……」

一星「……」

鈴「(手話) 雪……(声と手話で) 雪だね」

一星「……」

一星が何か手を動かしたと思ったら、電車が来て、見えなくなる。

電車が去る。

一星が見える。

一星「(ゆっくりと手話で) 雪」

鈴「雪」

一星「(手話で) 宮」

鈴「宮」

一星「(手話で) 鈴」

鈴「鈴」

一星「(手話で) 好き」

鈴「……」

一星「(もう一度手話で) 雪宮鈴、好きだ」

鈴「……」

一星「……」

鈴「……」

一星「……」

踏切越しにあふれる想いを伝える一星。

一星「……」

鈴「……」

第3話

★

遺品には、その人の生き様がつまってるからさ

★別の道

2話ラストより、

一星「(ゆっくりと手話で)雪」

鈴「雪」

一星「(手話で)宮」

鈴「宮」

一星「(手話で)鈴」

鈴「鈴」

一星「(手話で)好き」

鈴「…………」

一星「(もう一度手話で)雪宮鈴、好きだ」

鈴「…………」

一星「…………」

鈴「…………」

一星「…………」

踏切越しにあふれる想いを伝える一星。

一星「…………」

鈴「…………」

踏切が開き、鈴に向かって走り寄る一星。

鈴・一星「(見つめ合う)」

一星「(キスしようとする)」

鈴「待て」

一星「………!?(めげずに再チャレンジ)」

鈴「待て待て待て(一星の両頬を、両手で挟んで押し返す)」

一星「(タコみたいになる)………」

鈴「(一星の頬から手を離す)」

一星「(手話で)何で? (もう一度)何で? 何で?」

鈴「(困る)ん………」

一星「(手話で)何で?」

鈴「展開が、早い………」

一星「………?」

鈴「年の差10だし………」
一星「………?」
鈴「とりあえずステイ」
一星「………???」
鈴「(スマホを打ち一星の顔の前に出す。ステイと書いてある) ステイ」
一星「…………」

★タイトル

★(日替わり)
マロニエ産婦人科医院・外観

★同・スタッフ控室

翌朝。スクラブを着て、入って来る鈴。

タコみたいになった一星をチラッと思い出し、うふっとなるが、キリリとした顔つきに戻って、出て行く。

★遺品整理現場・中

桃野がリビングで段ボールを組み立て、一星と春がガンガン部屋にあるものを段ボールに仕分けている。

リユースの箱に、いろんなものをどんどん入れて行く春。

皿、ブラシ、封筒の残りやトランプ、クリアファイル、タオル、カーラー、ピン、ヘアゴム、おもちゃ、色鉛筆などなど。

一星「…………」

★　★　★

3話冒頭より、

鈴「(スマホを一星の顔の前に出す。ステイと書いてある）ステイ」

★　★　★

2話より、ハンバーガー屋で。

鈴「子どもだな」

★　★　★

一星「………（むぅ）」

何だかイライラと奥の部屋に向かう一星。

春「………（何かあったな）」

桃野「こんな封筒も、売れるんですか？」

春「海外リユースに出せばね、捨てるものの方が少ないよ」

桃野「（箱の中を見て）ガラクタばっかに見えますけど」

春「ユーズドインジャパンは、結構人気あんだよ、東南アジアでは」

桃野「へえ〜、勉強になりました。あそうだ、春さんって、手話、どこで覚えたんですか？」

春「一星に習った」

桃野「俺も習いたいな〜社長の娘さんに習おっかな〜」

春「桜？　あいつは性格に難あるぞ」

一方、奥の寝室では一星が作業をしている。

部屋の中は若い男性の暮らしを思わせるが、薬の袋があったり、体温計や血圧計などがある。

一星「（薬の袋を手に取り、病気だったのかなと思う）………」

そのまま棚を整理する一星。

と、その中から小さな包みと封筒が出て来る。

封筒には『南へ』と宛名だけ書いてあり、封はされていない。

ちょっと考えるが封筒の中身を見る一

星。

一星「…………!」

更に包みを開けると、そこには指輪。

一星「…………」

一星、段ボールの中を探り、高校の卒業アルバムを取り出し何かを探し始める。

春「(リビングから覗き、肩を叩き、手話で)何やってんの?」

一星「(春を無視してアルバムを見ている)」

一哉の名前と写真を見つける。

一星「(あった!)」

その同じクラスに、更に南の名前と写真も見つける。

写メする。

春「(またか、という目で見ているが、自分の仕事に戻る)」

★マロニエ産婦人科医院・スタッフ控室

昼休み。鈴と麻呂川がいる。

鈴、スマホを見ながらハンバーグ丼を食べている。

スマホの画面は、手話教室、初心者コース入学案内。

鈴「…………(おもむろに手話教室の申し込みのボタンをポチ)」

深夜がコンビニから帰って来る。

がさごそ机の上に中身を出すと、サンドイッチの量が異様に多い。

鈴「…………(買って来た量が多くて、驚く)…………大食い、ですね」

深夜「えっあっ…………すみません。よかったらどうぞ(と差し出す)」

鈴「え?　いやチャーリーに頼んじゃったか

ら（とハンバーグ丼を見せる）」

深　夜「あってすよね………（と戻す）院長………（と差し出す）」

麻呂川「僕は愛妻弁当」

深　夜「あってすよね………（と戻す）」

鈴「………？」

犬山、蜂須賀、伊達も入って来る。犬山・伊達は持参の弁当を、蜂須賀は買ったパンを出す。麻呂川、弁当を開く。

伊　達「院長のお弁当は、いつもお魚ですね」

蜂須賀「たまには肉食わないと、ダメですよ」

麻呂川「これ、霞ヶ浜で釣ったアジなの。この前行ったら入れ食いで、あ、今度みんなで一緒に行かない？」

犬　山「え、冬ですよ、寒いじゃないですか」

麻呂川「でもさ、たまには病院の外で、絆を深め合うことも必要じゃない？（蜂須賀と伊達に）どう？」

蜂須賀・伊達「行きます～！」

麻呂川「雪宮先生と佐々木先生も行こうよ！」

鈴・深夜「は………（自分達もか、と思い）」

麻呂川「（前のめりに）雪宮先生ソロキャンプ趣味だったもんね！」

鈴「（否応なく）あ、ですね。………伺います」

蜂須賀「佐々木先生って、休みの日も無駄に病院来てますけど、趣味とかないんすか？（笑）」

深　夜「趣味………趣味………（何も出てこない）」

蜂須賀「無趣味か、寂しいな」

麻呂川「（深夜の肩を抱き）じゃあ、全員参加っていうことで！　マロニエの親睦会にしよう！　院長車出すね！」

蜂須賀・伊達「（同時に）ハイッ！」

鈴「………（そんなに気乗りしていない）」

★移動中のポラリスのトラックの中

信号で停まっている。
運転席に春。助手席には昼飯を食べている一星、桃野は真ん中で寝ている。一星の肩を叩く春。

春「(手話で) また何かしようとしてる?」
一星「(手話で) 別に」
春「(手話で)さっき現場で何か手紙みたいの持って帰ったろ」
一星「………」
春「(手話で) 届けるつもり?」
一星「(無視)」
春「(手話で)………また社長に怒られるぞ」
一星「(無視)」
春、一星の反応にため息。信号が変わり車が走り出す。

★手話教室・表の看板

夜になっている。

★同・教室内

恐る恐る入って来る鈴。
10人ほどの生徒がいるが、みな緊張している。北斗もいる。
ホワイトボードには『教室内での音声会話は禁止です』と、書かれている。

鈴「(何となく会釈)」
他の生徒達「(それぞれ会釈)」
鈴は北斗の隣に座る。
北斗「(バッグの中を探すも、ペンがない)………
……(鈴の肩を叩く)」
鈴「………?」

北　斗「(ジェスチャーで) 書くもの、書くもの」

鈴「………?」

北　斗「(ジェスチャーで) 忘れた。書くもの、貸して下さい」

鈴「………?」

北　斗「(必死でジェスチャーする)」

鈴「(やっとわかって、シャープペンシルを渡す)」

北　斗「(拝んで感謝し、借りる)………(ややあって、アッと気づく、この人は、この前、事務所に来た産婦人科医だ)」

鈴「(気づかない)」

その時、講師の橋本(はしもと)が入って来て、教壇に立つ。

橋　本「(手話で) こんばんは。橋本です」

生徒一同「(ポカン)………?」

橋本、微笑んでホワイトボードに「橋本」と書く。

文字を指差し、

橋　本「(手話で) 橋本」

もう一度ホワイトボードの文字を指差し、

橋　本「(手話で) 橋本です。よろしくお願いします」

生徒達「(なるほど!)」

生徒の中には、わからない人もいる。

★　★　★

時間経過して——

プロジェクターのスクリーンに黒い■が出る。

橋　本「(髪の毛を触る。手話で黒の意味だ)」

生徒達「………?」

橋　本「(スクリーンに赤い■。唇を示す) 赤」

生徒達「………?」

橋　本「(スクリーンに桃色の■。桃の形を作る) ピンク」

鈴、ハッとする。色の表現だ。

橋　本「（全部を示して、手話で）色」

すぐわかる生徒もいるが、北斗はわからない。

★　★　★

時間経過して――

スクリーンに、様々な職業人のイラストが並んでおり説明の途中の様子。

橋　本「（先生の絵を示し、手話で）先生（自分を指差し）先生」

生徒達「（なるほど……と思いながら真似をして）先生」

橋　本「（医師の絵を示し、手話で）医師」

生徒達「（手話で真似をして）医師」

★　★　★

時間経過して――

鈴と北斗、ペアになって自己紹介をしている。

鈴「（手話で）雪宮鈴です。医者をしています。（産婦人科…と伝えたくなりお腹大きい…みたいなジェスチャーをするが、どう伝えたら？　となり、橋本の方を見る）」

橋　本「（鈴に空書きをうながす）」

北　斗「（なぜか橋本を止め、食い気味でうんうんうなずき、手話で）わたしの名前は北斗千明！　わたしの仕事は（考え込む）……　……（ジェスチャーで人が死ぬ、荷物、整理する、を必死でやるが、鈴には通じない）」

鈴・橋本「………？？？」

北　斗「（今度は立って、全身で必死に遺品整理士を表現するが、伝わらない）」

鈴「………？？？」

橋　本「（手話で）空書きして下さい！」

北　斗「（たまらず、空に字を書く。遺）」

鈴「（漢字が難解でわからない）んん？」

北斗「(困りながらも続けて空に字を書く。品)」

鈴「しな………?」

★居酒屋・店内

すっかり仲良くなって飲んでいる鈴と北斗。

北斗「頭使って疲れたけど、面白いね、手話って」

鈴「連想ゲームっぽかったですね」

北斗「(手話と声で)遺品整理士。忘れないようにしなきゃ」

鈴「最初、お坊さんかなって思いました」

北斗「あはは~、確かに。雪宮先生の顔見た時、すぐ、あの時、うちの事務所に来た産婦人科の先生だって気づいたんだけど、声出せないからさ」

鈴「遺品整理って、どんなことするんですか?」

北斗「両親が亡くなった後の実家の整理が一番多いかな? でも最近は生前整理も増えてるの。ひとり暮らしの高齢者が、病院とかホームに入る前に、すべてを整理したいとか、子ども達に迷惑かけないようにしておきたいとか」

鈴「へえ………」

北斗「ゴミ屋敷の片付けとか、たま~に殺人現場、自殺現場の後片付けもあるな。特殊清掃って言うんだけど」

鈴「………」

北斗「でも面白い仕事だよ。遺品には、その人の生き様がつまってるからさ。今って時代がよく見えて来るし」

鈴「すごいお仕事ですね」

北斗「雪宮先生と同じよ。生まれるも死ぬも、同じ人生のうちだから」

鈴「………一星さんは、いつからポラリスで働いているんですか？」

北斗「あいつんちの遺品整理したの、わたしだったからさ」

鈴「え………？」

★北斗の回想

7年前。

一星が両親と住んでいた住宅。

遺品整理に来た北斗に、目が合うなりものを投げつけ、猛然と反発する高校生の一星。

北斗「………!?」

一星「(手話で)帰れ！　勝手なことするな。帰れ！」

親戚の男性「(一星を押さえ)君ひとりで暮らして行けるわけないだろ？　諦めなさい」

親戚の女性「(北斗に)すみませんけど、やっちゃって下さい」

一星「(手話で)捨てるものなんかない！　触るな、帰れ！　帰れ！」

親戚に押さえられながら暴れる一星の前で、北斗、深々と礼をする。

一星、動揺したまま、そんな北斗をじっと見る。

北斗、一星の目を見て話し始める。

北斗「遺品整理は、亡くなった方のためではなく、これから生きて行く方のために行うものだと、わたしは思ってます」

★　★　★

時間経過して――

台所で北斗が作業をしている。奥の部屋には岩田もいる。

小さな食器が出て来る。

涙も枯れ果て、ぼんやり見ている一星。

北斗「これは、あなたのお食い初め（お食い初めだけ、紙に書いて見せる）の時の食器だと思います」

一星「…………」

北斗「特別に注文されたものです。取っておきませんか？　今でも使えるし」

一星「…………（スマホで、お食い初めについて調べてみる）」

★　★　★

時間経過して——

別の部屋。

昔の一眼レフカメラやレンズが出てくる（1、2話で、一星が使っていたカメラ）。

北斗「このカメラ、売りに出したら、今でもよい値段がつきます」

一星「…………（無反応）」

アルバムが大量に出て来る。

開くと、写真は子ども（一星）と母親のものばかり。

北斗「あなたとお母様の写真ばっかり…ということは、これはお父様のカメラなんですね」

一星「…………」

★　★　★

夜になっている。

空っぽの部屋に呆然と立ち尽くす一星。

その手には、星があしらわれたお客様ボックス。中には、お食い初めの食器、写真数枚。それにカメラなどが入っている。

北斗の声「結局、一星はその日から、おばあちゃんちに引き取られたの」

★居酒屋・店内

鈴「…………」

北斗「そしたら1カ月くらいして、一星が突然事務所に来たの」

★北斗の回想

ポラリス事務所。

北斗と服部、岩田がいる。一星が入って来る。

服部「いらっしゃいませ」

一星「…………」

岩田「あ、あの時の………」

怒ったような顔で、ツカツカと北斗の前に行く一星。

北斗「(殴られるのかな、と思い)え、何？ 何何何……」

一星「(手話で) この前はお世話になりました」

北斗「(わからず) ほん？」

一星「(紙を差し出す)」

『遺品整理士になりたいです。ここで働かせて下さい』と書いてある。

北斗「………！」

小学生の桜が「ただいま」と帰って来る。

桜、一星の美貌とたたずまいに、一目で心惹かれる。

桜「んっ……誰？ お客さん？」

一星「…………」

桜「わたし、桜」

北斗「(自慢げに) わたしの娘」

一星「(なんとなく察し、手話で) 柊一星です。よろしくお願いします」

桜「ウオ〜、何じゃそりゃ〜!?」

初めて見る手話にテンションが上がる桜。

一星「(初めてニコッと笑う)」

★居酒屋・店内

北斗「それが今じゃうちのエースよ、顧客満足度ナンバー1なの」

鈴「へえ～」

北斗「まぁちょっとおせっかい過ぎるというか、遺族に踏み込み過ぎて、心配な時もあるんだけど……」

鈴「わかります」

北斗「遺品整理の現場は、人間の本性が現れたりもするからさ。感謝もされるけど、トラブルが起きることもあるんだよね」

鈴「……」

鈴の回想フラッシュ。

1話より、火葬場での出会い。

★ ★ ★

★ ★ ★

鈴「……わたしは、一星さんに救われました」

北斗「……あは～、そうなんだ～、うっふ～ん(好きになってるなぁ～)」

鈴「え、何ですか?」

北斗「ううん。あいつ意外にすごい男なんだよ」

★遺品整理のポラリス事務所・中

その頃。

事務所の冷蔵庫のビールを、乾き物をつまみに飲んでいる一星と春。

一星はスマホを見ている。

『今度いつ会える?』『忙しい?』『まだステイ?』などメッセージを送りまくっているが、まったく既読がついてない。

春「(肩を叩いて手話で)スマホ見過ぎだろ」

一星「(手話で) 春の奥さん、前の会社の同僚だったよな。どうやって落としたん？」
春「(手話で) あの先生とうまくいってないの？」
一星「(手話で) ステイ、って言われた」
春「(爆笑)」
一星「(怒って殴ろうとする)」
春「(サッとよける) (手話で) お前はガンガン行き過ぎなんだよ。恋はさざ波なんだからさ (ドヤ顔)」
一星「(手話で) 意味わかんねえ」
春「(手話で) さざ波、押したり、引いたり」

桜 (北斗の娘、高校2年生になっている) が入って来る。

桜「ただいま〜」
一星「(手話で) 桜、こんな時間まで、何やってんだ？」
桜「(手話で) 子ども扱いしないで、もう高校生です。ブラジャーEカップだし」
一星・春「……！ (Eカップか)」
桜「(一星の隣に座る)」
春「(桜の心がわかっている)」

手話が上手な桜。から揚げとポテサラを出す。

一星「(大喜び。手話で) 気がきくじゃん。よきよき」
春「(手話と声で) 桜の夕飯じゃないの？」
桜「(手話と声で) 一緒に食べよ」
3人「(手話と声で) 乾杯」

★鈴の自宅マンション・外観

★同・LDK

その夜遅く、バスルームから出て来る

鈴。
髪にタオルを巻き、体にもタオルを巻きつけただけの状態だ。
スマホが鳴っている。

鈴「はいはいは〜い（とスマホを取る）」

画面を見ると、なぜかいきなりビデオ電話になっており、一星が映っている。

鈴「え……何？　こっちも映ってんの？（と急いで切る）う〜わ………」

★一星の家・一星の部屋

一星「（悶絶している）…………（何と打つか考える）」

★鈴の自宅マンション・寝室

部屋着に着替えた鈴。
スマホを鏡の前に置き、髪を乾かしている。

鈴「何でかけ直して来ないの？」

不安になる鈴。その時メッセージが来る。

鈴「（スマホに飛びついて見る）」

『おやすみ』のスタンプのみ。

鈴「………おやすみ？　何なん？」

ドキドキしていた自分がアホみたい。

鈴「（ムカつく）………」

★一星の家・一星の部屋

スマホを握って考えている一星。

一星「………」

『最高やん、たまらんで候』のスタンプを見て、

一星「（こっちにすればよかったかな？）……

……」

★鈴のマンション・寝室

プンプンしながら、ドライヤーで髪を乾かしている鈴。

★　★　★

鈴の回想フラッシュ。
2話のラストより、踏切で。

一星「(手話で) 雪宮鈴、好きだ」

★　★　★

鈴「(首を振り、記憶を消す)………」
ドライヤーを止めると、スマホが鳴っている。

鈴「………！　(怒っていたのに、また飛びついて見てしまう)」
一星からのメッセージだ。
『会いたい』

鈴「…………(不覚にも胸キュンしてしまう)」
一星『今度の日曜は？
昼間仕事だけど、夜はOK』
鈴『日曜は病院の人達と釣りに行くの。夜は釣った魚を院長の家で食べる予定』
一星『院長、男？』

鈴「…………」

★一星の家・一星の部屋

一星「(スマホを見ている)」
鈴から『男』

一星「(倒れる)」
一星『俺も行く』
鈴から『ダメ (のスタンプ)』

一星「(七転八倒)」

★鈴の自宅マンション・寝室

鈴「(ちょっとうれしくなっている)………
…」

さりげない『おやすみ』のスタンプを、仕返しに送る。

鈴「(してやったりの気分)」

そのまま、窓外を見上げる鈴。
同じ頃、一星も同じく空を見上げていて――。

★(日替わり)霞ヶ浜

鈴、深夜、麻呂川が、釣りをしている。

麻呂川「みんな来なかったね………」
鈴「………」
麻呂川「行きますぅ、ってノリノリだったよね…
…?」
深夜「………」
麻呂川「伊達さんは急用なんだって。急用って何? 男? 蜂須賀さんはさ、推し活入っちゃったんだって。オシカツって何? トンカツの仲間?」
深夜「あ……来たかも、です!」
麻呂川「え、ほんと? いいぞいいぞ、大物か? 大物だな、頑張れ佐々木先生!」
深夜「おおおお……」
鈴「(おおおお、の気持ち)」
深夜「エイッ!」

釣り上げられたのは、木の枝である。

鈴「枝………」
深夜「………」
麻呂川「そ、そういうこともあるわけよ! それもまた釣りの味わいなのよね」
深夜「は………」

鈴「おっ！　わたしも来ました！（釣り上げるが）……稚魚」

バケツの中も稚魚ばかり。

麻呂川「みんな赤ちゃんが大好きだから、魚も赤ちゃんばっかりだ〜」

鈴・深夜「………」

麻呂川「（滑った、と焦って）こういうのはね、素揚げにするとうまいんだ」

鈴・深夜「………」

★一星の家・表

自宅から急ぎ出てくる一星。

コートのポケットの中から、手紙を出し、再度それを読む。

『南へ

あの日、僕は、君にプロポーズをするつもりでした。

けれど、前日に病気がわかって、君に会いに行きませんでした。

明日から僕は入院します。

もう君に会うことはないかもしれない。

3年もたってから、こんな手紙を書く僕をどうか許して。

好きだ。一哉』

一星「……」

南の卒業アルバムの写真と、指輪を確認する一星。

そのまま走り出てゆく。

★霞ヶ浜

クーラーボックスの中にたくさんの魚。

麻呂川「いや〜よく釣れた釣れた！　ちょっと2人、こっち向いて〜！」

魚を見ていた鈴と深夜、顔を上げる。

その写真を撮る麻呂川。

鈴・深夜「あ………(撮られた)」

麻呂川「おやおやおや? なんだか2人、お似合いじゃないか? うふふ、マロニエのSNSにアップしちゃお」

と早速『医師～ずで釣りなう。大物釣ったど～!

#院長大興奮#マロニエ院長通信』などと打ち込んでいる。

鈴「麻呂川だから、マロニエなんですか?」

麻呂川「そだよ。開業する時、マカロニにするか、マロニエにするか、めちゃめちゃ迷ったんだ」

深夜「マカロニ………!」

麻呂川「僕はマカロニが美味しそうでいいかな～と思ったんだけど、カミサンに大反対されちゃって」

その時、麻呂川のスマホが鳴る。

麻呂川「噂をすれば、カミサンだ、はいは～い……………え………あっ、もちろんわかってるよ………今ケーキ買って帰ろうと思ってたんだから………そんなはずないじゃないの………もちろんだよ、はいはい、もうすぐ帰るから………ああ愛してるよ、愛してます! (切る)」

鈴・深夜「………?」

麻呂川「今日、結婚記念日だったの。ケロッと忘れてた」

鈴・深夜「………!」

麻呂川「今日うちで魚さばいて、2人にご馳走しようと思ってたけど、またにして。ごめん。魚は持ってって? 小さいアジは素揚げにしたら、絶対美味しいから、って、さっき言ったね! ははは～!」

と猛烈急いで帰り支度をし、駆け去る麻呂川。

鈴「え……魚どうする？」

深夜「刺身と素揚げにしましょう」

鈴「そんなことできるわけないじゃない、わたし達に」

深夜「僕がやりますよ」

鈴「へ？」

★海平第一高等学校

一星がラブレターの届け先を探している。

卒業アルバムの写メを教師らしき人に見せているが教えられないと首を振られているようだ。

★定食屋

しょんぼりと定食を食べながら、スマホを見ている一星。

と、店員が通りがかりにスマホ画面の南の写真を見て「あれ！　南と知り合い？」的なことを話しかける。

一星、目を輝かせる。

★深夜の自宅アパート・中

一方、深夜の暮らす質素なワンルーム。

違和感を覚えるほど、ものがない部屋の中。

台所で上手にアジをさばく深夜。

ビールを飲みながら、傍で深夜の包丁さばきを見ている鈴。

鈴「上手ですね」

深夜「は……（手術をチェックされている気分）」

キッチンを離れ、部屋の中を見渡す鈴。

鈴　「佐々木先生って、ミニマリストとかいう人？」
深夜「何ですか、それ？」
鈴　「荷物を持たない主義の人？」
深夜「………特に、そういうわけでは」
鈴　「………医学部行く前は、何の仕事してたの？」
深夜「都庁で働いてました」
鈴　「へぇ。どうして医者になったの？」
深夜「…………」
鈴　「(表情を見て)あ、ごめん、答えなくていいから」
深夜「いえ、雪宮先生に聞いて欲しいです」
鈴　「へ……？」
深夜「10年前、妻と子どもを亡くしまして……
…」
鈴　「………！」
深夜「妊娠37週まで、何の問題もなく順調だったんですけど」

★深夜の回想(10年前)

千代田医科大学付属病院の廊下。
ストレッチャーで運ばれて行く臨月の深夜の妻・彩子。(初顔出し)
彩子「………(苦しげな様子)」
出血している。医師の堀が救急隊員に経過を聞いている。
救急隊員「血圧80－58。ハートレート110。SPO2 99％。救急車に乗車してから出血し続けてます」
堀「わかりました。(看護師に)ご家族にすぐ連絡して。クロスマッチと輸血準備」
看護師「(ピッチに)今受け入れた35歳女性、妊娠37週の方、これから緊急カイザーを行うので、輸血の準備お願いします」

スーツ姿の深夜が、慌てて駆け込んで来る。

深　夜「彩子！」

★　★　★

手術室前の廊下。

堀が、深夜に頭を下げる。

堀「力及ばず……残念です」

深　夜「(呆然)」

★深夜の自宅アパート・中

ローテーブルに刺身と、小魚の素揚げを並べる深夜。

鈴「…………」

深　夜「妻は常位胎盤早期剝離による出血性ショックだと説明されました。胎児も重症低酸素性虚血性脳症で助からなかったと」

鈴「常位胎盤早期剝離……(自分にもそういう経験があることを思い出す)」

★鈴の回想（10年前）

手術室。

執刀医・堀と助手、まだ研修医で見学している鈴。

緊迫した雰囲気。

麻酔科医「先生っ！　血圧低下してます！」

堀「(助手に) 吸引！」

助　手「出血、止まりません………！」

堀「………子宮全摘出だ」

麻酔科医「(鈴に) 輸血追加オーダー！」

鈴「はい！」

堀「雪宮、輸血ポンピングして！　早く！」

鈴「は、はい！」

★深夜の自宅アパート・中

ソファーに並んで座っている鈴と深夜。
深夜も鈴もビールを飲んでいる。

鈴「…………」

深夜「昨日まで元気だった妻とお腹の子を同時に失って、何だか現実だと思えなくて、涙も出なくって」

鈴「…………」

★深夜と鈴の回想（10年前）

千代田医科大学付属病院の裏口。
寝台車に乗せられる深夜の妻・彩子の遺体。
茫然としている深夜。
執刀医の堀、助手、その後ろに研修医の鈴、看護師も見送りに出ている。
鈴だけが涙をこぼしている。泣き声をこらえ、手で涙をぬぐっている鈴。
深夜、泣いている鈴を見る。

鈴「…………」

深夜「…………」

胸の名札に『研修医・雪宮鈴』とある。

深夜「…………」

★深夜の自宅アパート・中

鈴「…………」

深夜「あの時、頭下げてる先生の後ろで、ボロボロ泣いてる若い女の先生がいて」

鈴「………！（それわたしかも）」

深夜「いい先生だな、と思いました」

鈴「……佐々木先生が（あの時の）……」

深夜「（鈴を見て微笑み）だから僕は、雪宮先生みたいな、お医者さんになりたいんです」

鈴　「それで、医学部に入ったの？」

深夜　「ええ……35歳から勉強し始めて、37歳で何とか入学できました」

鈴　「……何でずっと黙ってたの？」

深夜　「言おうかな~と思ってたんですけど……きっかけがなくて、へへへ……」

鈴　「……」

深夜　「……」

鈴　「(涙がこみ上げる)ぜんぜん気づかなかった……でも覚えてる、あの時のことは……」

深夜　「……」

涙がこぼれそうになり、切り替えようと上を向いたりする鈴。
そんな鈴の横顔を、じっと見つめる深夜。

深夜　「……」

鈴　「……」

深夜　「……」

深夜、思わず、鈴の涙に触れようと手を伸ばす。

鈴　「……」

深夜　「あっ……(手を引く)」

微妙な雰囲気——

深夜　「(空気を変えるように、少し笑い)変わってないですね、雪宮先生」

鈴　「え？」

深夜　「ありがとうございます。僕の代わりに、また泣いて下さって」

鈴　「……」

深夜　「……ああっ、冷めちゃいますね！もぉ、タイミングが悪いなぁ、僕って、すいません」

鈴　「(そんなことないと首を振る)……食べよう、何人分だって、食べるから」

深夜「…………」

★カフェ

きょろきょろとしている一星。

一星「…………」

と、石田南らしき人を見つけて、目を輝かせて駆け寄る。

一星「(肩を叩く)」

南「え!? (怪訝な顔で) 誰?」

一星「………(礼をして、ジェスチャーで聞こえないことを表現)」

南「あ………」

一星「(既に打ち込んであるタブレットの文字を見せる) 石田南さんですか?」

南「そうですけど」

一星「(名刺を出し、タブレットをスワイプして文字を見せる) 石田南さんにお届け物があって参りました」

と、手紙と指輪を取り出す一星。

南「………?」

南、手紙を取り出し開いた瞬間、ハッとした顔をする。

一星、更にタブレットをスワイプし、一哉の遺品整理をした経緯やいらない場合はこちらで処分することなどを伝えようとするが——。

南「いらない。迷惑です」

一星「(聞こえなくて)?」

南「昔の不倫相手の手紙なんか届けられても困るんだけど」

一星「(聞こえなくて、手紙と指輪を押し付ける)」

南「帰ってって言ってるでしょ!」

強引な一星を払いのける南。

一星、バランスを崩して転ぶ。

その拍子にテーブルの水が倒れ一星の顔に降りかかる。

南「あ……」

と、その後ろから優しげな男性が赤ん坊を抱えて出てくる。

旦那「南、泣き止まないいんだけど～！　誰？」

一星「………！」

南「（焦って旦那に）行こ」

「どうしたの？」「なんか変な勧誘」などと言いながらそのまま立ち去る南と、子どもを抱いた旦那。

転がった指輪と手紙を拾う一星。

ぽたぽたと髪の毛から水を滴らせながら――。

★カフェを出た先の道

カフェを出た一星。空を見上げると既に夜だ。

ふとスマホを取り出し鈴にメッセージを送る。

『鈴に会いたい』

一星「（送信して、そのままとぼとぼ歩き出す）」

★近くの道

鈴が深夜と歩いている。

鈴「もういいよ、ここで」

深夜「でも、足取りが。一応お宅の前まで、送ります」

鈴「（優しいなと思いつつ）大丈夫です」

その途端、深夜が歩道の段差につまずき、転ぶ。

深夜「あっ！…………（痛い）」

鈴「え嘘でしょ、佐々木先生こそ酔ってんじゃん」

深夜「いえ、これはただのうっかりで、酔っているわけでは………（痛い）」

鈴「痛い？　捻挫した？　ヤダ、大丈夫？」

深夜「大丈夫です（と立ち上がって）はう～（と、うずくまる）」

鈴「え～」

★別の道

濡れ髪の一星が、とぼとぼと歩いて来る。

ふと前を見ると、一星の視線の先に、鈴が見える。

一星「（うれしくなって、手を振ろうとすると）………（深夜の姿が目に入る）………!?」

★近くの道

鈴「折れてる？」

深夜「大丈夫です」

鈴「大丈夫じゃないよ、送ってく」

深夜「いやいやいや、ホント大丈夫です（と言いつつ、鈴の肩を借りたまま）はああ、すみません」

鈴「ひとりじゃ帰れないじゃん」

深夜「すみません、カッコ悪いですね、僕」

鈴「いつもだよ（と言いつつ、笑ってしまう）」

深夜「はああ～ハハハハ～」

仲睦まじく見える鈴と深夜を、茫然自失で見つめている一星。

一星「………」

★（日替わり）

マロニエ産婦人科医院・スタッフ控室

翌朝。

鈴、深夜、看護師達がスクラブに着替えている。

蜂須賀・伊達「（並んで）昨日すみませんでした（と、頭を下げる）」

深夜「いえいえぜんぜん」

鈴「院長、ガッカリしてたけど」

犬山「簡単に行く行くって調子いいこと言うからさ」

蜂須賀「いや〜ああいうお誘いって、基本社交辞令だと思うじゃないですか、マジだとは」

蜂須賀「つか今日の寝ぐせ、半端ないっすね！」

深夜「は………！」

慌てて髪を押さえつける深夜。と、麻呂川が入って来る。

麻呂川「おはよう」

一同「おはようございます」

麻呂川「（ニヤニヤと鈴と深夜に）あの後、どうだった？　仲良くアジ素揚げにして食べた？」

ナース達「………？」

深夜「美味しかったです」

麻呂川「どっち？　どっちの家で素揚げしたの？」

深夜「僕のアパートです」

麻呂川「え〜そうなんだ〜。ふ〜ん、よかったよかった」

鈴「佐々木先生がお料理上手で驚きました」

麻呂川「そうかそうか、うふふふ」

ナース達「………？」

★同・外来診察室

スマホを見る鈴。
昨夜、一星に送ったメッセージ『明日なら8時以降〇K。明後日なら6時以降〇K』が既読になっていない。

鈴「ん……？」

★手話教室・前の道

夜になっている。
教室を出て来る鈴と北斗。

北斗「今日もよく覚えたな〜、父、母、娘、家族、あ痛っ」
鈴「どうしたんですか？」
北斗「一星が病欠で、代わりに行った現場が、まあ〜大変で、腰が」
鈴「一星、病気なんですか？」
北斗「ただの風邪だと思うけど。（ふと思いつき）……あのさ、これ、一星に届けといてくれない？」
鈴「え？」
北斗「腰がヤバいし、娘が、めずらしく早く帰って来いって言っててさぁ」
鈴「は……」
北斗「よろしく。それ、一星の好きなゼリー。住所、送るから」
鈴「は……」
北斗「……（わたしも案外おせっかいだな、という顔）」

★一星の家・玄関外

鈴が住所を検索しつつ来る。
古民家風の一軒家。

表札に「柊」とある。チャイムもある。
もう一度スマホを見るが、メッセージは既読になっていない。

鈴「………(チャイムを押そうと思うが、聞こえないのでは？　と、首を傾げる)………(一か八か押してみる)」

応答はない。やっぱりダメかと思った時、ドアが開き、一星の祖母らしき高齢の女性・柊カネ（70）が顔を出す。
アバンギャルドな服を着ている。

鈴「こんばんは」

カネ「(アッ！　という顔)」

鈴「………？」

カネ「(手話で)一星の(手でハートマークを作る。恋人？　の意味で)」

鈴「え………」

カネ「(ジェスチャーで、どうぞどうぞどうぞ中へ中へ)」

鈴「(この人もろう者だとわかる)………(手話で)わたしの名前は雪宮鈴です。一星さんのおばあ様ですか？」

カネ「(手話なぞ見ていない。どうぞどうぞどうぞと、鈴の腕を引っ張って、2階へ)」

鈴「ううう～(強引でたまげつつ、引っ張りこまれる)」

一星の強引さによく似ているカネ。

★同・廊下～一星の部屋

襖が開き、カネに部屋に押し込まれる鈴。

カネ「(ジェスチャーで)どうぞどうぞ」

鈴「あいえやあああ～」

鈴の背中で襖が閉まる。

鈴「………」

目の前のベッドで、一星が寝ている。

鈴「………」

寝顔は、大病な感じではない。

鈴「(ホッとする)………(部屋の中を見渡す)………」

壁に様々な写真が貼ってある。

海外で撮った写真も多い。

鈴「………」

ヨーロッパやアジア、アフリカなど多彩な国に行っている。

現地の人と仲良く、一星が写っている。

イキイキとした恐れを知らない一星の表情。

国境も軽々と越えるのだと思う鈴。

鈴「………すごいな、一星って………」

そして、出会った日に撮った鈴の写真もある。

ふと気づくと、一星は目を開けて、鈴を見ている。

鈴「………あ」

一星「………(じっと鈴を見ている)」

鈴「(ジェスチャーで)熱、あるの?」

一星「………」

鈴「(熱を診ようと手を出す)」

一星「(払いのける)」

鈴「(手話で)わたしの職業は医者です」

一星「………!(手話が上達している鈴に驚き、指差して何か伝えようとする)………(が、スネている)」

鈴「(持って来たゼリーを示し)ゼリー、食べる?」

一星「(ゼリー、ちょっとうれしい)………(が素直になれず)………」

その時、ガバッと襖が開き、カネが入って来る。

カネ「(さっきより更に意味深にニヤニヤして、お盆に載せたお茶を出す)」

お盆の上には、お茶と毛筆で書いた半紙も載っている。
『私は何も聞こえないので、どうぞご自由に♥』

鈴「………！（手話と声で）あ、ありがとうございます」

カネ「（再びハートマークを出し、うふふふふ～と笑いつつ、前衛風阿波踊りなダンスを踊りながら出て行く）」

鈴「…………」

一星「…………」

鈴「（手話と声で）おばあちゃん（ダンスの真似をして）面白いね」

一星「…………」

急にスマホを打ち出す一星。
鈴のスマホがバイブレーションする。

一星「（メッセージアプリで）院長ってイケメンなんだな」

鈴「は………？」

一星「（メッセージアプリで）彼氏いるのに、こんなとこ来ていいのかよ」

鈴「彼氏、いないけど」

一星「（メッセージアプリで）日曜に釣り行って、夜もイチャイチャしてた」

鈴「日曜の夜？」

一星「（手話で）俺は見た」

鈴「ああ、佐々木先生？」

一星「（スネている）」

鈴「彼は同僚、っていうか部下」

一星「………？」

鈴「（メッセージアプリで）院長でもないし、彼氏でもないです」

一星「（手話で）俺はあれがショックで、風邪引いたんだ！」

鈴「（手話がわからず）え？」

★一星の回想

ショックのあまり、呆然と夜の海を見つめて立っている一星。

その時、一星のスマホがバイブレーションする。

スマホの時計は深夜の2時くらいになっている。

「ばあちゃん」からのメッセージだ。

『先に寝る』

一星「…………(ハックションとくしゃみをする)…………(寒気もする)」

★一星の家・一星の部屋

一星「(メッセージは送らない。ブスっとしている)」

鈴「…………」

一星「…………(ゼリーをチラリと見て、ふんっと手を出す)」

鈴「(ゼリーを渡そうとする)」

一星「(口を開けて、あ～ん)」

鈴「は？」

一星「(あ～ん)」

鈴「何甘えてんのよ、自分でどうぞ（とゼリーを渡し）わたしも食べよ」

と、自分の分のゼリーを開け、スプーンですくう鈴。

と、その腕を突然つかむ一星。

そのまま強引に鈴の手を自分の口元に持って行き、無理やりぱくんと頬張る。

鈴「あ～～～ちょっと！」

一星に引っ張られ、距離が近くなっている2人。

ゼリーを食べた後も、手を離さない一

星。

一星「………（見つめて）」

鈴「…………（またキスなのか？）」

一星「………」

★　★　★

一星の脳裏にフラッシュバックする春の意見。

春「（手話で）恋はさざ波なんだからさ」

春「（手話で）さざ波、押したり、引いたり」

★　★　★

一星「（鈴の腕を放す）」

鈴「（あ、しないんだ）………」

一星「（自分のゼリーを、何事もなかったように食べている）」

鈴「…………（むぅ、としながら自分もゼリーを食べる）」

★／実景・早朝

★／一星の家・一星の部屋

ハッと目覚める鈴。

いつのまにか寝てしまっていたようだ。

自分には毛布がかけられている。ベッドに一星はいない。

顔を上げると、窓の外を見ている一星の背中が目に入る。

鈴「一星」

一星にはその声は聞こえない。

鈴「（近寄って肩を叩く）」

一星「！（手話で）よだれ」

鈴「え（慌てる）」

一星「（笑って鈴の口をぬぐう）」

鈴「(手話と声で)帰る。(声のみ)着替えなきゃだし」

一星「(手話で)送るよ」

鈴「(首を振り)いいよ、病み上がりだし」

一星「(鈴の唇に人差し指をあて、何も言わせない)」

鈴「…………(強引)」

★海沿いの道

早朝の朝焼け。新聞配達員などが2人とすれ違う。

鈴「つまり、許されない恋だったってこと?」

鈴の言葉をUDトークアプリで読んでいる一星。

一星「(うなずく)」

鈴「ひゃ~。亡くなった彼は知ってたのかな。不倫だったこと」

一星「(さぁ、という顔)」

鈴「世の中いろいろあるね~」

一星「(文字を読んで、笑う)」

鈴「……遺品整理士って、みんなここまでするの?」

一星「(文字を読んで、手話で)俺だけ、多分」

鈴「(何となくわかる)そっか」

一星「(メッセージアプリで)社長にはおせっかい過ぎるって、いつも言われる。コーヒーかけられたり、ビンタされたこともある(笑)」

鈴「ええ~」

一星「(手話で)今回も失敗」

鈴「…………」

一星「(手話で)でもいいんだ。俺はずっと、続けるから」

鈴、ふと過去の記憶がよみがえる。

鈴「…………」

★鈴の回想フラッシュ(5年前)

手術室前の廊下。男の顔は見えない。

鈴「お亡くなりになりました」

★　★　★

医局。上司の金山に怒鳴られる鈴。

金山「何もかも君の判断ミス、君の責任だ!」

鈴「…………」

★　★　★

法廷。証言台に立っている鈴。男の顔は見えない。

男「人殺し!!!」

★海沿いの道

鈴「…………」

記憶を振り払うかのように、目をきつく閉じ、ため息をつく鈴。

★　★　★

男の足が、見えている。
何者かが、鈴の姿を後ろから、じっと見つめているようだ。
その何者かは、怒りに震えているようで——。

★　★　★

鈴「…………」

男には気づかない鈴。

一星「…………?」

どうしたのだろう?　と鈴の顔を覗き込む一星。

鈴「頑張っても、どうしようもないこと、いっぱいあるよね」

UDトークアプリを読んでいる一星。
そして鈴の顔を見つめる。
朝陽が昇り始める。

突然、一星がやるせない気持ちを払拭するかのようにワイワイと踊り出す。

鈴「………！　え、何？」

一星「（踊りながら、鈴を誘う。鈴の手を取り、無理矢理踊らせる）」

鈴「え～………（人目を気にして）ちょっと………も～（と言いつつ踊る）」

踊りながらつぶやく鈴。

鈴「子どもみたいだと思ってたけど、そうでもないんだね」

一星「（何か言ってるのがわかり止まって、手話で）何？」

鈴「わたしなんかよりずっと、まっすぐで、優しくて、強いんだね」

一星「（手話で）何何？　手話で言って」

鈴「あ～（首を振り）ごめん、そこまでは手話わからない」

一星「（いたずらっぽく笑い、手話で）勉強してるのに………？」

鈴「んん………？」

仕方ないなという顔で、一星、スマホでメッセージを送る。

一星「（メッセージアプリで）手話の勉強、始めたでしょ」

鈴「あ、うん」

一星「（メッセージアプリで）俺と話したいからだ（ニヤニヤ笑い）」

鈴「うるさいなぁもう」

一星の視線から逃げようとする鈴を捕まえ、ぐいっと自分の方に引き寄せ、向き合わせる一星。

朝陽の中、シルエットになる２人。

ゼリーの時に続き、これはキスする流れだろう、という雰囲気になる。

一星「………」

鈴「…………」

一星「(手話で)ステイ」

鈴「(意味がわかり)え………?」

一星「(手話で)鈴がホントに俺を好きだと思うまで、キスは、ステイします」

鈴「(意味がわかり)なにそれ、仕返し?」

一星「(ドヤ顔をしている)」

鈴「(笑って)…………しょうがないな」

そのまま、鈴がそっと一星のおでこにキスする。

一星「(度肝を抜かれ)…………!!!」

驚く一星がかわいくて、吹き出す鈴。

一星、喜びのままに、また鈴の手を取って踊り出す。

朝陽の中、踊っている2人。

第4話

★

何も言わずに傍にいる優しさもあると思う

★鈴の自宅マンション・LDK

朝。
パジャマ姿の鈴がカーテンを開ける。
いい天気だ。

鈴「(手話で) 青い空………白い雲………」

★同・ベランダ

窓を開けベランダに出て、下の道を見る鈴。
歩いて行く人がいる。

鈴「(手話で)ランドセル………花………鳥……
……」

★同・玄関

出かけて行く鈴。

鈴「(靴を履きながら) 靴………(わからない)」

★道

バス停にいる鈴。
スマホで、手話を調べる。
『靴』

鈴「ふ〜ん (なるほど)………(靴の手話をやってみる) 靴」

バスが来る。

鈴「バス………(腕時計を見る) 10分遅れ……
……」

★遺品整理のポラリス事務所・外観

★同・中

誰も来ていない事務所の中で、スマホを立てかけ、動画を撮っている一星。

一星「(スマホに向かって手話で)バス。………バス」

桃野が入って来る。

桃野「おはようございまーす！（一星にジェスチャーで）おはようございまーす！」

一星「(桃野に答えず動画で手話)今日は、バスが、10分遅れて来た」

春が入って来る。

春「おはよ（一星の顔を見て、手話で）おはよう」

一星「(春には答えず、動画で手話)今日は、バスが、10分遅れて来た」

春「おやおやおやおや」

一星「(春に構わず、手話で)わかった？ じゃね（と動画を撮り終わり、鈴に送信して切る。春に手話で）何？」

春「(手話で)幸せそうだね」

一星「(手話で)こうやって、春にも教えただろ？」

春「(手話で)なつかしいな～」

桃野「一星さん、俺も1つ覚えたんです！ 見て下さい。(手話と声で)桃野」

一星・春「(拍手)お～」

桃野「うへへ。もう1つ。(手話と声で)岩田」

岩田「(いつのまにかいて)おはよう。呼んだ？」

★バスの中

スマホを見ている鈴。

鈴「(手話と声で)今日はバスが10分遅れて来た」

メッセージアプリで『ありがとう』の
スタンプを一星に送信。

★マロニエ産婦人科医院・スタッフ控室

鈴がいるところに、深夜が入って来る。

深夜「おはようございます」
鈴「おはようございます」
深夜「（鈴に背を向けている）」
鈴「（手話で）医者、1年目」
深夜「（振り返り）何かおっしゃいました？」
鈴「別に」
深夜「あ、すみません」
鈴「………言った」
深夜「え？」
鈴「（手話と声で）医者1年目」
深夜「先生、手話できるんですか！」
鈴「ぜんぜん、入門コース入りたて」
深夜「昔、妻と手話のドラマにはまったことありました」
鈴「奥さんと………」

★鈴の回想

鈴の脳裏にフラッシュバックする深夜の話。
3話より、深夜の自宅アパートで。

深夜「10年前、妻と子どもを亡くしまして………」
鈴「………！」

★　★　★

深夜「何だか現実だと思えなくて、涙も出なくって」
鈴「………」

★マロニエ産婦人科医院・スタッフ控室

鈴「奥さんと見た手話のドラマって、トヨエツの？」

深夜「ええ、あれ見て、僕らも手話を覚えようって、挑戦したんですけど、2人とも、すぐ挫折しちゃって」

鈴「そっか」

深夜「今も覚えてるのは（手話と声で）ありがとう、と自分の名前くらいです。（手話と声で）佐々木深夜」

鈴「………！（やりつつ）佐々木！」

深夜「佐々木小次郎の佐々木です」

鈴「佐々木。佐々木！」

深夜「（手話の話で、いつになく弾ける鈴を、かわいいと思う）………（手話と声で）午前、午後、深夜です」

鈴「（手話と声で）わたしの名前は雪・宮・鈴」

深夜「（声と手話で）雪宮鈴」

いきなりチャーリーが入って来る。

チャーリー「イェイイェイウォウウォウ。今、先生達、踊ってたすか？」

鈴・深夜「は？」

チャーリー「（奇妙な真似）こんなこんな〜」

深夜「手話で、雪宮先生の名前を教えてもらってたんです」

チャーリー「え〜テンアゲ！　じゃ、チャーリーはどうやんすか？　添寝士は？」

犬山、蜂須賀、伊達が入って来る。

犬山「正憲！　昨夜どこ行ってたんだ！」

チャーリー「本名で呼ぶな。働いてたんだよ、オールナイトで、鶴子」

犬山「とっとと帰って、シャワーして寝ろ、クソ息子」

蜂須賀「一晩でどんだけ稼いだん、チャーリー」
チャーリー「添寝一晩8時間コースで8万円」
一　同「………！」
チャーリー「で、差し入れ買って来たからさ、みんなに、揚げたてコロッケだよん」
蜂須賀「8万稼いでコロッケかよ」
伊　達「わたしずっと聞きたかったんですけど、添寝士って、ホントにホントに並んで寝るだけなんですか？」
チャーリー「ウェイ。添寝士は孤独な現代人の心を癒すエンジェル。ひとりで寝るのが寂しい人のライフセーバー」
蜂須賀「わかるけど、お前とは寝ない」
鈴「需要があるんだ、そんなに」
チャーリー「オールナイトはそんなにないす、2時間コースが定番っす」
深　夜「チャーリー君は、特殊な才能があるんですね」
チャーリー「男の方もOKですよ、先生、一度お試ししませんか？」
深　夜「へ………！」
犬　山「黙れ、バカ息子！」
チャーリー「（流して）鶴子元レディースだから、すぐカッカすんだよね」
一　同「レディース！」
チャーリー「え、知らんかった？　ピンクエンペラー」
蜂須賀「ピンクエンペラーって何」
と、麻呂川が入って来る。
麻呂川「佐々木先生、スクラブが逆だよ、イェイ」
深　夜「は………！　（と慌てて着直そうとする）」
犬　山「（急に切り替え深夜に）今日、外来混んでますんで、早目に開始して下さい!?」
深　夜「はい、すぐ行きます」
蜂須賀「師長ピンクエンペラーって何すか」

犬　山「(無視して) コロッケは後、仕事仕事、院長も病棟回診ですよ」

麻呂川「あそうなの？　コロッケって何？」

犬　山「それは後！」

麻呂川「あそうなの？」

みんな犬山に押し出されて行き、鈴とチャーリーだけになる。

チャーリー「(コロッケを差し出し) 1個食べない？　先生」

鈴「昼になったら冷めちゃうもんね」

蜂須賀「(戻って来てチャーリーに) え、師長レディースなん？　怖いんだが」

チャーリー「わかりみ深し」

鈴、コロッケをかじりながらスマホを出し、一星にメッセージを送る。

『添寝士って手話、どうやるの？』

★駐車場～ポラリスのトラックの中

トラックの前、出発直前の一星と春。

春「やべ。(手話で) 忘れ物」

春、事務所に戻る。

一星だけトラックに乗り込むと、スマホに鈴からメッセージ『添寝士って手話、どうやるの？』

一星「………？」

一星が返信『何それ？』

鈴『人に添寝してあげる仕事。添寝士』

一星『鈴、添寝が必要なの？』

鈴『いや、師長の息子が添寝士なんだけど、手話でどうやるのかなって思っただけ』

一星『後で動画送る』

『週末のデート、忘れんなよ』

『(ビシッみたいなスタンプ)』

一星「………」

いそいそトラックに乗り込んで来る春。
そんな一星を見て。

春「………?」

一星「(スマホで『添寝士』について調べる)」
『添寝サービス、料金相場は2時間2万円程度』

一星「………!」

★マロニエ産婦人科医院・外来診察室

患者(佐藤うた、実は春の妻)と話している深夜。
診察室には蜂須賀もいる。
うたは、キリリとしたスーツに身を包んだ、いかにも仕事ができそうな雰囲気の女性。

深夜「妊娠6週目ですね。おめでとうございます!」

うた「………」

深夜「予定日は今年の9月29日になりますね」

うた「そうですか(メモする)」

深夜「これからつわりが出てくると思うんですよね。そういう場合は、食事を冷たくするとよいですよ。気持ち悪いからって食べないと、赤ちゃんにも栄養が行かないので。ね」

うた「はい」

深夜「次回の診察は2週間後になります。けど何かあったら、いつでも電話して相談して下さいね」

うた「………」

深夜「(うたの顔を見て)あの………何かご不安なこと、ありますか?」

うた「…………いえいえ大丈夫です。ありがとうございました（と立つ）」

深　夜「あっ……どうぞお大事に！」

★同・受付～待合室

浮かない顔で帰って行くうた。
春の妻とは知らないが、待合室を通りかかった鈴は、うたの浮かない表情がひっかかる。

鈴「…………」

★同・屋上

昼休み。ベンチで食事をしている鈴。
やって来る深夜。多めの食事をまた買って来ている。

鈴「…………佐々木先生、1個ちょうだい」

深　夜「あ……どうぞ……（鈴の気遣いがわかり）……ありがとうございます」

鈴「ん？」

深　夜「…………」

鈴「…………」

深　夜「あの。午前中の患者さんに、妊娠を告げても、ニコリともしない人がいて……」

鈴「あー。まぁ喜ばしい妊娠ばかりじゃないしね」

深　夜「不倫の末の妊娠とか、経済的事情とかですかね……おめでとうって言ってしまって、気まずい雰囲気になりまして」

鈴「そういう事情は、医者には関係ないから」

深　夜「…………」

鈴「わたし達がやるべきことは、妊婦さんの体調を的確に診断すること」

深　夜「は……」

鈴「産むも産まないも、生き方の選択は本人の自由だからさ」

深夜「……そうですね……」

★手話教室・中

その夜。

始まる前の時間。まだ生徒は集まっていない。

鈴が、一星からの『添寝士』の手話動画を見ている。

鈴「(見ながら、やってみる)添寝士」

北斗が入って来る。

北斗「(手話でみんなに)こんばんは。(鈴には身振りで)やあやあ」

鈴「(手話で)こんばんは」

★　★　★

時間経過して——

お酒のイラストがプロジェクターのスクリーンにたくさん映っており、鈴と橋本が手話をしている。

橋本「(手話で鈴に)好きなお酒は何ですか?」

鈴「(手話で)ビールも焼酎も、日本酒もワインも、ぜーんぶ好きです!」

橋本「(手話で)どのくらい飲めますか?」

鈴「(手話で)たーくさん飲めます!」

橋本「(手話で鈴に)結構いける口なんですね。赤くなったり、吐いたりしませんか?」

鈴「(手話で)……しません(と嘘をつく)」

橋本「(鈴の回答にリアクションしつつ、今度は手話で北斗に)北斗さんも同じくらい飲めますか?」

北斗「えっ、あっ、えーーーと」

クラスで一番上達している鈴。

講師も、生徒達も驚いている。

北斗は、復習もできておらず、明らかに鈴より遅れていて焦る。

★同・表の道

鈴と北斗が出て来る。

北斗「あ〜、疲れたあ〜」

鈴「（疲れていない）今日も面白かったですね」

北斗「外国人の彼氏がいると英語の上達が早いっていうけど、手話も同じだね」

鈴「簡単な手話はネットで調べてますよ（笑）」

北斗「でも意外と出てこないのもあるもん！　もうぜんぜんついて行けないよ〜！」

鈴「北斗さんも、一星さんや春さんに聞けばいいのに」

北斗「あいつらに秘密で上達したいの。はー、でも挫折しそう」

鈴「挫折しないで下さい、北斗さんがいなくなると、帰りの飲み会なくなって、つまんないですから」

北斗「あそう？　じゃ今日も行く？」

鈴「はいっ」

★遺品整理のポラリス事務所・駐車場

トラック前で、荷物や伝票の整理などしている一星と春。
と、帰る服部が通りかかる。

春「（服部を捕まえて、伝票を出し）あ〜服部さん！　これお願いします」

服部「明日にして下さい、わたし、残業しないので（と、颯爽と大股で帰って行く）」

春「…………」

一星「…………」

春のスマホが鳴る。妻のうたからだ。

『仕事終わった？　外でご飯食べな

い？』

春「(手話で) ヨメから誘いだ」

一星「(手話で) めずらしいな」

そこに通りかかる鈴と北斗。

北斗「やっぱりまだいた。一杯やらない？」

鈴「(手話と声で) お邪魔します」

春「あれ、鈴さん！」

一星「………！ (慌てる、汗臭い俺？)」

北斗「鈴先生と飲もうと思ったら、いつもの居酒屋が水漏れで臨時休業でさ」

一星「(すっと事務所の方に消える)」

春「てか社長と鈴さん、一緒に飲むような関係なんですか？ 何で？」

北斗「まあね、あんた達コドモにはわかんない事情があるのよ、いろいろ」

春「何すか、それ？ (と鈴を見る)」

鈴「秘密です (笑)」

春「社長、うちのヨメも呼んでもいいですか？」

北斗「いいよ、久々じゃん、うたちゃん。室長になったんだって？」

春「そうなんすよ、10人抜きとからしいです」

★同・トイレ

慌てて駆け込んで来る一星。

顔を洗い市販の体臭除去シートで体を拭く。

鏡を見て、髪も直す。それから自分で臭くないか、嗅いでみる。

一星「(よくわからない)」

★同・中

一星が戻って来ると、春がビールを出

し、鈴と北斗は、買って来た総菜屋のから揚げなどを並べている。

一星「(春に手話で小さく) 俺臭くない?」

春「(手話で) 臭い」

一星「………!」

春「(手話で) ウソ。慌てんなって (ふふ)」

一星「(ムッ)」

鈴「(一星に微笑みかける)」

一星「(焦って、鈴に微笑み返す)」

鈴「(手話と声で) 一星の好きな、から揚げ」

一星「(手話で) から揚げ食ったら、添寝しよう」

鈴「(手話と声で) バカ」

春「(手話と声で) 手話、上達してるね」

一星「(手話で) 俺のお陰」

春「(手話と声で) 秘密の話、できないな、もう」

桜が入って来る。

桜「ハレ? 何この集まり、今日何かのパーティー?」

北斗「今、桜に連絡しようとしてたとこ」

桜「ウソだね、それ」

北斗「あんたを忘れるはずないでしょうが、このわたしが。鈴先生、これがうちの娘、桜〜!」

鈴「噂の桜ちゃん! よろしくです」

桜「うーす。手洗ってこよ (とトイレへ)」

チャーリーが来る。

チャーリー「イエイイイエイ、ウォウウォウお届けです」

鈴「チャーリー! ここにも来るんだ」

北斗「宴会やるんだけど、あんたも参加する?」

チャーリー「はにゃ! 添寝の予約ビッシリなんだわ、ぴえん」

一同「(予約ビッシリなんだ)………」

★同・トイレ

桜が入って来ると、洗面台に「体臭除去シート」がある。

桜「………？」

★同・中　桜が出て来る。

桜「これ忘れてあったよ（と体臭除去シートを出す）」

一星「（ヤバッ！）」

春「あそれ俺の、身だしなみ身だしなみ（一星に流し目）」

一星「（ホッ）」

うたの声「こんばんは～」

うたが入って来る。

みんなうたを「いらっしゃい」と出迎える。

鈴「………？（どこかで見たことがある顔だ）………」

春「俺のヨメ、うたです」

うた「よろしくお願いします（と、名刺を出す）」

食品メーカーの企画開発センター室長などと書いてある。

鈴「よろしくお願いします（と、自分も名刺を出す）」

うた「（鈴の名刺を見て、今朝の医院の先生かと思うが、顔には出さず）よろしくお願いします。（北斗に）いつも春がお世話になってます」

北斗「いやいやこちらこそ」

鈴「食品開発センター、面白そう。ぶひぶひ豚骨王ヌードル、いつも食べてます！」

うた「え、ありがとうございます。わたしの企画なんですあれ！」

鈴「え、うっそ、そうなの!?　すごい！」
うた「春も、昔は一緒に働いていて」
鈴「そうなんだ」
一星「(手話で) 早く乾杯しようぜ」
北斗「わかったわかった、乾杯ね」
それぞれがお酒を手に取り、桜は缶ジュースを取る。
うた「わたしも (とジュースを取る)」
春「え……」
一星「……？」
北斗「え、どうしたの？　うたちゃんが飲まないなんて。まさか！　まさかまさかのおめでたとか？」
うた「……」
春「……」
一同「……」
北斗「あれ、わたし、マズいこと言った？」
うた「いいえ、違います、ここんとこ、飲み過ぎなんで」
春「(飲み過ぎ？　違和感……もしかしてホントに妊娠なのか……)」
北斗「じゃ、乾杯するわよ、とりあえず今日も無事に過ぎましたってことで、乾杯」
一同「乾杯！」
鈴「(手話と声で) 美味しい (しかし手話は「大切」になっている)」
一星「(手話で)……違う、美味しいは、こう」
鈴「(一星の手話を真似ながら声で) 美味しい」
一星「(うなずいて、手話で) 間違えてもいい、気持ちは伝わった」
鈴「(微笑む)」
1話から3話までの鈴より、身振り手振りが大きくなり、表情も豊かになっている。
桜「……(一星と鈴の仲のよい感じを見て

鈴　いる)」
鈴「(視線を感じ)よく北斗さんから話は聞いてたけど、桜ちゃん、お母さんにメチャメチャ似てますね」
桜「ホントですか」
北斗「そうなのよ〜よく言われんのよ〜(デレデレ)」
一星「(UDトークアプリを読んで)(鈴をさし手話で)この人、医者だぜ、産婦人科」
桜「(手話と声で)産婦人科? 深夜と同じじゃん」
鈴「深夜? え、佐々木先生のこと?」
北斗「あれ、言ってなかったっけ。深夜とわたし、高校の同級生だったのよ。あ、今日呼んでやればよかった、しまった」
鈴「ええ〜!?」
北斗「(桜に)鈴先生、深夜の上司らしいよ」
桜「深夜の上司なの! カッコよ! (手話と声で)世の中狭いね」
鈴「桜ちゃん、手話上手ですね」
桜「(手話と声で)子どもの頃から、一星に教わってたから」
北斗「うちの桜、顔もかわいいけど、頭もいいのよ(下手な手話を考えつつ)わたしの娘、かわいい、最高にかわいい」
桜「いやいろいろ間違ってるし」
うた「………」
鈴「(その時、黙ってみんなの話を聞いているうたの顔を見て、突然、思い出す)……
……!」

★鈴の回想

今朝、マロニエ産婦人科医院外来の待合室で、幸せそうな妊婦の中で、ひとり浮かぬ表情のうた。

鈴「…………」

★　★　★

鈴と深夜。

鈴「喜ばしい妊娠ばかりじゃないしね」

深夜「…………」

／★遺品整理のポラリス事務所・中

盛り上がる飲み会。その一方で——。

鈴「…………」

春「…………」

／★タイトル

／★道

帰って行く春とうた。

春「……うた。俺に何か言うことない？」

うた「ん？」

春「ホントに妊娠してる？」

うた「…………」

春「やっぱりそっか……」

うた「ホントは今日、2人で話そうと思ってたんだ。今、6週目だって」

春「…………」

うた「うれしくない？」

春「それは……まだ、よく、わかんない」

うた「そう言うと思った」

春「でも責任があるってことはわかってるから、ちゃんと」

うた「いいよ、責任なんて言わないで」

春「…………」

うた「2人でよく考えよう」

春「…………」

うた「わたしは春のことが好きだし、子どもが出来たって聞いたら、予想外にうれしかった。けど、それより前に、春の気持ちが一番大事……春とわたしの幸せが壊れちゃうなら、意味がないからさ」

春「………」

　でき過ぎている妻が、やや息苦しい春。

春「…………ごめんね………」

★（日替わり）デート待ち合わせ場所

　待ち合わせ場所のどこか。

　一星が時間よりずっと早くから来て待っている。

　普段とは趣の違うフェミニンな服装の鈴が来る。

一星「(今まで見たことのない鈴の雰囲気に、見とれる)」

　一星を見つけて、手を振る鈴。

一星「………」

　その弾ける笑顔。

　カメラを出し、構える一星。

　一星に向かって走って来る鈴の写真、連写。

★道

　鈴の腕をつかんで引っ張り、どんどん歩いて行く一星。

一星「(手話で) ここ、美味しい」

鈴「(手話と声で) 食べたい！」

一星「(手話で) 今日はいい、お腹がいっぱいになっちゃうから」

鈴「え？」

一星「(手話で) 今日は、バックパックの時に知り合ったギリシャ人がやってる店に行く」

鈴「………？？？」
一星「（手話で）ギリシャ」
鈴「ギリシャ料理？」
一星「（うなずく）」

★蕎麦屋の前

食券が買えないで迷っている老紳士がいる。

一星「（近づいて行く）」
鈴「一星？」
一星「（自動券売機の前で、写真を指差し、これ？）」
老紳士「（違うものを指差す）これを食べたくて」
一星「（ジェスチャーで）１つ？」
老紳士「１つ」
一星「（温かいとか冷たいとかも聞いて、食券の買い方を、身振り手振りで見事に説明してあげる）」
鈴「………」
老紳士「（食券が買えて感動）おお！」
一星「（ニッコリ笑って老紳士とハイタッチ、鈴のところに戻って来る）」
鈴「（いいやつだと思う）」
老紳士「ありがとう、ありがとう」

一星と鈴、老紳士に手を振って去る。

★アクセサリーショップ

鈴「あ、かわいい」

星のペンダントを見ている鈴。

鈴「星が降ってるみたい」
一星「（手話で）何？」
鈴「（手話と声で）星が………（ジェスチャーと声で）降ってる………ん？　降ってる？　（うまくいかない）」

一星「………???」
鈴「(メッセージアプリで)星が降ってるみた
いって言いたかったの」
一星「(手話で) 買う?」
鈴「ううん、いい」

★ギリシャ料理のレストラン・店内

世界旅行中に知り合ったギリシャ人の
友人と、ハグする一星。
ギリシャ語と、一星のジェスチャーで、
鈴にはわからない会話をしている2人。

鈴「………(映画の1シーンのようだと思う)
………」

★同・窓際の席

食事をしている鈴と一星。
窓ガラスが外との温度差で曇っている。

鈴「は〜お腹いっぱい。………お腹いっぱい、
どうやるんだっけ? (とスマホで検索)
………あ (手話と声で) お腹いっぱい」
一星「…………(曇った窓ガラスに指で文字を
書く。ス)」
鈴「(スキ、と書くと思うと)」
一星「(窓に、ステイと書く)」
鈴「………?」
一星「(手話で) 休め」
鈴「休む?」
一星「(手話で) 手話、頑張り過ぎ」
鈴「だって、一星としゃべりたいんだもん」
一星「(手話で) ゆっくり、ゆっくり」
鈴「わかった………(手話と声で) ゆっくり、
ゆっくり」
一星「(メッセージアプリで) 鈴が俺と話した
いと思ってくれることがうれしいから、

頑張り過ぎないで？」

鈴「…………」

一星「…………」

鈴「（一星を見つめて、うなずく）」

★丘の上

夕陽が美しい。鈴のスマホはUDトークアプリ起動中。

鈴「北斗さんと桜ちゃん、仲良し親子だよね」

一星「（読んで）（そうかな、という顔）」

鈴「死んだお母さんのこと、思い出しちゃった」

一星「（読んで）…………」

鈴「…………」

一星「（手話で）社長、離婚してるんだ」

鈴「ん…………？」

一星「（空に文字を書く）りこん」

鈴「ああ…………」

一星「（手話で）桜は、別れた夫の連れ子」

鈴「…………？？？」

一星「（メッセージアプリで）桜は、社長の別れた夫の連れ子だったんだ」

鈴「え〜！」

一星「（メッセージアプリで）だけど、夫は桜を置いて、他の女のところに行っちゃった」

鈴「えええ…………!!」

一星「（メッセージアプリで）人生には、予想もつかないことが起きるもんだよなぁ」

鈴「そうだね」

一星「（手話で）…………春の奥さん、妊娠してるの？」

★春の自宅マンション・ベランダ

洗濯物を取り込んでる春。

手を止めて夕陽を見つめる。

春「…………」

★同・リビング

リビングのデスクのＰＣで仕事をしているうた。
邪魔をしないように、その横を洗濯物を抱えて通り過ぎる春。

★丘の上

鈴と一星。

鈴「(手話がなんとなくわかり)…………」

一星「(メッセージアプリで)子どもができたら普通うれしいもんじゃないの？」

鈴「そうじゃない人もたくさんいるよ」

一星「(読んで、驚きの表情)…………！」

鈴「結婚したら子どもを作るのが当たり前っていう時代でもないし、夫婦だけで生きて行きたい人もたくさんいるよ」

一星「(読んで、驚きの表情)」

鈴「そんなに驚くこと？　(笑)」

一星「(手話で)俺は春に、何て言ったらいいのかな？」

鈴「(何となくわかり)…………見守るしかないよ」

一星「(読んで、手話で)でも、何か力になりたいし」

鈴「(何となくわかり)何も言わずに傍にいる優しさもあると思う」

一星「(読んで、手話で)…………俺はそういうの得意じゃない」

鈴「(手話と声で)知ってる」

一星「(あまり納得いかず)…………」

★（日替わり）マロニエ産婦人科医院・待合室

春が待合室におり、呼ばれて診察室に入って行くのを見る鈴。

鈴「あ………」

★同・外来診察室

深夜と蜂須賀。入って来る春。

深夜「佐藤うたさんの旦那さんですね？　今日は、どうなさいました？」

春「………」

深夜「あの………？」

春「………いつまでなら、中絶できるんでしょうか？」

蜂須賀「えっ」

深夜「………」

春「………自分は、子どもが欲しいと、思っていなくて………」

深夜「………一般的に中絶手術が受けられるのは妊娠22週未満になりますが、妊娠初期とそれ以降では、手術方法が異なります。12週未満であれば15分程度の手術で済むので、体調に問題がなければその日のうちに帰宅できますが、12週以降になると母胎にかかる負担とリスクは高まります。役所に死産届けを提出したりと、出産と同じような手続きも必要となってきます」

蜂須賀「………」

春「先生はお子さんができた時、うれしかったですか？」

深夜「………僕は子どもはいません」

春「あ………すみません………」

深夜「いえ」

春「もし、もし先生に大切な奥さんがいて、その奥さんが妊娠したら、普通、うれしいですよね」

深夜「………そうですね。僕は、うれしい………と思います」

春「わたしがおかしいんでしょうか………」

深夜「いえ、価値観は人それぞれだと、思うので」

春「………妻は、元いた会社の同期でした」

★春の回想

7年前。サラリーマン時代のスーツ姿の春とうた。新入社員時代。

小売店を回って歩いている。

春「激務だったけど、毎日仕事も楽しくて、すぐに結婚しようという話になりました。でも………」

★ ★ ★

時間経過して——1年後。

商品開発部、会議室。

上司1「君が考えた『ぶひぶひ豚骨王』、役員会でも絶賛だったそうだ、製品化も決まった」

うた「ホントですか！」

上司1「次のプロジェクトの企画も任せていいか？」

うた「頑張ります！」

★ ★ ★

その頃、営業部で上司に怒鳴られている春。

上司2「東王（とうおう）スーパーはうちの大口クライアントだろう、それが引き揚げるってどういうこと？」

春「わかりません」

上司2「わからないのに、のこのこ帰って来るんじゃないよ」

春「すみません、すみません、すみません」
春、頭を下げ続ける。

★マロニエ産婦人科医院・外来診察室

春「結婚して、更にお互い忙しくなって、家に帰ったら、もう寝るだけの毎日になって」
深夜「……………」

★春の回想

3年半前。疲れて服のまま、ベッドに倒れ込んでいる2人。
春「2人で話すこともなくなって、食事もしなくなって」

★マロニエ産婦人科医院・外来診察室

春「………ある日、僕だけ会社に行けなくなりました」
深夜「……………」
春「しばらく休職してたんですが、結局会社も辞めて………」

★春の回想

数カ月後、夏。朝、颯爽と出て行くうた。
うた「行って来ます」
リビングでぼんやり座っている春。目の前には手つかずの朝飯。
春の声「家を出ると疲れてしまうし、PCを見ても眩暈がするし………」

自分のスマホの着信音に、ビクッとして耳をふさぐ春。

★マロニエ産婦人科医院・外来診察室

春「なのに妻は何の文句も言わず、家のことしてくれて、ありがとうって言ってくれるんです……それが逆に、申し訳なくて……生きてるのも、申し訳ない感じになって来て……」

深夜「……………」

蜂須賀「……………」

春「今は、やっと、新しい会社で働けるようになって、妻とも話ができるようになって……でも自分は今………まだ、そこなんです………」

深夜「……………」

蜂須賀「……………」

春「とても人の親になんかなれないっていうか………」

深夜「……………」

春「自信が………」

深夜・蜂須賀「……………」

★同・屋上

深夜がひとりで考え込んでいる。

深夜「…………」

鈴が来て、温かい缶コーヒーを差し出す。

鈴「聞いちゃった」

深夜「え?」

鈴「立ち聞き」

深夜「え〜!」

鈴「知り合いなの、佐藤春さん。奥さんも知ってる」

深　夜「そうでしたか………僕、何て言ってあげればよかったんでしょうか」

鈴「うーん」

鈴、手すりに手を乗せ、ため息をつく。息が白くなるほど寒い。

鈴「寒いね、今日………」

深　夜「あっ、しばしお待ちを」

とポケットから突然カイロを出し、一生懸命にシャカシャカする。

鈴「え〜（笑）」

深　夜「どうぞ！」

と深夜、鈴の両手にカイロを載せて包む。

鈴「わ〜……ありがと（笑）」

そこに蜂須賀が、息抜きしようと出て来るが2人を見て即引き返す。

蜂須賀「失礼しました（と帰って行く）」

鈴「蜂須賀さん、蜂須賀さん、違うから」

蜂須賀「何が違うんすか？　イチャイチャしてたんすよね、やっぱり」

鈴「違うから。どうしたの？」

蜂須賀「いやちょっと息抜きを……」

深　夜「イチャイチャはしていませんので、あ、よかったらどうぞ（自分の分のコーヒーを蜂須賀にあげる）」

蜂須賀「いんすか。あざーす」

と素直にコーヒーを受け取り、飲んで一息つく蜂須賀。

蜂須賀「いや〜でもさっきの旦那さんの気持ち、めっちゃわかりましたわ」

鈴「ん？」

蜂須賀「自分も別に、子どもは好きじゃないんで。仕事としてはお産、感動しますけど、でも、ここで働けば働くほど、いや〜産めないな〜育てられないな〜って、しみじみ思いますわ」

鈴・深夜「えっ！」

蜂須賀「子どもができることでの、マイナス面ばっか浮かんじゃいません？　こんな風に働けないし、好きな時に飲みにも行けないし。どっちかの人生を取ったらどっちかの人生を捨てなきゃいけないみたいで、なんかイヤなんですよね」

鈴「………」

蜂須賀「そう考えると、あの佐藤さんの？　おすって選択も、あるわな〜って思いましたわぁ」

深夜「…………（つぶやく）贅沢な悩みじゃないのかな………」

蜂須賀「は？」

深夜「当たり前に目の前にある幸せを、大事にできないなんて」

蜂須賀「ええぇ〜（思わず笑ってしまう）何が幸せかなんて、人によって違うって話をしてんすよ、わたしは」

鈴「まあまあ。………わたし達が決められることじゃないからさ」

蜂須賀「そうっす」

深夜「………僕は………どうしたらいいんでしょうか」

鈴「わたし達は何もできないよ。話を聞いてあげることくらいしか」

蜂須賀「うちらって無力っすね」

鈴「ホントだよね。それでも、何かできないかなとは、思うんだけどさ」

深夜「………」

★遺品整理のポラリス事務所・中

戻って来て事務処理をしている一星と春。

他のメンバーはいない。

春「………」
一星「(春の肩を叩く)」
春「(一星の方を向く)」
一星「(手話で)暗い顔すんなよ。一緒にエロいのでも見る?」
春「………いい」
一星「(手話で)子ども、うたに似るといいね! 春に似たら、性格毒々し過ぎるしさ」
春「………」
一星「(手話で)子どもの名前、考えてやろうか? ん〜。佐藤夏? 秋? 冬? (うけてないのを感じ)あ、いや佐藤砂肝! ………いや我ながらダサいな、ちょっと待っててね」
春「(手話と声で)黙っててくれよ!」
一星「………」
桜が入って来る。
桜「(一星と春の雰囲気に)………」
春「(手話と声で)俺はそんなに強くないんだよ。もしお前みたいに耳が聞こえなかったら、俺はお前みたいに、自信満々に笑って生きられない。もし生まれて来る子どもの耳が聞こえなかったら!? そんなの、俺は、無理だよ。………抱えきれないよ」
一星「………」
春「………(自分の言った言葉に動揺)」
桜「………」
春「………ほっといてくれ(と出て行く)」
一星「………」
桜「………」
小さい間——
桜「(手話で)春、悪気はないよ」
一星「(手話で)わかってる。俺が悪いんだ」
桜「(手話で)一星は悪くないよ」
一星「(手話で)あいつは親友なのに、何に悩んでいるかもわかってやれない」

桜「…………」

一星「(手話で) 悪いのは、俺なんだ」

★一星の家・一星の部屋

一星「…………」

襖の隙間から、カネが一星の様子を見ている。

カネ「…………」

★スーパー・店内

夕食の買い物をしている春。

3歳くらいの子どもと赤ん坊を連れた若い両親が、買い物をしている。

春「(俺はああいう風になりたいんだろうか)

…………」

★マロニエ産婦人科医院・スタッフ控室

帰り支度をしている鈴。蜂須賀と伊達もいる。

スマホに、一星の祖母、カネからメッセージだ。

鈴「………(見る)」

カネのメッセージ『鈴ちゃん、お元気ですか?』

『今日は私の誕生日です』

鈴「え………!?」

蜂須賀・伊達「………?」

カネのメッセージ『好物はシャンパンとピザ』

『ケーキは食べない』

鈴「シャンパンとピザ………」

蜂須賀・伊達「………?」

カネのメッセージ『19時開始』
鈴「(時計を見る。18時5分だ)開始って……
…」
飛び出して行く鈴。啞然として見送る
蜂須賀と伊達。
すれ違いに入って来る麻呂川。
麻呂川「めずらしいね、雪宮先生が慌ててるよ」

★一星の家・玄関

ドアを開ける一星。
と、鈴が、大きなピザ2箱とシャンパ
ンを両手に抱えて立っている。
一星「………?」
鈴「(両手がいっぱいなので、唇をわかりやす
く)5分、遅れました」
一星「………?」
鈴「(玄関の中に入って、ピザとシャンパンを
置き、手話で)今日は、おばあちゃんの
誕生日」
一星「……? (キョトン)」
鈴「(スマホを出し、カネのメッセージを見せ
る)」
『今日は私の誕生日』のメッセージ。
一星「………???」
鈴「………???」
一星「(手話で)今日、ばあちゃんの誕生日では
ない」
鈴「え～!」
中からニコニコ顔のカネが出て来て、
カネ「(手話で)ありがとう、鈴ちゃん、あなた
はいい人。わたしは聞こえないので、ど
うぞいろいろご自由に、うふふふ(と
笑いながら、シャンパンとピザ1箱を独
り占めし、小躍りして奥に戻って行く)」
鈴「………???」

一星「………？？？」
どうなってんの？　と顔を見合わせる2人。
一星のスマホがバイブレーションする。
取り出す一星。
カネから一星にメッセージ『さっさと仲直りしな』
一星「（手話で）ばあちゃん、何か誤解してるな」
鈴「………？？？」

★同・リビング

ひとりでシャンパンをぐいぐい飲み、ピザを豪快に食べるカネ。

★同・一星の部屋

ビールを飲みながら、ピザを食べている2人。
相変わらず、口元に何かくっつけたりしている一星。
鈴「…………（かわいいと思って見ている）……」
一星「………？」

★道

鈴を送って行く一星。
一星「（手話で）うちのばあちゃん、何であんなおせっかいなのかな？」
鈴「（手話と声で）一星も相当おせっかいだけど」
一星「（手話で）そうかな？」
鈴「（手話と声で）そうです」
一星「（手話で）じゃあもう1個」

鈴「……？」

一星「（手話で）俺のおせっかい（ポケットから
ネックレスを出す）」

鈴「……！」

★鈴の回想

デートの日、アクセサリーショップで。

鈴「あ、かわいい」

星のペンダントを見ている鈴。

鈴「星が降ってるみたい」

★道

一星「（手話で）プレゼント」

鈴「（手話と声で）今日は、わたしの誕生日で
はありません」

一星「（手話で）わかってるよ（笑）でも、プレ
ゼント」

鈴「……きれい」

一星「（鈴の後ろに回り、鈴の首にネックレスを
つける）」

鈴「（胸キュン）」

一星「（そのまま鈴をバックハグ）」

鈴「……！（驚くが拒まない）………
（体を一星にゆだねる）」

一星「……」

鈴「……」

一星「（後ろから手話で）鈴が、好き」

鈴「……」

一星「（手話で）鈴が、大好き」

鈴「（手話と声で）わたしも、一星が好き」

一星「（反応で）え？」

鈴「（首だけ振り返る）」

一星、手をほどき、鈴は一星に向かっ
て立つ。

向かい合う2人。

一星「…………」

鈴「(面と向かって、手話と声で再度伝える)
わたしも、一星が好き」

一星「…………(恐る恐る鈴の頬に両手をそえる)」

鈴「(目を閉じる)」

一星「…………(壊れ物に触るようにそっとキスする)」

一度離れて、見つめ合い、

一星「…………」

鈴「…………」

再び2度目のキス。
2度目は激しく。

★どこか

PCのキーボードを、激しく打つ男の指。

「雪宮鈴は人殺し」

★春の自宅マンション

春が、食卓に料理を並べている。
玄関のドアが開く音。

春「お帰り」
返事がないので、振り返る春。
玄関で倒れているうた。

春「……!! うた、どうした!?」

うた「お腹痛い………」

春「うた、うた!!!」

★道

キスしている鈴と一星――

第5話

一星と手話のお陰で、誰かと話すのが楽しくなった

★道

4話のラストより、リフレイン。

一星「(鈴をバックハグしており、後ろから手話で）鈴が、好き」

鈴「…………」

一星「(手話で）鈴が、大好き」

鈴「(手話と声で）わたしも、一星が好き」

一星「(反応で）え？」

鈴「(首だけ振り返る)」

一星、手をほどき、鈴は一星に向かって立つ。

向かい合う2人。

一星「…………」

鈴「(面と向かって、手話と声で再度伝える）わたしも、一星が好き」

一星「…………(恐る恐る鈴の頬に両手をそえる)」

鈴「(目を閉じる)」

一星「………(壊れ物に触るようにそっとキスする)」

一度離れて、見つめ合い、

一星「…………」

鈴「…………」

再び2度目のキス。

2度目は激しく。

一星「(そのまま、鈴を欄干に押し付ける。欲望を抑えきれない感じ)」

その時、鈴のスマホが鳴る。

鈴「！」

一星「(鈴の反応で電話とわかり、ガッカリ)」

鈴「(突然医者の顔に戻り、スマホを見る)」

画面に『佐々木深夜』とあるのを見逃さない一星。

鈴「(電話に出る)はい。…………わかった、すぐ行く」

★マロニエ産婦人科医院・外来診察室

内診台にうたが寝かされて、お腹の痛みに悶えている。
深夜が診ている。鈴、飛び込んでくる。

深　夜「雪宮先生」
鈴「今からお腹の赤ちゃんと子宮の状態を調べていきますね」
と処置室の扉が開き、春が入って来ようとする。
春「うた！　うた！！！（と言いながら過呼吸気味になり膝をつく）」
深　夜「佐藤さん、落ち着いて」
と春を抱え、処置室から出てゆく深夜。
代わりに伊達が入って来る。
鈴「（伊達に）超音波も用意しておいて」
伊　達「はい！」

★同・廊下〜待合室

動揺している春は、座り込み過呼吸気味になっている。
深夜が春の背中をさすり、ひざまずいて寄り添っている。

春「（深夜の胸倉をつかみ）どうなってるんですか、俺も入れて下さい！」
深　夜「（その春の手を握り）大丈夫ですから、落ち着いて下さい。大丈夫ですから、ゆっくり呼吸しましょう（と、一緒に呼吸）」
春「どういう根拠で大丈夫なんですか！　うたが死んだりしたら、俺は！」
深　夜「（その言葉が、一瞬自分の過去と重なり言葉につまるが）………大丈夫です。雪宮先生と僕に任せて下さい」

鈴とともにやって来たらしい一星も片隅にいるが、春の目にも深夜の目にも入らない。

一星「………」

春「(すがるように深夜に)お願いです中に入れて下さい」

深夜「奥様も今頑張ってますから。待ちましょう。僕もここにいますから」

伊達が経膣超音波の準備のため、診察室から走り出る。

一星「………」

音のない世界。

一星「………(無音の中、ドタバタする医師や看護師を見ている)」

何も聞こえず、誰にも声をかけられず、孤立する一星。

一星「………」

★同・表の道

ひとり医院を出て来る一星。

★タイトル

★(日替わり)
マロニエ産婦人科医院・外観

★同・医局

目覚める鈴。

ぼんやり昨日の記憶を辿り、自分の胸にあるネックレスに触れる。

そういえば、昨日一星はいつ帰ったのだろうかと思う。

★同・廊下～外来待合室

鈴が歩いて来ると、誰もいない待合室のソファーで、寝ている深夜。

鈴「…………(起こさず通過)…………」

★バス停近くの海の見える道

海辺を見つめている春。

春「…………」

★遺品整理のポラリス事務所・中

出勤して来る服部。既に一星がいる。

服部「(肩を叩き) おはよう」

一星「(手話で) おはようございます」

一星のスマホがバイブレーションする。

鈴からメッセージだ。

『昨夜、いつのまに帰ったの?』

『うたさん、大丈夫だったよ。春さんも病院に泊まった』

一星「…………(昨夜の無力な自分を思い出し)」

と肩を叩かれる。北斗がいつのまにか出勤しており、『春、今日休み、知ってる?』と書かれたボードを見せてくる。

一星「(知っているとうなずく)」

北斗「(一星をぽんぽんと叩き) 昨日、大変だったんだってね」

一星「(唇は読めないが気遣われたことはわかる)…………」

服部「春がいないと、一星まで静かね」

北斗「静か過ぎて怖いわ」

服部「いつも静かではあるんですけど」

北斗「静かだけどうるさいのよね」

服部「ニコイチだから、相方がいないと、心細いんだ（笑）」

と2人が会話している隙にスマホを打つ一星。

一星「（急にスマホを見せ）春の仕事、俺、全部行きますから」

北斗「え」

服部「ひとりじゃ無理でしょ、あんた別の仕事あるし」

北斗「（ボードに「ひとりじゃ無理」と書いて見せる）」

服部「（PCを見ながら）社長、午後からの生前整理行って下さい。鑑定と見積もりはわたしひとりで行きますから」

北斗「わかった」

一星「（自分の主張が無視されたことはわかり、イラっとして北斗のボードを奪い）全部、俺が行く（と書き殴り、服部のデスクに叩きつける）」

服部「ほ!?」

一星「（手話で）俺は医者でもないし、聞こえないし、何の役にも立たないけど、仕事はするよ」

と出て行く。

服部「何イラついてんだあいつ」

北斗「……………」

★バス停近くの海の見える道

春が海を見つめている。

鈴が来る。

鈴「おはようございます」

春「あっ…………昨夜は、お世話になりました」

鈴「…………」

★マロニエ産婦人科医院・病室

うた「(目覚めるが、春がいないので)…………」
　深夜が覗く。
深夜「おはようございます」
うた「おはようございます、あの、わたし……
　…」
深夜「切迫流産かと思って心配したんですが、
　急性虫垂炎でした」
うた「盲腸ですか……?」
深夜「(うなずき)手術も考えられたんですが、
　うたさんの状態から抗生剤で散らす治療
　法を選択しました。その代わり、しばら
　く入院して頂くことになります」
うた「ありがとうございます。あの、夫は仕事
　に行ったんでしょうか?」
深夜「お仕事は休むとおっしゃってました」

うた「(つぶやくように)あの人……流産すれ
　ばよかったと思ってると思います」
深夜「…………」
　★　★　★
　深夜の回想フラッシュ。
　4話より、診察室で。
春「……自分は、子どもが欲しいと、思っ
　ていなくて……」
　★　★　★
春「こんなこと言いにくいんですけど、いつ
　までなら、中絶できるんでしょうか?」
　★　★　★
深夜「…………(顔がこわばる。というか困った
　時のいつもの変な顔になる)」
うた「……先生、そんな顔しないで下さい(ち
　ょっと笑ってしまう)」
深夜「へっ……?」
うた「すみません、先生を困らせるつもりじゃ

ないんです」

深夜「え、そんな顔………また僕変な顔してました？　すみません」

うた「いや、だから、謝らないで下さい（と笑い出す）」

うたの笑顔を見て、深夜も微笑む。
深夜の持つ雰囲気で、その場の空気が柔らかくなる。

★バス停近くの海の見える道

並んでベンチに座っている鈴と春。

春「うたがあんなによく眠ってるの、久しぶりに見ました」

鈴「………」

春「俺と違って、ハードな仕事してるから（笑）」

鈴「遺品整理の仕事だって、ハードな仕事でしょ」

春「………俺は一度、負けてるんで。うたは俺が辞めた会社で、今も戦い続けてる。俺なんかよりずっと立派なんです」

鈴「春さんは、立派じゃないの？」

春「俺はダメですよ」

鈴「………」

春「昨日、うたが死ぬかもって思ったら、目の前が真っ暗になって………。妊娠も、倒れるまで我慢してたことも、傍にいたのに気づかなかった。これじゃ夫失格ですよね」

鈴「………」

春「ほんと、情けないし、恥ずかしいです」

鈴「………わたしもそう思ってたな」

春「………え？」

鈴「わたし、訴えられて、大学病院追われたの。それでマロニエに来たんだ。あの頃は、自分は世間でいう負け組だって思ってた」

鈴「…………」

春「でも最近は、違うのかも、って思い始めてる」

鈴「…………」

春「山に登ってたはずなのに、いつのまにか川に流されてて。でも流されてるうちに、周りの景色が変わってきて。あれ？　ここも案外居心地いいな？　ここが自分の居場所なのかも？…………って、思ったりして」

鈴「…………」

春「こういう人生が正解っていうのもないし、生きてく場所なんて星の数ほどあるわけだし…………もちろん、昔思い描いてた医者像とはだいぶ違うけど、今は今で、悪くないかも、って最近は思うんだ」

鈴「…………」

春「あれ自分の話になっちゃった。ごめん。全部海のせいだ〜ってことでいい？（笑）」

鈴「（やっと少し微笑んで）」

春「（も微笑む）」

★マロニエ産婦人科医院・スタッフ控室

パソコンを見ている犬山。覗き込んでいる伊達。

蜂須賀は、スマホで同じサイトを見ている。

★　★　★

マロニエ産婦人科医院・公式SNSの、先日院長がアップした釣りの時の鈴と深夜の2ショット写真にコメントが殺到している。

『雪宮鈴は人殺し』

『マロニエに行くな』
『妊婦を殺される』
蜂須賀「……何なんこれ」
伊　達「コワ」
犬　山「キモいねえ」
伊　達「雪宮先生が、人殺しってどういうことですか？」
犬　山「…………」
蜂須賀「ん？　ん？　もしかして、これ同じやつかな？」
伊　達「何でですか。アカウント違いますけど」
蜂須賀「わたしだって10個アカウント持ってるし」
伊　達「え〜！　そうなんですかぁ」
犬　山「こういうのって、消せないの？」
蜂須賀「違反報告しときますけど、でもちょっと時間かかるかも」
犬　山「何でもいいから、早く消してよ」

伊　達「その間に拡散されちゃいますよ」
電話が鳴る。
伊　達「(出る)マロニエ産婦人科医院でございます……あ、林さん、おはようございます……え、それはいたずらだと思いますけど……いえ、そんな、雪宮先生はそんな（切れる)」
犬山・蜂須賀「…………」
鈴が入って来る。
犬山・蜂須賀・伊達「…………」
鈴「……？」
犬　山「(意を決して)隠しててもわかっちゃうと思うんで、これ（と画面を見せる)」
『人殺し』というワードが、鈴の目に入る。
鈴「…………！」
男の声「人殺し！！！」

★鈴の回想

◇5年前。千代田医科大学付属病院、産婦人科外来。
待っている人であふれている。
鈴の外来診察室。

鈴「お大事に」
患者が出て行くと、上司の金山医局長が入って来る。

金山「雪宮！　患者ひとりにかける時間を計算しろよ。患者、明日まで待たせるつもりか!?」

鈴「30分に5人も予約入れるのが間違ってます。いい加減なことはできないです」

金山「ここにいるなら、ルールを守れ。それこそ患者のためだろ（憤然として出て行く）」

★　★　★

◇（日替わり）同・産婦人科医局。
電話に出ている鈴。

鈴「ああ下田？　どうしたの？」
医学部同期で開業している下田からの電話。

下田「（軽い調子で）ちょっと出血の多い妊婦さんいてさ、念のため雪宮んとこ送っていい？」

鈴「状態は？」

下田「前置胎盤かと思ってエコーしたんだけど違ってさ。子宮頸管裂傷かな〜と思うんだけど、搬送先が見つからなくて。同期のよしみで、頼むよ！」

鈴「何とかするわ、送って」

★　★　★

◇同・救急入り口。
出血で血だらけの妊婦が救急車から寝

台のまま、下ろされる。

まだ妊婦の意識はある。

旦那らしき男（伴宗一郎）も救急車に同乗して来ている。

顔は見えない。

同じく同乗して来た下田の産科医院の看護師が状況を伝える。

鈴　「（看護師に）産婦人科の雪宮です。CTGの所見は？」

看護師「遅発一過性徐脈や遷延性徐脈が見られます」

鈴　「（容態を見て、厳しい表情になる）…そんなこと聞いてないけど」

★　★　★

◇同・手術室。

妊婦の出血が止まらない。

鈴　「（焦りの表情）出血止まらない。FFPの準備しといて！」

助手「凝固系のデータ来ました。PT15・3秒、フィブリノゲン110（㎎／dl）、AT－Ⅲ33・7％です」

鈴　「DICになってる。アンチトロンビンⅢ製剤も用意！」

母体を助けようと必死の奮闘。

★　★　★

◇同・手術室の前の廊下。

鈴が出て来る。男が近寄る。顔は見えない。

伴　「（鈴を見つめる）会えますか、もう」

鈴　「お子さんは女の子です、これからNICUに移します」

伴　「妻は？」

鈴　「残念ながら、お亡くなりになりました」

伴　「え………？」

★　★　★

◇（日替わり）同・医局。

金山の前に、鈴が立たされている。

金　山「伴七海さんの死因について、カルテ開示請求が来た」

鈴「……開示して下さい。医療行為に間違いはありません」

金　山「(遮って) そんなことはわかってる。訴訟になっても負けることはない。だが病院のイメージはダダ落ちる。患者が減れば教授の名誉にも傷がつく」

鈴「……」

金　山「早剝(そうはく)は母体も胎児も死亡率が低くないんだ。そんなやっかいなのを、なぜ受けた！何もかも君の判断ミス、君の責任だ！」

★　★　★

◇法廷。

証言台に立つ鈴。

鈴「搬送先が見つからず、母体、胎児ともに危険な症例は、大学病院で引き受ける使命があると考えました」

伴「黙れ人殺し！」

傍聴席の伴が、鈴の背中に向かって叫ぶ。顔は見えない。

伴「七海を返せ！　この人殺し。人殺し！！」

すると、伴が抱いていた赤ん坊が泣き出す。

鈴「……」

★マロニエ産婦人科医院・スタッフ控室

画面を見た鈴、顔面蒼白。その様子に驚く看護師達。

鈴「……」

そこに深夜が入って来る。

深　夜「雪宮先生、佐藤うたさんの件なんですが」

と、ただならぬ雰囲気を察し、みんな

の視線の先の画面を見る。

深　夜「………（と、その瞬間、鈴の腕を取り、外に連れ出す）」

鈴「………！（そのまま連れて行かれる）」

犬　山「………???」

蜂須賀「………???」

伊　達「………???」

蜂須賀「今の何？」

そこにのんきな顔で入って来る麻呂川。

麻呂川「おはよ～。え、何かあった？」

★同・屋上

鈴と深夜。

深　夜「この前のコーヒーのお返しです（と、温かいコーンポタージュを差し出す）」

鈴「………コンポタ」

深　夜「お嫌いでした？」

鈴「ううん」

深　夜「（飲んでいる）アチッ………（ふ～）」

鈴「（も、ゆっくりと飲む）」

しばしの間――

鈴「顔が大丈夫かって聞き過ぎてて、うざいんだけど」

深　夜「ええ～、僕そんな顔してますか？」

鈴「してる」

深　夜「すみません」

鈴「冗談だよ（笑）」

深　夜「………あれは、前に雪宮先生を訴えた人ですかね？」

鈴「わからないけど、多分………」

深　夜「………」

鈴「（ふと）佐々木先生は………奥さんやお子さんのことで、医者を憎んだこと、ないの？」

深　夜「え？」

鈴「………あ、いや、ごめん。今のは忘れて」
深夜「いえ。憎んだことは、ない、とも言いきれません。でも、あれから医師になって、今はあの時の先生達の気持ちが、少しはわかったりもして」
鈴「(変なこと聞いて)ごめんごめん、もう大丈夫だから、これ飲んだら行こう」
深夜「雪宮先生。大丈夫じゃない時は、大丈夫じゃないって、言って下さい」
鈴「…………」
深夜「その、僕じゃ頼りないかもしれないですけど」
鈴「頼りないよ」
深夜「は………」
鈴「でもありがとう。ま、目の前のことを、精一杯やるしかないから。(と気丈に笑い、コンポタの残りを一気に飲む)ごちそうさま!………(と言いながら、急にやりきれない思いがこみ上げて、涙ぐむが、深夜にそれを見られまいとそっぽを向く)
深夜「………
………」
鈴「(鼻をすする音)」
深夜「…………」
深夜、何を思ったか、突然自分の白衣を脱いで、白衣姿の鈴に、更に自分の白衣を羽織らせる。
鈴「え(何これ)………白衣ON白衣?」
深夜「すみません、薄っぺら過ぎますよね」
鈴「(思わず吹いて)佐々木先生が寒いからいいよ(と白衣を返そうとする)」
深夜「(その手を止め)頼りないけど、僕も、目の前のこと、精一杯やりますから」
鈴「…………(少し微笑む)」

★遺品整理のポラリスのトラックの中

一星「…………」

運転席の一星。

★　★　★

一星の回想フラッシュ。

昨夜、居場所もなく、何の役にも立たず、孤独だった自分。

★　★　★

一星「…………」

ドンドンとドアを叩く音。

一星「……？（我に返る）」

助手席のドアを開けて、入って来る桜。

桜「（手話で）サボった」

一星「（手話で）学校どうしたんだよ？」

桜「（手話で）弁当、一星も一緒に食べる？（とおにぎりを1つ一星に渡す）」

一星「（黙って受け取る）」

桜「（手話で）サボったこと、お母さんには言わないでよ、おにぎりはワイロだから（うれしそうに笑う）」

一星「……………（受け取ったおにぎりに手はつけない）」

桜「（弁当を食べている）」

ややあって、

桜「（一星の肩を叩き手話で）春と仲直りした？」

一星「（手話で）うるさい、ガキは黙ってろ（とそっぽを向く）」

桜「ひっど！　励ましに来てやってんのに」

一星「（聞こえていない）…………」

桜「…………（一星を見つめつぶやく）ねぇ一星、好きな人いる？」

一星「（聞こえていない）……………」

桜「あの鈴先生って人が、好き?」
一星「(気配を感じ振り返り、手話で)何か言った?」
桜「(手話で)言ってないよ、バ〜カ(と自分のおにぎりにかぶりつく)」
一星「…………」

★マロニエ産婦人科医院・スタッフ控室

蜂須賀「院長は知ってたんですか、雪宮先生のこと」
麻呂川「うん、全部承知の上で雇ったよ」
伊達「でも別に雪宮先生の医療ミスじゃないんですよね?」
麻呂川「そうだよ、裁判も終わってる」
蜂須賀「まじか。でもさっきから電話鳴りやまないす、病院替えるって人も」
犬山「2、3日、雪宮先生にはお休みしてもらった方がよくないですか?」
麻呂川「(いつになくきっぱりと)それはないよ」
犬山「…………」
蜂須賀「…………」
伊達「…………」
麻呂川「雪宮先生には、今日も精一杯働いてもらわなければ困るし、わたし達は、いつもと何も変わらない。違いますか?」
犬山「…………」
蜂須賀「…………」
伊達「…………」
犬山「すみません、わたしが間違ってました」
麻呂川「いやいや、じゃ、今日もよろしくね〜(出て行く)」
蜂須賀「院長、カッコよ。キャラブレなんだが」
犬山・伊達「(同感)」

★バス停前の港

夕暮れの港。バスを待っている鈴。

何となく後をつけられているような感じがして、足早になる鈴。

鈴「…………」

いつしか走り出す。

誰かが追いかけて来る。肩をつかまれる。

鈴「キャー！（悲鳴を上げる）」

鈴、座り込む。驚く男。一星だ。

一星、鈴の前に回って顔を見せるが、鈴の怯えは止まらない。

鈴「（ガクガク震えている）」

一星「（尋常ではない様子の鈴を、抱きしめる）」

鈴「（一星の腕の中でガクガク震えている）」

★マロニエ産婦人科医院・スタッフ控室

深夜が鈴にメールをしている。

『無事、帰れましたか？』

『僕にできることがあったら、何でも言って下さい』

いつのまにか入って来たチャーリーがいる。

チャーリー「誰にメールしてんすかぁ？」

深夜「あおぉ………！」

チャーリー「ラブですかぁ？」

深夜「そういうんじゃないよ。いつ入って来たの？」

チャーリー「イェイイイェイウォォウウォォウ」

深夜「それ、先に言ってよ」

犬山が入って来る。

犬山「あ〜、今日もよく働いた〜」

チャーリー「ヘイ鶴子スゴハショッソヨ」
犬山「毎日来るなバカ息子。ていうか何で韓国語」
チャーリー「一緒に帰ろうぜ、昨日の韓国ドラマの続き見ようぜ」
犬山「イヤだよ、そんなピンク頭と、並んで歩けるか！」
チャーリー「（肩をすくめて深夜に笑いかける）」
深夜「（微笑み返す）」
犬山「（帰り支度を始める）」
チャーリー「今日の夕飯、ビーフストロガノフでいい？」
犬山「え〜和食の気分だなぁ。アジの干物と大根おろし的な」
チャーリー「じゃ干物買って帰るべ」
犬山「佐々木先生、お先」

仲良く帰って行く犬山とチャーリー親子。

深夜「（微笑ましいと思って見つめる）お疲れ様です」

★遺品整理のポラリスのトラックの中

鈴と一星。鈴の震えは収まっている。

一星「（手話で）落ち着いた？」
鈴「（うなずく）」
一星「（手話で）何があったの？　あんなに怯えて」
鈴「（手話と声で）誰かに後つけられてるのかと思って」
一星「（手話で）ごめん、怖かったよね」
鈴「（手話と声で）ううん。一星は仕事中？」
一星「（手話で）終わったとこ。鈴んちまで送ってから、事務所戻るよ」
鈴「（万歳して声で）わーい」
一星「（かわいらしいので思わずいきなりキ

ス)」
鈴「……!」
一星「(唇を離して、鈴を見つめる)……」
鈴「急に何(と言いつつ嫌ではない)」
一星「(鈴の頭を撫でて、手話で)かわいいから」
鈴「もう」
一星「(ネックレスを指差し、手話で)似合うね」
鈴「うん(一星を見つめる)」
一星「鈴は、俺が守るよ」
鈴「ありがと」
とその時、一星のスマホがバイブレーションし、ピカピカする。
鈴・一星「……!」
服部から一星にメッセージだ。
『まだ終わらないの? わたし定時だから帰ります』
一星「(手話で)ヤバ、早く事務所戻らなきゃ」
鈴「だね! (といそいそシートベルトをしめる)」

★鈴の自宅マンション・前の道

トラックから降りる鈴と一星。
一星「(鈴を抱き寄せる)」
鈴「……ちょっと! 急いでんじゃないの?」
一星「(体を離し、手話で)補給。さっきのじゃ足りない」
鈴「(手話がわからず)何て……?」
一星「(手話で)わかんなければいい(再び、鈴を抱きしめる)」
鈴「こんなとこで! コラ!」
一星「(なかなか離さない)」
鈴「(無理矢理に体を離し)もーっ! じゃね

一星「（歩き出す）」
鈴「もういいから」
一星「………（ついて行く）」
鈴「もういいってば！（笑）」
と、目の前に深夜がいる。
鈴「佐々木先生！」
一星「………!?」

★　★　★

一星の回想フラッシュ、3話より。
道で転んでいる深夜を助け起こす鈴。
茫然自失で見つめている一星。

★　★　★

一星「（敵意むき出しで、深夜をにらむ）」
深夜「すみません、ちょっと心配で来てしまったんですけど、弟さんですか？」
鈴「あ、いや（答えに困る）」
一星「（手話で）スケベヤロウ、鈴の周りをウロウロしやがって！」
深夜「（何を言われているかわからず）え………？？？」
鈴「（慌てて手話と声で）彼はマロニエ産婦人科の医師」
深夜「おぉあ……（と状況を察し、たどたどしい手話で）わたしの名前は佐々木深夜です」
鈴「そうだ。手話ちょっとできるんだった、佐々木先生」
一星「（手話で）俺の名前は柊一星。鈴とつきあっている。お前には渡さない」
深夜「（意味がわからない）………？」
鈴「（意味がわかって青ざめる）こらこらこら」
深夜「（俺がいるから平気だよ、的な意味かな？と思い）弟さんが一緒なら、安心ですね。失礼します。雪宮先生また明日！」
と、ニッコリ笑って去って行く、カッ

コいい後ろ姿の深夜。

一星「(去って行く深夜の背中に、手話で)佐々木深夜、二度と来るな!」

鈴「(一星の手を止める)やめて」

一星「(手話で)あいつ何なんだ」

鈴「(手話と声で)佐々木先生は、わたしの同僚!」

一星「(手話で)毎日一緒にいるんだ」

鈴「(うなずき)そりゃそうよ」

一星「(手話で)許せない。ドアの前まで送る。あいつが戻って来るといけないから(と、鈴の腕を引っ張って行く)」

鈴「戻って来ないから(と、手を振りほどく)会社に帰りなさい、早く!」

★同・LDK

入って来る鈴。

人の気配はない。何となく、ホッとする。

★同・家の前

一星が、鈴の部屋のベランダを見上げている。

電気がついたので、安心する一星。帰ろうとする。

★　★　★

一星の回想フラッシュ。

5話冒頭、キスの最中、鈴のスマホが鳴る。

一星「(ガッカリ)」

鈴「(突然医者の顔に戻り、スマホを見る)」

画面に『佐々木深夜』とあるのを見逃さない一星。

★　★　★

一星「…………」
急に思い出してムカつき、ひとりでぷんぷんしながら、帰る一星。

★同・ベランダ

出て来る鈴。
鈴「…………」
一星が帰って行くのが見える。
鈴「…………一星（と呼びかけてみる）」
当然、聞こえない。
だが、なぜか振り返る一星。
鈴「あ…………（手話で）一星、ありがと」
一星「…………（手話で）鈴好きだ」
鈴「（手話で）知ってる」
一星「（手話で）何だよ知ってるって」
鈴「（手を振る）」
一星「（何だよと思いつつ、満足気な顔で帰って行く）」
そんな一星を見送るベランダの鈴を、見ている人影（伴）。

★（日替わり）遺品整理現場

一星と春と桃野が、遺品整理作業をしている。
桃野「（一星の肩を叩き、UDトークアプリを見せながら）昨日の現場の依頼人のおばあちゃまが、めちゃめちゃ話が長くて」
一星「（読んで、ふーんという顔）」
桃野「（今度は春に）仕分けしようとするたびに、これは昔の彼氏がくれたマフラーだとかこれは小学生の時の読書感想文コンクールの表彰状だとか思い出に浸るもんだから、5時間残業になって！」
春「まぁそれも仕事の1つだからな」

桃野「…………(気まずい)」
一星「…………(黙々と仕事)」
春「…………(そんな一星を見つめる)」

★　★　★

春の回想フラッシュ、4話より。

春「(手話と声で)俺はそんなに強くないんだよ。もしお前みたいに耳が聞こえなかったら、俺はお前みたいに、自信満々に笑って生きられない。もし生まれて来る子どもの耳が聞こえなかったら!?　そんなの、俺は、無理だよ。………抱えきれないよ」
一星「…………」

★　★　★

春、ふと手を止めて、

春「…………(何であんなこと言ってしまったんだろう)」
一星「…………(そんな春を横目で見て)」

★居酒屋・店内

ひとりで悶々としながら飲んでいる春。
そこに一星がやって来る。

春「あ………」

一星、何も言わずに春の前に座り、春のジョッキを勝手につかみぐいっと飲んでドンっと置く。
しばし、気まずい沈黙――。

一星・春「(同時に手話で)ごめん」
春「え」
一星「?」
春「え、何で?」
一星「(手話で)春のこと知った気になって、無神経なこと言った」
春「(手話で)違う、それは俺の方だよ」
一星「(手話で)違う、悪いのは俺だ、本当にごめん」

春「(一星の手を止めて、手話で)違う。俺はお前のこと尊敬してる」

一星「?」

春「(手話で)俺が引きこもってた時、隣の家の遺品整理に来ただろ?」

★春の回想

◇春とうたのマンション。

ジャージを着た引きこもりの春が、ドアを開けると、一星が立っている。

一星「(タブレットと名刺を差し出す)」

『お隣の藤本様のご遺品の整理に参りました。

清掃の時、少し音がするかもしれませんが、お許し下さい。なお、私はろう者ですので、こちらで説明させて頂きます』

春「は…………」

★　★　★

時間経過して——

廊下に出てみる春。

隣の家のドアは開かれており、中が見える。

部屋に一礼している一星。そして遺品整理を始める。

春「…………」

春の声「亡くなった人に敬意を込めて、誠実に、丁寧に仕事をする一星の背中は美しかった。その時俺は、自分もこんな仕事をしてみたいって思ったんだ」

◇(日替わり)遺品整理のポラリス事務所。

春と一星。

夜、新人の春が残って仕事を覚えようとしている最中。

一星「(急に春の肩を叩き手話で)AVは好き？　巨乳派？　貧乳派？　俺は未亡人物が好きなんだ」

春「え……？　何ですか？」

一星「(会話用ボードで)AVの好み聞いてんの。(手話で)AV」

春「AVってこうやるんだ」

一星「(うなずく)」

春「(会話用ボードで) 俺も手話習いたいです」

一星「(手話とボード両方で、巨乳、貧乳、未亡人を教えている)」

春「(習っている)」

春の声「一星に手話を教えてもらって、言いたい放題、内緒話ができるようになって。下ネタも、ホントの気持ちも、手話でなら言えた。一星と手話のお陰で、誰かと話すのが楽しくなった」

★居酒屋・店内(回想あけ)

春「(手話で) 立ち直れたのはお前のお陰だよ」

一星「(手話で)………そんなの初めて聞いた」

春「(手話で) なのにごめん。あんなこと言って。ごめん」

頭を下げる春。手をかざし春にこちらを向かせ、静かに首を振る一星。
そして春の目をじっと見る。

一星「(手話で) 春、何でも言えよ。俺が聞いてやるから」

春「え。………え〜(笑)」

春、苦笑しながら、残りのジョッキを飲み干す。

そのまま、ぽつりぽつりと話し始める。

春「(手話で)不安なんだ。俺なんかが父親で、生まれて来る子は幸せなのか。うたのことだって、幸せにできてないのに」

一星「(手話で)うたがそう言ったの?」

春「(手話で)いや、わかんない。怖くてちゃんと話せてないんだ」

一星「(手話で)春が怖いなら、うたも怖いんじゃないの?」

春「え………?」

一星「(手話で)俺がうたなら、今一番傍にいて欲しいのは、春だけどな」

春「…………」

一星「(手話で)伝えなよ、ほんとの気持ち。手話でなら言えるだろ?(笑)」

春「………」

★(日替わり)マロニエ産婦人科医院・外観

★同・病室

翌朝。春が部屋を覗くと、うたのベッドの横に鈴が立っている。

春「あ、鈴さん」

鈴「おっ、おはようございます。お仕事は?」

春「今日は休みました」

鈴「じゃ、ごゆっくり(と出て行く)」

春「………(ベッドのうたに近づき)どう?」

うた「明日退院だって」

春「よかった」

うた「ホントによかった?」

春「ホントだよ」

うた「…………」

春「(ベッドに座って) あのさ」
うた「ん?」
春「(手話のみ字幕なし)うたは俺と結婚して幸せ?」
うた「え?」
春「………うたは俺と結婚して幸せ?」
うた「は?」
春「…………」
うた「え、幸せに決まってんじゃん。どゆこと? 喧嘩売ってんの?」
うたの剣幕に呆然とする春。思わず笑い出す。
うた「え、何」
春「あー(顔を隠し)………いや俺はホント、自分のことばっかりだなって」
うた「………」
息をつき、そのままうたを抱きしめる春。

春「ごめんね。うたと話すことから逃げて。不安にさせた。ほんとにごめん」
うた「………」
春「うたはどうしたい?」
うた「………」
春「産むとしたら、一緒に子どもの人生を背負うことになるね。おろすとしたら、その事実を2人で背負うことになるね」
うた「……生活が変わるのは怖い。妊娠も出産も初めてで怖い。仕事も続けたいし、自分が親になれるのか、ぜんぜん自信もない」
春「うん」
うた「でも今は、お腹の子を殺すことなんか考えられない」
そっと手を離し、うたの顔を覗き込む春。うた、泣いている。
そんなうたを見て、笑いかける春。

春「……うん。（手話で同じ、とした後に）
　俺もなんだ」
　安心したように、笑い返すうた。
うた「……あのね。おじいちゃんとおばあちゃんになっても、春と休みの日に、昼から一緒に熱燗飲んで、暴れたい」
春「熱燗……ハードな老夫婦だな」
うた「そこに、息子の家族もいたりしても、いいかなと最近は思い始めた」
春「息子なの？」
うた「何となく。知らんけど」
春「そっか」
うた「春に似たかわいい顔した息子」
春「うたにも似てるといいな」
　うた、そっと自分のお腹に手をあてる。
うた「……ねえ春、この子、産んでもいい？」
春「うん。親ってやつに、一緒になってみよっか」
　そんな２人の会話を、こっそり聞いている鈴。
鈴「……（微笑んで）」

★同・外来待合室

　時間経過して――午後の診療。
蜂須賀「そうですか、わかりました（電話を切り）キャンセル７人目っす」
伊達「30週目の小山内さんも産むところを替えるそうです。あんなに雪宮先生雪宮先生って言ってたくせに」
犬山「何でみんなネットばっかり信じるのだ！」
蜂須賀「（スマホを見せる）ちょちょちょ！　これヤバくないですか？」
　画面に鈴の写真。
　――星とデート中の鈴、あれこれ。

ベランダで手を振る鈴。釣りの帰り、深夜と帰って行く鈴。

蜂須賀「自宅もバレてる」

犬　山「今、雪宮先生、どこ?」

伊　達「今日は午後休だから帰りましたよ」

蜂須賀「コレ知らないいんじゃない? 電話した方が――」

深　夜「僕行って来ます(出て行く)」

★遺品整理のポラリス事務所・中

事務所内で差し入れの桜餅を食べている一星、北斗、服部、岩田。

スマホを見ていた北斗、急に声を上げる。

北　斗「ん!?」

そのまま、慌てて一星の肩を叩き、画面を見せる。

北　斗「ちょっと一星!」

一星、そして服部、岩田もスマホを覗く。

鈴の写真。鈴と一星、鈴と深夜の写真、いろいろ。

『人殺し』などの中傷コメントも。

岩　田「なにこれ」

服　部「ヤバくないですか」

一　星「………!(飛び出して行く)」

★道

走る一星。

★　★　★

一星の回想フラッシュ。

一星を誰かと間違えて、ガクガク震えていた鈴。

★　★　★

一星「………」
何で言わねえんだよ、と憤りを感じている表情。

★鈴の自宅マンション・鈴の部屋前の廊下

スーパーの袋を提げて帰って来る鈴。
と、ドアに『人殺し』という紙が何枚も貼ってあるのを目にする。
鈴「…………！」
恐怖で立ちすくみ、動けない鈴。
裁判の時の「人殺し！！！」という声がよみがえって聞こえてくる。
深夜の声「雪宮先生！」
と、そこに深夜が走って来る。
素早くドアの紙を剝がし、鈴の目を見て話す深夜。
深夜「先生中へ」

★同・玄関～ＬＤＫ

深夜が鈴の肩を抱くようにして、中に入って来る２人。
深夜、急いで中から鍵をかける。
深夜「（鈴のあちこちを見て）無事ですね？」
鈴「どうして先生……」
深夜「ＳＮＳにご自宅の写真も出てて、それで」
その時、廊下に面したキッチンのガラス窓が、割れる。
大きな音。
鈴「………‼」
飛び散るガラス片。
鈴、目を開けると、深夜に庇（かば）われていることに気づく。
飛んだガラスの破片で、深夜の腕や肩、

頬が傷ついている。

鈴「………!!」

★同・前の道

走って来る一星。
音のない世界。
ガラスの割れた音で、近隣の住民や通行人で人だかりができており、なかなか中に入れない。
住民達の声は聞こえず、状況がわからない一星。

一星「…………(聞きたいが聞けないもどかしさ)」
ふと隣に少女(静空)が現れる。

一星「(伝わらないとわかりながら手話で)何?何があった?」

静空「…………」

少女は、おもむろに紙を差し出し、マンションの上を指差す。
紙には『雪宮鈴は人殺し』の文字。

一星「………!」
頭に血が上った一星、住民をかき分けマンションに入ってゆく。

★同・鈴の部屋前の廊下

階段を駆け上がる一星。
鈴の部屋のガラス窓が割られている。
ドアに剝がしきれなかった『人殺し』の紙も残っている。
一星、ドアノブを回すが、当然鍵がかかっている。

一星「(ドアを激しく叩く)」
その時、ドアが開き、深夜が毅然と体を張って出て来る。

深　夜「やめて下さい！」

一　星「………？　（深夜がいることにショックを受ける）」

深　夜「あ、弟さん………す、すみませんてっきり。どうぞ中へ（と言いかける）」

一　星「（深夜を突き飛ばして、中に入る）」

怯えた様子の鈴が、床の上に座り込んでいる。

一　星「………！」

鈴「一星………」

思わず鈴に駆け寄るが、深夜に肩を叩かれ話しかけられる。

深　夜「（必死でジェスチャーしつつ）自宅の場所がバレているようなので、ここは危険だと思うので、この後一旦………」

一　星「（我慢できなくなり手話で）何でこいつがここにいるんだ！」

鈴「え………？」

一　星「（手話で）何で俺に何も言わないんだ。俺はそんなに頼りないのか？　聞こえないから？　年下だから？　だからこいつに助けを求めたの？　そりゃ俺はガラスが割られた音も聞こえないし、鈴の悲鳴も聞こえない。俺じゃ、鈴を、守れない……！　（飛び出して行く）」

鈴「一星！！！」

深　夜「………」

★同・前の道

マンションから出て来た一星。

パトカーのサイレンの音が近づいて来るが、一星には聞こえない。

先ほどの少女も、もういない。

一星、一度マンションの方を振り返るも、そのまま走り去る。

★マロニエ産婦人科医院・外観

暗くなっている。

★同・スタッフ控室

入って来る鈴と深夜。鈴、疲れきった表情。

鈴「送ってくれてありがとう」
深夜「僕も今夜、泊まります」
鈴「いいよ」
深夜「いえ、危ないので。一緒にいさせて下さい」
鈴「(深夜の優しい表情に思わず安心して)…………おでこ、消毒しなきゃ。座って(と棚へ)」
深夜「あっ、はい」

鈴、救急箱を持って来て、深夜のおでこを、消毒し始める。

深夜「はう！(痛い)」
鈴「我慢して(笑)………ていうか肩も？ 脱いで」
深夜「えっ！」
鈴「早く」
深夜「あっ、はい(と言われるがままに脱ぐ)」
鈴「(肩を見て)………ごめんね」
深夜「………ぜんぜん、大丈夫です」
鈴「(テキパキと消毒し、ガーゼなどを貼ってゆく)」
深夜「…………ありがとうございます」
鈴「………こっちこそ。ありがと」

★(日替わり)朝の海街・実景

★マロニエ産婦人科医院・玄関

春とうたを見送る、鈴と深夜。

鈴・深夜「(一緒に)ご退院おめでとうございます」

うた「本当にお世話になりました」

春「佐々木先生、鈴先生、これからもうたとこの子を、お願いします」

深夜「はいっ喜んで!」

鈴「(深夜のテンションに苦笑)一緒に頑張りましょうね」

春「(鈴と深夜のコンビを、じっと見比べる)」

鈴「何ですか?」

春「いえ」

★同・外の道

出て来た春とうた。

春「ありゃあ強敵だな」

うた「何が?………てか春、最近腹出てきた?」

春「うっそショックなんだけど」

うた「酒飲み過ぎなんじゃないの、もう30代なんだしさ」

春「………ん(と手を差し出す)」

うた「え。え〜!」

春「はい(と照れつつ手を差し出す)」

うた「え〜」

と言いつつ、手をつないで帰って行く春とうた。

★同・外来診察室

ふぅ、と一息ついた鈴。一星からメッセージが来る。

『昨日はごめん』

返信を打つ鈴。

★遺品整理のポラリス事務所・中

ロッカーで着替えている一星。

スマホがバイブレーションする。鈴からメッセージだ。

『今夜会えない？』

一星「…………！」

いそいそ返信を打つ。

★マロニエ産婦人科医院・スタッフ控室

一星からメッセージ。

『俺も会いたい』

『プレアデス星団、一緒に見よう』

鈴「…………プレアデス、って何」

更に一星からメッセージ。

『トラックで迎えに行く』

かわいいトラックに乗ったキャラクターのスタンプも。

鈴「…………（苦笑）」

★駅近く

夕方。歩いている鈴。

ふと見ると出店なのか、お菓子屋さんなのか、「バレンタインフェア」をやっている。

かわいらしい飾りつけやチョコが並んでおり、女の子達がうれしそうにショッピングしているのが見える。

鈴「…………（そういえば2月14日かと思う）」

★遺品整理のポラリス事務所・駐車場

夕方。一星がトラックに乗り込もうとすると、桜が来る。

桜「一星待って——!」

一星「(聞こえていない)」

桜「(肩を叩き手話で)駅まで乗っけてって」

一星「(うなずく)いいよ」

★駅近く

歩いている鈴。

その手にさっき購入したらしい、チョコレートの小さな紙袋。

ふと見ると、遠くにポラリスのトラックが見える。

鈴「あ」

鈴、トラックに向かって走って行く。

近くまで行くと、運転席が見える。

しかし、その中で一星と桜がキスしているのが見える。

鈴「……!!」

第6話

★

死は絶望とか終わりじゃなくて、生の続きなんじゃないかって思う

★駅近く（5話振り返り）

街はバレンタインモード。
歩いている鈴。
その手にさっき購入したらしい、チョコレートの小さな紙袋。

★遺品整理のポラリスのトラックの中

5話ラストの手前に時間を戻して——
トラックの運転席に一星。助手席に桜。
車が駅の近くに停まる。

桜「鈴先生とデート？」
一星「（聞こえていない。手話で）今日どこ行くの？」
桜「（手話で）どこだっていいじゃん」
一星「（手話で）何怒ってんだよ（と、桜の頬をぷにっとつかむ）」
桜「いった」
一星「（鼻で笑い、手話で）ガキだな」
桜「………」
一星「（何で降りないのかな）………？（手話で）あ。そういえば昨日差し入れで桜餅もらってさ。お前子どもの頃桜餅好き過ぎて、（思い出し笑いしながら）食い過ぎて腹壊したことあった（よな）」
桜「（一星に衝動的にキス）」
一星「………!!」

★駅近く

トラックを見つけた鈴、一星と桜のキスを見て立ちすくむ。

鈴「………!!」

★ポラリスのトラックの中

一星「(桜の気持ちに、まったく気づいていなかったので、たまげる)」

桜「(手話で) もうガキじゃない」

一星「…………」

桜「(手話で) 一星が好き」

一星「…………」

桜「(手話で) 初めて一星が家に来て、『桜』って手話を教えてくれた日から、ずっと」

★桜の回想・
遺品整理のポラリス事務所・駐車場

自転車を修理している一星。
小学校中学年の桜が、走って来て一星に抱き着く。

桜「一星」

一星「(妹のように抱きしめる)」

桜「(手話と声で) 一星、こんばんは」

一星「(手話で) すごい!」

桜「(大きく口を開けて) さ・く・らはどうやんの?」

一星「(手話で) 桜」

桜「(手話と声で) 桜。一星、桜」

一星「(うなずく) よきよき」

微笑ましく見ている北斗。

★遺品整理のポラリスのトラックの中

桜「(一星を見つめ、手話で) 気づかなかった? 一星鈍感だもんね」

一星「(桜を見つめ、手話で) 俺は」

桜「(一星の手をつかんで、手話を止め、声で) 言わないで」

一星「…………」

桜「わかってるから」

一星「…………」

桜「(手話と声で) 一星が鈴先生を好きなの、わかってる」

★駅近く・電信柱の陰

桜の手話がわかる鈴。

鈴「…………」

★遺品整理のポラリスのトラックの中

桜「…………あああ違う、こんなことするつもりなかったのにな、あ〜わけわかんない。とりあえず (手話と声で) わたしは一星が好きだから！ 返事はいらない！ じゃ(トラックを降りて走って行く)」

一星「…………」

ふと見ると、助手席に紙袋が残っている。

桜を呼び止めようとするが、袋の中を見るとバレンタインのチョコレートだ。

一星「…………」

★駅近く

駅に向かって走って行く桜。

鈴が身を隠している電信柱の前を通過。

桜が泣いているのが、鈴にも見える。

鈴「…………」

★遺品整理のポラリスのトラックの中

一星「…………(呆然)」

その時、ドンドンとドアが叩かれて、振動で我に返る一星。

鈴が乗り込んで来る。

鈴「（明るく）よっ！」

シートに座る鈴。

一星「…………」

鈴「…………」

微妙な間の後、一星の手元にある紙袋に気づく鈴。

一星「（鈴の視線に気づき）……！（紙袋をどこかにしまう）」

鈴「…………」

一星「（手話で）行こうか」

鈴「うん」

★北斗の家・ＬＤＫ

北斗が郵便物を見ている。

北斗千明宛で、原田すみれという人から封書が来ている。

住所は須羽市木津原町だ。

北斗「（ドキッとして、その封筒を眺める）」

桜が帰って来る。

桜の声「ただいま」

北斗「（思わずその封筒を隠す）お帰りなさい」

桜、弁当箱をキッチンに出して、

桜「後で洗うから（と自室に向かう）」

北斗「…………」

★同・トイレ

北斗が入って来て、原田すみれからの封書を開く。

『突然、こんな手紙を差し上げることをお許し下さい。

実は来月、南アフリカに移住することになりました。

もう日本には帰らないと思います。

最後に一度だけ、自分が産んだ娘に会いたいのです。
身勝手過ぎることは重々承知しておりますが、何とか――』

北斗「(途中まで読んでやめる)」

★同・桜の部屋

入って来る桜。

桜「あ～やっちまったよ～………うううう～(と、奇妙な体の動きで、やりきれない思いを炸裂させる)」

桜の部屋には、いろいろな写真が飾られている。
幼い桜を真ん中に一星と北斗の3ショット、深夜と北斗と桜の3ショット。桜が撮った一星と春の2ショット。一星と桜の2ショットなど………。

桜「(はたと止まり)あれ、チョコ………。(思い出し)うーわ車の中だ、あああああ～(と更に悶絶)」

★同・トイレ

北斗「ぬうううう～(とこちらも奇妙な体の動きで悶絶)」

★星空の美しい場所

鈴と一星がベンチに座っている。

鈴「(空を見上げて)星、見えるかな」
一星「………」
鈴「………(見上げている)」
一星「(グイッと鈴の肩を持ってこちらに向かせ、手話で)この前は、ごめん(頭を下げる)」

一星「(手話で) 何でこいつがここにいるんだ!」

★　★　★

一星の回想フラッシュ。
5話より、鈴の自宅マンション。

一星「(手話で) 俺はそんなに頼りないのか? 聞こえないから? 年下だから?」
一星「(手話で)俺じゃ、鈴を、守れない……………!(飛び出して行く)」

★　★　★

一星「(頭を下げているが、チラッと上目づかいに鈴を見る)」
鈴「…………」
一星「(手話で) 俺は非常に器の小さい男だ。心配で駆けつけたのに、嫉妬して、八つ当たりした」
鈴「…………」
一星「(手話で) あっちは医者だし、大人だし、イケメンだし、聞こえるし、背もちょっと高いし、俺より先に鈴のところに駆けつけるし。だからカッと来た。でも、完全に俺が悪かった。子どもだった」
鈴「(手話と声で) もういいよ」
一星「(自分で自分の頭をポコポコ叩く)」
鈴「(叩く手を止めて) もういいって」
一星「(ホッとする)」
鈴「…………(手話と声で) それより、他に言うことない?」
一星「……?」
鈴「(手話と声で) 桜ちゃんに、さっき告白されたでしょ」
一星「………! (見てたんだ)」
鈴「(手話と声で)見ちゃった。トラックの中で話してるの。手話だからわかっちゃって」
一星「(手話で) 俺が好きなのは鈴だから」

鈴「(手話と声で) わかってる」
一星「(手話で) わかってんなら言うな！」
鈴「すぐすねる」
すぐカッカする一星に比べて、落ち着いている鈴。
カバンから、駅の近くで買ったチョコレートを出す。
鈴「(手話と声で)じゃあこれはいらないんですね」
一星「………！ (チョコだ)」
鈴「(手話と声で)桜ちゃんにも、もらってたみたいだし(と、自分のチョコをカバンにしまう)」
一星「！ (手話で)下さい、下さい、お願いします」
鈴「(吹き出して) はい (とチョコを渡す)」
一星「………(チョコを抱きしめ、感動を噛みしめる)」
鈴「(手話と声で) わたしが好きなのも、一星だよ」
一星「(手話で) 仲直り？」
鈴「(手話と声で) 仲直り」
一星「(うれしい)………(そのままコテンと横になり、鈴の膝枕で寝る)」
鈴「………(かわいいと思う)………」
一星「(手話で)………星って生と死の境目にあるような………生と死をつなげてるような感じがする」
鈴「………(星を見上げて)」
一星「(手話で) 俺達が見ているあの星のいくつかは、今はもう存在しない。何万年も前に放った光が、やっと今、地球に届いてるから」
鈴「生と死の境目を今見てるんだ、わたし達」
一星「………」
鈴「わたしの仕事もそうかも」

一星「？」

鈴「（手話と声で）壁1枚隔てて生と死が隣り合わせてるの。命が生まれた隣の部屋で、当たり前に死産がある。その間で医者は何もできない。遺された人のことも救えない」

一星「（手話で）生と死はあまり変わらないのかも。死は絶望とか終わりじゃなくて、生の続きなんじゃないかって思う……遺品整理士やってると」

鈴「…………」

一星「（手話で）でも人は、明日は当たり前に来ると思うから、近しい人の死に、戸惑ってしまうことも多い」

鈴「…………」

一星「（手話で）だから明日死んでも悔いがないように、俺は伝え続けるよ」

鈴「？」

一星「（手話で）鈴、好きだ。一緒に暮らそう」

鈴「……え？」

一星「（手話で）鈴は俺が守るから」

★タイトル

★一星の家・一星の部屋

電気がつき、入って来るなり鈴をベッドに押し倒す一星。

一星「（もう我慢できない感じで）」

鈴「ちょっと……」

一星「（手話で）もうステイしない」

鈴「電気消して」

一星「（わからないという顔）」

鈴「消す（と起き上がろうとすると、また一星に押し倒される）」

一星「(手話で)暗いと手話が見えない。顔も見えない」

鈴「そうだけど」

一星「(手話で)ダメだ。鈴を見たい。全部見たい。全開がいい」

鈴「何だよ、全開って(と枕を投げつける)」

一星、押さえ込みにかかる。

鈴、抵抗。

ドタンバタンと取っ組み合い。プロレスのようになる。

鈴「おばあちゃん、起きちゃう」

激しく取っ組み合った後、最後は濃厚キス。

★(日替わり)朝・実景

★深夜の自宅アパート

起きて来る深夜。洗面所で歯磨きをしながら、鏡か窓に映った自分を見て、昨夜鈴に貼ってもらったおでこの絆創膏を触る。

深夜「………」

★深夜の回想①

5話の続き、病院にて。

医局で眠ってしまっている鈴。

深夜「………(起こさないようにそっと毛布をかける)」

鈴「(寝言を言う)空、花」

深夜「………?」

鈴「(寝言)バス」

よく見ると、鈴の手が手話をするように動いている。

深　夜「…………」

★深夜の回想②

5話、鈴の部屋で手話で怒っていた一星。

★深夜の自宅アパート

深　夜「(つぶやく) 弟じゃないな……」

と言うけれど、歯磨きのせいでモガモガとなる。

★一星の家・一星の部屋

鈴が目覚めると、まだすやすやと眠っている一星。

鈴「(一星の寝顔を見つめる)…………………(そっと頭を撫でる)」

と、一星が目覚める。

鈴「(手話と声で) おはよ」

一　星「(手話で) おはよ」

見つめ合う2人。

キスな雰囲気。

鈴「(目を閉じる)」

一　星「(ずっと鈴を見ていて、キスはしない)」

鈴「(ハレ?　と思って目を開ける)」

一　星「(ニヤニヤ見ている)」

鈴「(ムッとして、横を向くと)」

一　星「(ギュッと、鈴を抱き寄せる)」

幸せな二度寝に向かおうとする2人。

その時、ガバッと襖が開き、カネが入って来る。

カ　ネ「(手話で) 朝ご飯だ」

鈴「ノックないんだ………」

★北斗の家・LDK

朝ご飯を食べている北斗と桜。

北斗「あのさ（とバッグか引き出しから手紙を出し）、これ、読んでみてくれないかな」
桜「（封筒を取り、差出人を見る）誰？」
北斗「………桜を産んだお母さん」
桜「………!!」
北斗「会いたいんだって、桜に」
桜「………読まない。会いたくもないし」
北斗「読んで」
桜「………」
北斗「桜がしたいようにすればいいから。桜が決めたことに、お母さん、文句言わないから」
桜「今さら何なん、こいつ（と言いつつ、封筒は手に取る）」
北斗「………」

★遺品整理のポラリス事務所・駐車場

幸せそうな顔で出社して来る一星。ビルから出て来た桜と鉢合わせ。

一星「………」
桜「………」

一星と桜、ぎこちない妙な動きになる。

一星「………」
桜「（走り去る）」
一星「………」

ちょっと遅れて出社して来た春、その様子を見て、

春「（何なん、今の？）」

★道

走って来た桜。息をつく。
後ろからチリンチリ～ンと、チャーリーの自転車がやって来る。

桜　「(振り返り)あ、イェイイェイウォウウォウだ」

チャーリー　「おお、ポラリスの娘、あ～っと桜だ」

桜　「その髪、何ていう色なん?」

チャーリー　「フォーエバーピンク、愛されモテカラーだよ。毛根死ぬけどな」

桜　「へえ～」

チャーリー　「そろそろブルーにしようと思ってんだ、チャーリー七変化」

桜　「美容院のＵＲＬ後で送って」

チャーリー　「おお」

素早くメッセージアプリのＩＤを交換する２人。

チャーリー　「じゃな」

チャーリーは走り去り、ひとりになった桜、実母の手紙を取り出して見る。

桜　「………」

★マロニエ産婦人科医院・スタッフ控室

犬山、蜂須賀、それに深夜。麻呂川もいる。

犬山　「(ＰＣを見て)変な書き込み、今日はないわ。諦めたか?」

蜂須賀　「不気味だな～」

伊達　「もう気が済んだんですかね」

麻呂川　「(深夜のデコを見て)ていうかその絆創膏はどしたの?」

鈴　「おはようございます!」

鈴が入って来る。

麻呂川「おろ。元気そうね」

鈴「え？　(幸せが漏れ出ていた)あ、すみません、みなさんにご迷惑おかけしまして」

麻呂川「(優しく)迷惑くらいかけてよたまには」

鈴「(深夜のおでこの絆創膏を見て)肩どうです？　まだ痛みます？」

深夜「いえいえぜんぜん、もうこんなのなくても！　(と勢いよくびりっと絆創膏を剥がす)」

鈴「取らなくてもいいのに(笑)」

蜂須賀「(スマホを見ながら)おん？　何これ？(みんなに動画を見せる)」

★鈴の自宅マンション・前の道

ピンクエンペラーの特攻服を着た中年女性達が、自転車で集まっている。
マンションの住人が出て来ると、

ピンクエンペラー達「(揃って)おはようございます！！！」

住人「………!?」

ピンクエンペラー達「(揃って)行ってらっしゃいませ」

ビビって足早に遠ざかる住人。たまげている人もいる。

★マロニエ産婦人科医院・スタッフ控室

鈴、深夜、麻呂川、犬山、伊達が、蜂須賀のスマホを覗き込んでいる。

犬山「ああ。雪宮先生んち周りのパトロール、後輩に頼んでおいたから」

深夜「後輩？」

蜂須賀「(ハッとして)ピンクエンペラー！」

鈴「(ハッとして)師長元レディースだって言ってましたもんね」

犬　山「一応総長やってたから」
深　夜「(ハッとして)それでチャーリー君もピンクの頭を」
犬　山「あれはそういうつもりじゃないと思うけど」
蜂須賀「近所迷惑だって、SNSに上がってる」
犬　山「(蜂須賀のスマホを覗き)あらヤダ、撤収かける?」
麻呂川「パトロールなら夜の方がいいかもね」
犬　山「一応、24時間体制で命じてあるんだけど」
一　同「………!」
鈴「あはははは!」
と、鈴思わず、笑い出す。
いつも冷静でクールな鈴の爆笑に、みんな唖然。
蜂須賀「え、何?　壊れました?」
鈴「(笑いながら) いやごめんなさい、ツボってしまって………」

一　同「(唖然)」
鈴「師長ありがとうございます。みなさんも。いろいろまだ解決してないんですけど、これからも、頼らせて下さい (と頭を下げる)」
犬　山「(意外な反応に驚きつつ) 何か、うれしいね。雪宮先生に頼られるの」
鈴「え、そうですか?」
蜂須賀・伊達「(うんうんうなずく)」
深夜・麻呂川「(微笑んでいる)」
と、突然チャーリーが入って来る。
チャーリー「イェイイイェイイウォウウォウ」
鈴「イェイイイェイイウォウウォウ (と応じる)」
一　同「(鈴の反応にたまげる)」
チャーリー「(もたまげる) 鶴子に弁当届けに来た、んだけど、雪宮先生、どしたの。ノリいいね (笑)」
蜂須賀「いやキャラ変エグッ。わたしの心がついてけねえわ」
伊　達「(うんうんうなずく)」
鈴　「そう？　(院長に) わたし、変ですか？」
麻呂川「ステキだよ」

★同・新生児室前の廊下

歩いて来る鈴。
新生児室の中で、深夜が新生児と話している。

深　夜「今日もよい調子でちゅね〜」
蜂須賀「いやだからキモいっす」
深　夜「は」

そんなやりとりを見て笑う鈴。と、スマホが鳴る。
見ると一星からのメッセージだ。
『いい家見つけた！　昼休みに見て来たけど、サイコー』

鈴　「…………(うれしそうにメッセージを見ている)」
写真も送られて来る。
『ここで鈴と暮らしたい』
『仕事終わりに見に行こう』
『絶対気に入る』

鈴　「…………」
伴のことは何も片付いていないけど、瞬間的に幸せな鈴。

★遺品整理のポラリス事務所・中

夕方、その日の報告書などを書いている一星、岩田。
服部はPCを見ている。北斗もいる。
と、そこへ春と桃野が帰って来る。

春　「だから封筒も全部開けてから処分しろってあんなに言ったじゃん」

桃野「すいません！」
春「権利証とか、重要書類とか結構入ってるんだからさ」
服部「やだ春先輩怖〜い」
北斗「春、死ぬほど細かいからな」
春「え、何、悪口ですか？」
北斗「褒めている」
桃野「すいません、今日現場でプラレールがたくさん出てきて、子どもの頃集めてたなって思い出したら夢中になっちゃって」
春「コレクター収集品は高値で売れるから要チェックだからな。その分お客様の支払い差し引けるし」
岩田「前に軍服見つけたこともあったよねぇ」
北斗「覚えてる！　日本刀もあったよね、びっくりしたなぁ」
桃野「え、それどうしたんですか！　オークションですか!?」
服部「警察に渡したよ、売れないじゃん」
桃野「…服部さんってどうして鑑定士になったんですか？」
北斗「あ、聞いちゃう。それ聞いちゃうんだ」
桃野「え、ダメでした？」
服部「不倫相手からもらった贈り物の数々を、なるべく高価で売ろうとしたのがきっかけで古物商への道を踏み出しました、以上」

と桜が帰って来る。

桜「ただいま！」

髪の毛が、チャーリーと同じフォーエバーピンクになっている。

一同「……!!」

北斗は、母親の手紙のショックだと即座に思い、一星は、自分が振ったからだと即座に思う。
春は、一星に振られたんだろうな〜と

想像する。

そこに、チャーリーが入って来て、

チャーリー「ご注文のドーナツ、お待たせで〜(たまげて、立ちすくむ)……!!」

★線路脇の家(夕方)

海の見える別荘風の、小さな古い一戸建て。

電車が通過して行くのも見える。

★同・中

鈴を連れて来ている一星。不動産屋もいる。

電車の音が猛烈にうるさい。

一星「(手話で)すごいよくない？　安過ぎて事故物件？　って聞いたけどオーナーさんが欲のない人なんだって!」

猛烈にうるさい音、再び。

不動産屋「…………」

鈴「……」

一星「(手話で)え、何?……ダメ?」

鈴「これは、うるさくて、暮らせないな」

不動産屋「やはり……」

鈴「(チラシを見て)だから安いんでしょ」

不動産屋「は……」

鈴「(声と手話で)とってもステキな家だけど、電車の音がうるさ過ぎる」

一星「……(そうなのかと)」

鈴「(声と手話で)ごめんね」

一星「(首を振り)俺こそごめん。わからなかった」

鈴「ううん」

不動産屋「こちらこそ、勝手にご夫妻ともろう者の方だと思ったものですから。改めて、鈴「奥様にも喜んで頂ける家を探しますので、引き続きどうぞよろしくお願いいたします」

一星「(手話で)何?」

鈴「奥様………」

鈴「何でもない」

その時、また、電車が通る。

一星「………(手話で)振動はわかる。これが気持ちいいと思ったんだけど、やっぱうるさい?」

鈴「ん~~~~(声と手話で)うるさいわ」

一星「(手話で)ガタンガタンって音?」

鈴「え。何で知ってんの?」

一星「(手話で)子どもの頃学校で習った。電車はガタンガタン、川はサラサラ、波はザブーン、鶯はホーホケキョ、カラスはカアカア(ドヤ)」

鈴「(手話と声で)正解(笑)」

一星「(手話で)まぁ実際聞いたことないから、知らんけど」

鈴「(手話と声で)知らんけどて!(笑)」

仲良く爆笑している2人。

不動産屋「(意味はわからないが、ずっとアテられている)」

★一星の家・一星の部屋

風呂上がりの一星の髪の毛を、ドライヤーで乾かしてあげている鈴。

一星「(振り返って、鈴を見上げる)」

鈴「(かわいいと思う。ドライヤーの風を一星の顔にあてる)」

一星「(何すんだよ!)」

鈴「(笑)」

一星「(笑)」

鈴「(手話と声で)一星といると、わたし、よく笑うなぁ」

一星「(手話で) そうなの?」

鈴「(手話と声で) そうだよ。病院でも今日、キャラ変したって言われた」

一星「(手話で) 俺といると幸せなんだ」

鈴「(うなずき) うん、そうかもね」

一星「………」

鈴「(顔を覗き込み)照れてるの? 自分で言っといて? (と頭をタオルでわしわし撫でる)」

一星「うるさい! (と言いつつ、されるがまま)」

鈴「ごめんごめん (一応髪を直してあげる)」

一星「(手話で) 俺も、鈴といると幸せ。鈴はカッコいい。尊敬してる。でも一緒にいると10歳年上になんて見えなくて、子どもみたいでかわいいとも思う。どっちの鈴も好きだ」

鈴「(照れる) え~………」

一星「(手話で) だから、俺の前では気を抜いて。だらだらして、甘えて、ありのままの鈴でいいよ。どうせ最初ゲロ吐いたの見てるし」

鈴「(だいたいわかったけど、手話と声で) 手話が速くてわかりませ~ん」

一星「(手話で) いいこと言ったのに」

鈴「(手話と声で) じゃもう1回、お願い」

一星「(手話で) イヤだ」

鈴「ケチ」

とタオルを投げる鈴。やり返す一星。じゃれ合う2人。

★北斗の家・LDK

風呂上がりの桜が、冷蔵庫からアイスを出して食べ始める。

北斗「………(髪を見て、手紙のせいだよなと思っている）」

桜「…………（もぐもぐしている）」

北斗「…………」

桜「…………手紙の人に会ってみようかと思って」

北斗「…………あ！　そう！　あそう！…………その髪で？」

桜「うん」

北斗「わたしの育て方が、とんでもないと思われるな、きっと」

桜「いいじゃん、何て思われたって」

北斗「それはそうだ」

桜「一緒に行く？」

北斗「お母さんが行くのは、向こう的には微妙だろうな。でも、遠いからひとりで行かせるのもなぁ」

桜「…………わたし、一緒に行って欲しい人がいるかも」

北斗「え、誰？　一星？　春？　深夜？」

桜「…………」

★（日替わり）
マロニエ産婦人科医院・全景

★マロニエ産婦人科医院・外来診察室

外来診察室に鈴と犬山。
次の人のカルテを見て、驚く鈴。問診票には「妊娠の兆候」とある。
カルテに「北斗桜」とある。

鈴「……え」

犬山「次の方、北斗桜さん、どうぞ」
チャーリーのようなピンクの髪をした桜が入って来る。

鈴「………！」

★　★　★

鈴の脳裏にフラッシュバックする、手話で告白する桜。
トラックから走り出て来た桜。

★　★　★

鈴「（目の前のピンクの頭の桜に驚いている）……………」

犬山「（も、息子みたいな髪の少女にびっくりしている）…………！」

桜「ども」

鈴「おはようございます。どうぞ」

桜「（座る）」

鈴「（問診票を見ながら）妊娠の疑いですか？」

桜「わたし、一星の子ども、妊娠してます」

鈴「…………」

犬山「…………」

桜「とかならドラマみたいでカッコいいんですけど、違います」

鈴「…………」

犬山「…………」

桜「今日は、鈴先生にお願いがあって来ました」

桜の手には、手紙が握りしめられている——。

★（日替わり）高速バス乗り場

数日後の朝。
高速バスを待っている鈴と桜。
鈴、紙袋からコーヒーを出して——

鈴「カフェラテ、ロイヤルミルクティー？」

桜「（無邪気に）ロイヤルミルクティー！　あ……すみません、鈴先生の飲みたい方、取って下さい」

鈴「（かわいくて笑ってロイヤルミルクティーを渡す）はい」

桜「いただきます（と飲む）」
鈴「…………（飲みながら）」
桜「…………（飲みながら）」

★バスの中

並んで座っている鈴と桜。

桜「………何でお医者さんになろうと思ったんですか？」
鈴「何でだったかな。医者になったらうれしいな〜って、親がさんざん言うから、洗脳されたのかな」
桜「勉強できたんだ」
鈴「…………」
桜「答えないってことは、すごくできたんですね」
鈴「うん、まあ、すごくできた」
桜「（笑）………」
鈴「（も微笑む）」
桜「産婦人科を選んだのはどうしてですか？」
鈴「いろんな科を回る実習の時、お産を見学したの。もう感動してボロボロ泣いちゃって、これだって思ったの」
桜「へえ〜。わたしは子どもはいらないかな。自分が子ども捨てたくなったら困るから」
鈴「…………この前、うちのマロニエでも、お産終わってすぐ、脱走したお母さんがいたな」
桜「よくあるんですか、そういうの」
鈴「よくはないけど、あるにはある」
桜「へ〜。産婦人科って、ハッピーなイメージだったのにな」
鈴「…………わたしからも聞いていい？」
桜「はい」

鈴「今日は何でわたしなの？」

桜「…………」

鈴「そりゃ付き添いは必要かもだけど、なぜわたしなのかなって」

桜「よくわからないです、自分でも」

鈴「…………」

桜「…………多分、先生のことを知りたいから」

鈴「…………」

桜「わたしを産んだ人が、どんな人か見に行こうって思ったように、一星が好きな人がどんな人なのか、知りたいと思ったんです」

鈴「…………！」

桜「先生は何で、わたしの願いを聞いてくれたの？」

鈴「…………何でだろう…………ね」

★いつもの居酒屋・店内（昼）

昼間から飲んでいる、深夜と北斗。ポラリスは定休日。

北斗「桜が、あっちと暮らしたいって言ったらどうしよう〜」

深夜「（北斗から酒を取り上げ）北斗ちゃん、そのくらいにしときなよ」

北斗「（奪い返す）」

深夜「まぁなるようにしかならないよ」

北斗「何それ、嘘でも大丈夫だよとか言ってよ！」

深夜「イヤだよ、だって大丈夫じゃなかった時、北斗ちゃん僕のこと殴るもん」

北斗「そりゃ殴るさ！　はぁ、あ〜〜〜」

深夜「じゃあ手紙渡さなければよかったじゃない」

北斗「そういうわけにもいかないでしょ」

深夜「………世の中はさ、どうにもならないことばっかりだよ」

★深夜の回想

深夜の脳裏にフラッシュバックする、あの日のこと――

病院・手術室前の廊下。

堀「力及ばず………残念です」

深夜「彩子、死んだんですか………子どもは……
……」

堀「…………」

深夜「(言葉が出ないほどの衝撃)」

★　★　★

佐々木家の墓。

お花とバター餅、そして彩子の写真もあって。

納骨をしている深夜。

北斗、他親戚などみんな涙を流していて――。

北斗「何でこんなに早く死んじゃったんだよ
(突然、ウルッとする)ダメだ、ごめん」

深夜「いいよ(と泣いている北斗を慰める)」

北斗「………(深夜の表情を見て)」

★いつもの居酒屋・店内

北斗「深夜さ、彩子のお葬式でも、納骨でも、一度も泣かなかったよね」

深夜「………そうだっけ」

北斗「家でちゃんと泣いてんの?」

深夜「ん〜……」

北斗「あの家も、そのまんま?」

深夜「………アジフライも頼もっか」

深夜、店員に注文をしようとすると店

に入って来た一星と春と目が合う。

深夜「あ」

一星「(深夜を見て、ムムっとなる)」

★田舎道

歩いている鈴と桜。

桜「一星と鈴先生は、どこで知り合ったんですか？」

鈴「知り合ったのはキャンプ場」

桜「キャンプ場でナンパされた？」

鈴「実は酔っぱらってて、あんまり覚えてない（笑)」

桜「ヤバ（笑)」

鈴「でもその後、母が死んで。葬儀場に一星が遺品を届けてくれたの。その中におじさん達に囲まれてパリピみたいになってる写真とか不倫ドラマのＤＶＤもいっぱいあって、ちょっと笑っちゃって」

桜「………」

鈴「……あの時のことは、多分、一生忘れない」

桜「……うちのお母さんも不倫ドラマ好き、不倫されたくせに」

鈴「辛辣（笑)」

桜「(少し寂しそうな顔)」

鈴「桜ちゃんは、北斗さんが大好きなんだね」

桜「……わたしを産んだ人は、わたしが生まれてすぐ父とわたしを捨てた。父も、わたしが3歳の時、違う女に乗り換えて、わたしを捨てた」

鈴「………」

桜「血もつながってないのに、北斗千明だけがわたしを捨てなかった。だから本当の母親は北斗千明だって思ってるし、神様みたいな人だって思ってる」

鈴「そっか」

桜「ていうか実の両親のことなんか、記憶にもないし、正直考えたこともなかったし、手紙なんて渡してくれなくてよかったのに」

鈴「北斗さんは、桜ちゃんが大事なんだよ」

桜「…………」

鈴「あ」

桜、鈴の視線の方向を見る。

小さな民家の前に、桜の実母らしき女性が立っておりハッとした顔でこちらを見ている。

桜「…………」

鈴「…………」

実母「…………」

何だか立ちすくむ桜。鈴、その背中をぽんっと押す。

鈴「行ってらっしゃい」

桜「……………うん！」

★いつもの居酒屋・店内

なぜか同じテーブルで4人で飲んでいる一星、深夜、北斗、春。

北斗「そうか、うたちゃんの主治医は深夜なんだ～」

春「(深夜に) お世話になってます」

深夜「こちらこそ～」

一星「(春の肩を叩き手話で) 通訳しろ」

春「え………」

一星「(深夜に向かって、手話で) 鈴は俺のもんですから。お陰様で幸せですから。鈴の周りをウロチョロしても無駄ですから(春を見る)」

春「え～俺が言うのかよ」

一星「(手話で)早くやれ(もう一度やる)」

春「(同時通訳する)鈴は俺のもんですから。お陰様で幸せですから。鈴の周りをウロチョロしても無駄ですから。だそうです」

北斗「あらま……」

深夜「この前、そうおっしゃっていたんですね(微笑む)」

一星「(手話で)何笑ってんだ?」

深夜「いや、何でも率直に言えるのは、すごいなって。ステキです」

春「(手話で通訳)率直でステキだって」

一星「(手話で)ナメとんのか」

春「(通訳)ナメとんのか」

深夜「いいいえ、ナメてません」

春「(手話で通訳)ナメてません」

北斗「やめろ、一星」

春「(話題を変える。手話と声で)あの、佐々木先生と社長は高校の同級生だったんですよね?」

北斗「そう! 深夜の奥さんの彩子と3人でマブダチトリオだったのよ」

一星「(読んで)(手話で)既婚!?」

春「既婚なのかと驚いてます」

北斗「奥さんは10年前に亡くなったの。桜も一緒に家族ぐるみで旅行行ったりもしてたんだけど、お産の時……奥さんも赤ちゃんも」

春「そうだったんですか……」

★春の回想

4話より、マロニエ産婦人科医院・外来診察室で。

春「……自分は、子どもが欲しいと、思っていなくて……」

春「……いつまでなら、中絶できるんでし

ょうか?」

★いつもの居酒屋・店内

春　「…………」
一星「(UDトークアプリを読んで理解し)……
……」
深夜「そんな顔、しないで下さい」
と、深夜が先ほど頼んだアジフライに
醤油をかける。
一星「(手話で) 醤油だ」
深夜「え?」
一星「(手話で) いちいち俺と違うな。俺は断然
ソース派だ」
春　「(通訳) 俺はソース派だと」
深夜「は………」
北斗「どっちだっていいじゃないよ、わたしは
塩だし (塩を持つ)」

一星・深夜「(塩!?) 塩!?」
春　「(手話と声で) 俺も塩です」
北斗「桜も塩………あ~(と飲む) ピンクの髪
になるくらい、思い悩んでたんだよな~
帰って来なかったらどうしよう~」
春　「ピンクの髪は、一星のせいだと思います
けど」
北斗「は?」
深夜「………?」
一星「(読んで、手話で) 俺のせいだ」
北斗「何だそれ?」
春　「(手話と声で) 桜は一星に振られたんです
よ。それでピンクの髪になったんです」
北斗「お前、うちの桜を振ったんかい」
一星「(手話で) 俺は鈴が好きなんだ!」
北斗「それは応援してるよ!」
一星「(深夜に手話で) わかったか!」

★夜・実景

すっかり夜になっている。

★道～遺品整理のポラリス事務所・駐車場

酔った北斗を一星と深夜が両脇から抱えて、歩いている。
すると、ポラリス事務所の前に、鈴と桜がいる。

深夜「あ」
北斗「…………あ」
深夜「お帰り」
桜「ただいま」
北斗「桜……桜、桜（と桜に走り寄り、抱きしめる）」
桜「どうなってんの？　戻って来ないとでも思ったの？」
北斗「そんなわけないだろ、バカタレ。鈴先生、ありがとうございました（と、頭を下げ、よろめく）」
桜「（北斗を支える）あ～もう」
鈴「…………」
深夜「…………」
一星「…………」

一星と桜の目が合う。

一星「（手話で）お帰り」
桜「（一星に手話で）お母さん、飲ませんなよ、こんなに」
一星「（手話で）俺のせいじゃねえよ」

桜、支えている北斗と目を合わせる。
どこかすっきりした表情で――。

桜「（北斗に）わたしを産んだ人、すんごく普通のオバサンだった」
北斗「……」

桜「お母さんの方が、ずっと美人だと思ったよ」

北斗「………そりゃあお母さんは、かなり美人の部類だからね」

桜「捨てられたのに、不思議と憎しみは感じなかった。でも、また会いたいとも思わなかったよ」

深夜「それは桜が、北斗ちゃんに愛されて育ったからだよ」

桜「うん。わたしもお母さんのこと、チョー愛してるから」

北斗「桜ぁ…………(涙腺崩壊)」

桜「(笑って抱きしめる)」

鈴「今日一日一緒にいて、北斗さんと桜ちゃんは、とても似てると思いました」

北斗「…………」

桜「ありがと、鈴先生」

深夜「…………」

一星「…………」

★ポラリスからの帰り道

帰って行く鈴、一星、深夜。

深夜、急に立ち止まり、スマホに何かを打ち込み一星に見せる。

深夜「(スマホを見せながら)イッセイさんというのは、どういう漢字を書くんですか?」

一星「(空に一星と書く)」

深夜「………息子の名前と同じです」

鈴「え?」

深夜「子どもの名前、一星ってつけたいねって妻と話してたんです。会うことはできなかったですけど」

鈴「(手話で一星に通訳)亡くなったお子さんの名前、一星だったんだって」

一星「……」

深夜「（スマホに打ち込み、見せながら）今度、一緒に星を見に行きませんか」
一星「（手話で）俺と？　何で？」
鈴「佐々木先生も星見るの好きなの？」
深夜「昔、妻と一緒によく星を見に行きました」

どこか寂しそうな顔で微笑んでいる深夜。
それを見つめる一星。
急に深夜のスマホを奪い、勝手にメッセージアプリのＩＤを交換して返す。

一星「（メッセージアプリで）俺のことは、一星でいいよ」
深夜「え………（と一星を見る）」
一星「（手話で）一星」
深夜「（手話を真似して、声つきで）一星」
一星「（メッセージアプリで）俺も、あんたを深夜と呼ぶから」
深夜「わかりました」
鈴「（覗き込んで文字を見て）じゃわたしも佐々木先生じゃなくて、（手話と声で）深夜先生にしよっと」
一星「（ムッとして、手話で）それは何かヤダ」
鈴「いいじゃん」
一星「（手話で）ヤダ！」

★（日替わり）マロニエ産婦人科医院・スタッフ控室

翌朝。鈴、深夜、麻呂川、犬山、蜂須賀、伊達。

犬山「生みの親より育ての親って話かあ〜」
鈴「チャーリーと師長は、ホントに仲良し親子ですよね」
麻呂川「昔はそんなじゃなかったよね」
犬山「そうなのよ、あの子殺して死のうかと思ったこともあるくらい（笑）」

蜂須賀「そこ、笑うとこですか？」
犬　山「やっと笑って話せるようになったんだなぁ」
一　同「…………」
犬　山「ピンクエンペラーの総長やってた頃、しょうもない男の子ども、妊娠しちゃってさ。看護師の資格はあったから、何とかシングルマザーでもやって来られたけど、仕事忙しいから、子育ては保育園と学校と近所に任せっぱなし。そしたら高校1年の時、突然暴れ出して」
鈴「…………！」
深　夜「…………！」
麻呂川「(は知っている)」
蜂須賀「家庭内暴力ってやつすか？」
犬　山「夜中にカーテンに火をつけたりするし、こっちも体中痣だらけ」
麻呂川「大変だったなぁ、あの頃のチャーリー」
犬　山「で、最初は説教したり、泣きついたりしてたんだけど、向こうの方が力も強くなってさ、わたしが家を出たの。1年くらいかな、マロニエで住み込みで働いてたのよ。2階の物置で寝泊まりして」
麻呂川「そしたらチャーリー、ある日突然迎えに来たんだよね。頭はなぜかピンクになって、高校も中退しちゃったけど、暴力は収まったの」
蜂須賀「チャーリーめ。そんな過去があったのか」
犬　山「ま、今も添寝士だの何だの意味わかんないんだけどさ。わたしはあの子が生きてるだけで、十分なんだ。笑って元気にしてるだけで、こっちも頑張ろうかなと思うんだよね」
蜂須賀「やだ師長、深い愛」
その時、入って来るチャーリー。
チャーリー「イエイイエイウォウウォウ！」

麻呂川「あ、噂をすれば」
　特攻服を着ている。
犬　山「(突如ぶち切れ)それどこから引っ張り出したんだバカ息子！」
チャーリー「(爽やかに)鶴子の押し入れ」
鈴「チャーリー、タイミングよ過ぎ」
伊　達「悪過ぎじゃないですか？」
チャーリー「どしたのみんな。今日はバースデーだよ(とケーキの箱)」
麻呂川「誰のバースデー？」
チャーリー「俺の」
犬　山「なんそれ！　あんた自分のためにバースデーケーキ買って来たの？」
チャーリー「鶴子のためだよ」
犬　山「はん？」
チャーリー「誕生日って親に感謝する日なんだってさ。昨日添寝した初老のマダムに言われて、俺の中でハハンってなったわけよ」

全　員「(グッと来てしまう)………」
鈴「チャーリー、ステキッ」
蜂須賀「あんたって、うっ(ウルウル)」
チャーリー「鶴子、産んでくれてありがと。じゃじゃ〜ん(と、ケーキの箱を開ける)」
　『Thank You鶴子』の文字。
　ケーキのデコレーションには、若い時の特攻服姿の犬山の写真があしらわれている。
深　夜「あ、師長だ」
鈴「マジでレディースだ」
犬　山「(思わずウルウルするが)何だよ、こんなもんまで、いい加減にしろよおおお」
麻呂川「(いつのまにか号泣にいたっている)ホントに立派になったもんだ」
鈴「(歌い出す)ハッピーバースデー・トゥー・ユー」
　みんなも歌い出す。

★学校近くのバス停

髪の毛を元に戻した桜が、学校行きのバス停のベンチに座って、一星にメッセージを送っている。
チャーリーが通りかかる。

チャーリー「桜」
桜「おお」
チャーリー「戻しちゃったのかよ、似合ってたのに」
桜「停学処分になっちゃうからさ」
チャーリー「添寝いる？」
桜「いらん」
チャーリー「あそ」
桜「チャーリーはピンク似合ってるよ、ブルーにしないで」
チャーリー「うふふ、俺ピンク好きだからさ。じゃ行ってら（と去って行く）」
桜「（スマホに何か打ち込む）」

★遺品整理のポラリス近くの商店街

出勤途中の一星。桜からメッセージが来て立ち止まる。
『鈴先生、ステキな人だった』
『わたしも好きになった』
一星「…………」
鈴と桜の2ショット写真も送られて来る。とても仲良しな雰囲気。
一星「（返信）」

★学校近くのバス停

桜が一星の返信を見る。
『何仲良くなってんねん』に、シェーみ

たいなスタンプ。

桜「(笑)」

★マロニエ産婦人科医院・外来診察室

昼休み。午後の診療の準備をしている鈴。

★同・受付

受付に男がやって来る。顔は見えない。

男「麻呂川先生とお約束をした者ですが」

受付でスマホをいじっていた蜂須賀、それを受けて。

蜂須賀「あ〜……(パソコンを見て)少々お待ち下さい」

と立ち上がり麻呂川を呼びに行く。

予約のパソコン画面には『伴宗一郎』の名前。

相談内容の欄に『妻の妊娠』と書いてある。

男は蜂須賀を見送り、そのまま外来診察室の方へ歩き出す。

★同・外来診察室

ガラリと乱暴に扉が開く。

次の瞬間、現れた男の顔を見て、凍りつく鈴。

鈴「……!!」

入って来る男性(伴宗一郎)。

伴「久しぶりですね」

鈴「…………」

伴「元気でしたか、先生」

鈴「…………」

伴「また人殺ししてませんか」

鈴「…………………」

★　★　★

鈴の回想フラッシュ。
裁判所で『人殺し！！！』と叫ぶ件。
SNSの『人殺し』の文字。
割れるマンションのガラス。

★　★　★

うっすら笑っている件。
鈴「……」

第7話

目で見て
わからないものを
抱えて生きている人の方が、
俺よりずっと大変だ

★マロニエ産婦人科医院・外来診察室

6話ラストからリフレイン。
入って来る男性（伴宗一郎）。

伴「久しぶりですね」
鈴「………」
伴「元気でしたか、先生」
鈴「………」
伴「また人殺してませんか」
鈴「…………」

★　★　★

鈴の回想フラッシュバック。
裁判所で『人殺し！！！』と叫ぶ伴。
SNSの『人殺し』の文字。
割れるマンションのガラス。

★　★　★

うっすら笑っている伴。

鈴「……」
伴を見たまま、固まっている鈴。
伴「今日はね、院長とお約束して来たんです。妻の妊娠について相談したいです～ってね。あ、でも妻は5年前に先生に殺されちゃったんでした。ハハハハハ」
鈴「………」
伴「今どこ住んでんですか？」
鈴「………」
伴「どっちの男と住んでんのかな～？」
鈴「…………」
伴「つかピンクのおばさん達、あれ何ですか？　うざいんですけど。何とかして下さいよ」
鈴「………」
伴「そんな不機嫌な顔してえ………ホントはご機嫌でしょ？」
鈴「………」

伴「本命は若い方の（手話の真似して）これの人ですか？」

鈴「…………」

伴「手話教室まで通っちゃって、浮かれるのもいい加減にして欲しいな………人殺しなのに」

★伴の回想

5年前。

◇町の医院。

下田「ちょっと出血が多いんで、念のため、大きな病院に搬送します」

伴「え。七海、そんな悪いんですか？」

下田「念のためです。医学部の同期の雪宮ってやつに電話して、千代田医科大学付属病院、手配しました。大学病院に行けば安心ですので」

◇千代田医科大学付属病院・救急入り口。

出血で血だらけの妊婦が救急車から寝台のまま、下ろされる。

まだ妊婦の意識はある。伴も同乗して来ている。

同じく同乗して来た下田の産科医院の看護師が状況を伝える。

鈴「（看護師に）産婦人科の雪宮です。CTGの所見は？」

看護師「遅発一過性徐脈や遷延性徐脈が見られます」

鈴「（容態を見て、厳しい表情になる）…そんなこと聞いてないけど」

伴「頑張れよ」

七海「うん、心配しないで」

伴「（鈴に必死で）妻をよろしくお願いしま

す」

◇同・手術室の前の廊下。

鈴が出て来る。伴が近寄る。

伴 「(鈴を見つめる)会えますか、もう」

鈴 「お子さんは女の子です、これからNICUに移します」

伴 「妻は?」

鈴 「残念ながら、お亡くなりになりました」

伴 「え………?」

鈴 「………胎盤が子宮から剝がれてしまっていて、ここに着いた時には母子ともに危険な状態でした。それが原因でDICという状態になって、出血がコントロールできなくなり」

伴 「は!? いやいや、前の病院を出る時は元気だったし………救急車がここに着いた時だって、まだ意識があって………なのに何で死んだんですか? え? すみません意味がわからないんですけど」

鈴 「あちらでくわしくご説明いたします」

伴 「何があったんだ! この中で!!! あんたが殺したのか?」

鈴 「………」

伴 「答えろ、答えろよ」

つかみかかる伴。抵抗しない鈴。

◇裁判所。

裁判官が判決を言う。

裁判官 「それでは判決を言い渡します。主文。一、原告らの請求をいずれも棄却する。二、訴訟費用は原告らの負担とする。三、理由の朗読については省略します。言い渡しは以上です。では、これで閉廷します」

鈴 「………」

傍聴席の伴。赤ん坊を抱いている。

伴「……違う、殺されたんだ、そんなはずない」

裁判が終わる。

伴「(裁判官に向かって叫ぶ)あんたはそれでも人間か！　法律は何のためにあるんだ！」

泣き出す赤ん坊。

駆け寄って来る裁判所の職員。止まらない伴。

伴「俺の妻は、(鈴をさし)あいつに殺されたんだ！！！」

鈴「…………」

★マロニエ産婦人科医院・外来診察室

鈴と伴。

伴「ここのみなさんは知ってるんですか？　知ってますよね。みんなどう思ってんだろ？　人殺しなのに、先生って呼ばれて、高給取りで、恋に仕事に充実しちゃって」

鈴「…………」

伴「僕なんか、育児と仕事両立できなくて、会社クビになったんですよ。貯金も食いつぶしちゃって」

深夜が「失礼します」と入って来る。

深夜「鈴先生。金子さん、そろそろ陣痛が…(途中までしゃべって、奇妙な空気に気づく)」

伴「彼氏その2発見～！　(深夜に)あなた、二股かけられてるの、知ってます？　こいつ恐ろしい女ですから、気をつけた方がいいですよ」

深夜「(状況を理解する。鈴を庇い)……鈴先生、外に出て下さい。ここは僕が」

伴「(手を叩いて笑い)おおおっ～！　カッコいいですね～」

深　夜「………マンションのガラスを割ったり、誹謗中傷の書き込みをしているのは、あなたですか」

伴「(派手に笑う) ハハハハハ、悪いのは僕じゃなくて、この先生ですよ。人殺しはそっち。僕じゃないんですけど。間違わないで下さいよ」

深　夜「…………」

鈴「…………」

伴「また来ま〜す (と、すっと立って出て行く)」

★同・表の道

伴が出て来る。

海沿いの道路で、ひとりポツンと待っている女の子がいる。伴静空・5歳だ。

伴は静空の手を引いて、歩いて行く。

★同・外来診察室

深　夜「鈴先生、午後の外来、僕が代わりますので、あちらで少し休んで下さい」

鈴「大丈夫です。ああいう人が次々来るわけじゃないし」

深　夜「でも………」

鈴「(毅然と) わたしは大丈夫。仕事してないと落ち着かないしね」

鈴、椅子をくるっとデスクの方に向けてPCに向かうが、動揺から、机の上の何かをバサバサ落としてしまう。

鈴と深夜、2人同時に落としたものを拾う。

鈴、顔を上げると、深夜の顔が近くにあり――。

深　夜「あ………」

深夜「…………（心配そうな表情で）」
鈴「…………ありがとう、深夜先生…………」

★　★　★

犬山がドアの隙間から、チラッと鈴と深夜の様子を見る。

犬山「…………（イチャイチャしていると思う）」

★同・廊下

犬山が振り返ると、麻呂川と蜂須賀がいる。

犬山「いい今、雪宮先生と佐々木先生が、患者も呼び込まないでイチャイチャしてるんですけど」
麻呂川「いい感じじゃないの～」
蜂須賀「いい感じなんすか？」
麻呂川「わたしの夢はね、うちの病院からカップルが生まれて、結婚式に呼ばれて、スピーチすることなんだよね、むふっむふふっ」
犬山「………何だか美男美女でつまんねぇ」
蜂須賀「それな。ま、師長には誰よりかわいいチャーリーがいるんだからいいじゃないすか」
犬山「赤ん坊の頃はさ、あの子抱いて寝てると、好きな男と寝てるような気分になったもんだけど、あんな大きくなると、それもできないからさ、寂しいもんよ」
蜂須賀「………添寝してもらえばいいんじゃないすか？　金払って」

★同・表

夜。
どことなく疲れた様子の鈴が、ため息

をつきながら出て来る。
と、そこに一星がいる。
なぜか一星は、見たこともないスーツ姿でキメている。

鈴「ん………⁉」

一星「(スカした感じだが、ドヤ感があふれている)」

鈴「(手話と声で)これからパーティーでも行くの？」

一星「(手話で)別に。俺も大人の男だから、たまにはスーツ着てみっかと思って」

鈴「(笑って、ジェスチャーしながら)………ネクタイ変だよ」

一星「え…………(と慌てる)」
鈴が近寄ってネクタイを直す。大人しくなる一星。

一星「(うれしそう)…………」

鈴「(つぶやく)背伸びしなくても、いつもの一星が好きなのに」

一星「(手話で)何？」

鈴「(首を振って)何でもない」

一星「(手話で)深夜から連絡があった。ひとりで帰すのは心配だから、迎えに来いって」

鈴「………」
そのままおどけて、シャルウィダンスのように鈴に手を差しのべる一星。

一星「(手話で)行きますか、姫」

鈴「姫かよ」
苦笑して、自身の手を乗せる鈴。
2人、そのまま手をつなぎ歩いてゆく。

★同・廊下

深夜が歩いて行く。
麻呂川が追いかけて来て、深夜にまとわりつく。

麻呂川「佐々木先生ぇぇぇぇぇぇぇ！」
深　夜「（振り返る）はい」
麻呂川「今、今、雪宮先生が、めっちゃ年下の、子犬みたいな青年と、手をつないで帰ってったけど、いいの？」
深　夜「あぁ、僕が呼んだんです」
麻呂川「え？　それは、どういうこと？　今朝も診察室でイチャイチャしてたよね、雪宮先生と。君達、鈴先生♥　深夜先生♥って呼び合う仲だよね!?」
深　夜「そうです。でも、そういうんじゃないんです」
麻呂川「え〜！　じゃどういうの？　好きだよね、雪宮先生のこと」
深　夜「好きです」
麻呂川「好きだよね、好きで抱きしめたいよね」
深　夜「それは、たまにあります」
麻呂川「あんでしょ？　そんなら抱きしめなさいよ、つきあいなさいよ！　あんな若い子に取られてどうすんだ！　麻呂川、佐々木先生を推す！」
深　夜「でもホント、そういうんじゃないんです」
麻呂川「……………それは……………亡くなった奥さんのことが忘れられないとか？」
深　夜「それとは違います。僕は鈴先生の力になりたいし、大切な尊敬する先輩だと思ってます。でもそういうんじゃ………」
麻呂川「（イライラ）その感情に名前をつけてよ」
深　夜「難しいですね………」
麻呂川「ぜんぜんわかんないよ、麻呂川ぜんぜんわかんない」

★どこかの店

試着室のカーテンが開くと、ドレスアップして恥ずかしそうな鈴。

ふむふむと満足げな一星。次！　と合図。

その後、何着か試着を繰り返し、一星そのたびに悶えて大喜び。『よきよき』『かわいい』『ヤバい』などを連発。

★レストラン・店内

スーツに見合うようなレストランにいる2人。

注がれるシャンパン。

鈴も、一星に買ってもらったらしいドレスを着ている。

一星のスマホでUDトークアプリは起動されているがほぼ手話で会話。

鈴「(手話と声で) どしたの、こんなお店まで予約して」

一星「(手話で) 深夜に教えてもらった」

鈴「(手話と声で) いつそんな仲良くなったの」

一星「(スーツを示し、手話で) これも深夜に教えてもらった」

鈴「え〜」

一星、グラスを鈴に向ける。乾杯する2人。

鈴「(手話と声で) わたしは作業服の一星も結構好きだけどね」

一星「(手話で) 鈴もきれい。何を着てても、着てなくても」

鈴「(手話のみで) わたしも裸の一星、好き」

一星「(手話で) 知ってる」

2人「(爆笑)」

鈴「(手話と声で) 手話だと何でも言いたい放題」

一星「(手話で)………今日、あの男が来たんだってね」

鈴「………裁判が終わって3年ぶりかな」

一星「(UDトークアプリを読む)………」

鈴「………あの人の声、ずっと、耳から離れないんだ」

★　★　★

裁判所で『人殺し！！！』と叫ぶ伴。
人殺しという言葉が何度も鈴の頭の中で繰り返される。

★　★　★

鈴「…………」

一星「(立ち上がって、鈴の耳をふさぐ)」

鈴「………？」

一星の世界。
無音。目の前には優しい顔だけ。
ややあって、片手を離す一星。

一星「(手話で) そんな言葉、聞かなくていい」

鈴「…………………………(手話と声で) 一星は強いね」

一星「(手話で)聞こえる人は聞こえる人で大変だと思うよ。俺はいいことも聞こえないけど、イヤなことも聞こえないから」

鈴「…………」

一星「(手話で) それに、俺が聞こえないのは、誰だってちょっと見てりゃわかるし、みんな理解しようと思ってくれて、ラッキーかも」

鈴「え………？」

一星「(手話で)目で見てわからないものを抱えて生きている人の方が、俺よりずっと大変だ」

鈴「………そんな風に考えたこと、なかったな」

一星「(手話で) 元気そうに見えても、みんないろいろ抱えて生きてんだ。別に俺が特別なわけじゃない」

鈴「…………」

深夜がドアを開けると、絶望的な表情の桜が立っている。

深夜「お、髪の毛戻したんだ」

桜「早く早く」

深夜「もうどっか行っちゃったんじゃないの？」

桜「いる。いるいるいるいる」

桜、深夜を盾にして廊下を進んでいく。
ＬＤＫに行くと、北斗が怯えながらソファーをにらみ、謎のファイティングポーズで構えている。

北斗「深夜、ヤツは今この下にいる」

深夜「ん。わかった」

北斗と桜、深夜を置いて物陰に隠れて覗く。
深夜、おもむろにスリッパでゴキブリを退治して…、

深夜「………終わりました」

★　　★　　★

鈴の脳裏に浮かぶ、深夜、北斗と桜、春、犬山親子、などの顔。

鈴「そっか………」

一星「（手話で）世の中の人は、耳が聞こえないからかわいそうとか、医者だから金持ちで幸せとか。簡単に決めつけ過ぎなんだよ。だから、そんなやつらの言葉に、鈴が傷つく必要はない」

鈴「………」

一星「（手話で）というわけで、飲むぞ！」

鈴「えっ」

一星「（手話で）今日は、飲むぞぉぉぉぉ！」

鈴「（かわいらしくて思わず笑う）」

★北斗の家・玄関～ＬＤＫ

北斗と桜、のそのそ出て来て、2人で深夜を抱きしめる。

北斗 「ありがと～」

桜 「深夜が来てくれなかったら、一晩中寝られなかったかも～」

深夜 「北斗ちゃん遺品整理士でしょ？　ゴキブリのいる家とかないの？」

北斗 「うるさい、それとこれとは別なんじゃ」

桜 「まじでサンキュー、深夜」

北斗 「飯食った？　まだなら食べてく？」

深夜 「うん」

★　★　★

時間経過して――

深夜と北斗がご飯を食べている。

北斗 「こーわ、その男は鈴先生に復讐してるってこと？　裁判では勝ってるんでしょ？」

深夜 「…………鈴先生に医療ミスはなかったんだよ」

北斗 「お医者さんって大変だね…………逆恨みされたりしてさ」

深夜 「でも、その人の辛さもわかるんだ…………一歩間違えれば僕も同じだったかもしれないから」

北斗 「何言ってんの。違うでしょ」

深夜 「…………」

北斗 「その一歩の違いは、天と地の差があるよ」

深夜 「…………」

北斗 「深夜は、35から勉強して、医者になって、すごいもん」

深夜 「すごくないよ…………いっつも病院のみんなに怒られてばっか」

北斗 「それでもすごい。彩子みたいに死んじゃう人を二度と出さないように、自分が医者をめざしちゃうって。もはやわたしからするとその思考が尊いよ」

と部屋に飾ってある、深夜・北斗・彩子の写真に目線を滑らせる北斗。

深夜「…………医者になったのは、そういう理由でもないんだ」

北斗「え、そうなの？」

深夜「………多分………あの時、鈴先生が泣いてくれたから」

★　★　★

深夜の脳裏にフラッシュバックする、あの時――

深夜の妻の遺体を乗せた車を見送る医師達。その一番後ろにいた研修医の鈴。

鈴が泣いている。

★　★　★

深夜「………あの涙の理由を知りたいと思ったのかも」

北斗「………………深夜って、鈴先生のこと、好きなの？」

深夜「好きだけど、そういうんじゃないよ」

北斗「あ、そう」

深夜「院長にはわかんないわかんない〜って言われた」

北斗「みんな男と女を見ると、関係に名前をつけたがるからな」

小さい間――

北斗「…東京の家、そろそろ片付けない？　わたし、いつでもやるから」

深夜「まだいい」

北斗「…………そっか……余計なこと言ってごめん………」

深夜「(微笑んで、首を横に振る)」

北斗「はいこれ食べな〜」

深夜「北斗ちゃんそれ、苦手なもの押し付けてるだけでしょ」

道

　酔った鈴と歩いて行く一星。

鈴　「飲み過ぎた、アラフォーなのに」

一星「(手話で)出会った日、最悪の鈴見てるし、毎晩、口開けて寝てる鈴見てるから、どうなってもOK」

鈴　「え～」

一星「(手話で)口開けて寝てる鈴、一番かわいい」

鈴　「(手話と声で)……一星ってすごいね」

一星「?」

鈴　「(手話と声で)なんか今日あったイヤなこと、ぜ～んぶ忘れちゃった気がする」

　とは言え、やや不安げな表情の鈴。

　その表情を見逃さない一星。

一星「(しゃがんで、おぶるというジェスチャー)」

鈴　「え～(と言いつつ、おぶわれる)」

　一星、鈴をおぶって、ニヤリと笑って走り出す。

鈴　「きゃー」

★**一星の家・一星の部屋**

　帰って来た一星、酔って眠ってしまった鈴をベッドに下ろす。

　口を開けて寝ている鈴。

一星「(重かった、腰が痛い)」

　ベッドの上で無防備な鈴をかわいいなと思い、そのままキスをしようと顔を近づけるが、キス寸前で、フガッと鼻を鳴らす鈴。

一星「…………(音は聞こえないがわかって爆笑。鈴の鼻をつまむ)」

鈴「んむ（少し反応するが、寝ている）」
そんな鈴がまたかわいくて、隣に寝転び、横顔を見つめる一星。

一星「………（伴の件が心配）」
立ち上がり、窓の外を見る一星。
ふと見下ろすと、外の道にひとりの女の子（静空）がたたずんでいる。

一星「！　（この前の子だ）」

★　★　★

5話、鈴の自宅マンションの前で近隣の住民や通行人に状況を聞けずもどかしい一星。
そんな中、静空が現れる。
少女は、おもむろに紙を差し出し、マンションの上を指さす。

一星「…………！」

★　★　★

一星「…………？　（こんな遅くになんでひとり？）」

★同・外の道
家から出て来る一星。静空が一星の方を見る。

一星「（手話で）こんばんは」
静空「…………」
一星「（手話で）この前、ありがとう」
静空「…………」
一星「（あたりを見回し手話で）お父さん、お母さんは？」
静空「…………」
一星「（手話で）僕は一星、君は？」
静空「（手話の真似）星」
一星「（うなずき、手話で）星。（空を指差してもう一度）星」
静空「（手話と声で）星……？」

一星「………（ちょっと考えるが、スマホで、電話リレーサービスに連絡。110番と押す）」

画面上に人が出て来て、手話で『どうしました？』

一星「（手話で）小さな女の子が、ひとりでいるんですけど」

ふと見ると、静空の姿はない。

一星「………？？？」

★（日替わり）マロニエ産婦人科医院・スタッフ控室

みんな白衣に着替えたり、準備をしている。

鈴「（二日酔いで気分が悪い）」

犬山「大丈夫ですか？」

鈴「………昨日、酒の力、借り過ぎました」

深夜「…………」

伊達も何だか気分が悪そうな様子。

蜂須賀「伊達ちゃんも二日酔いなん？」

伊達「（平静を装い）いいえ、わたしは別に」

蜂須賀「ふーん」

鈴「………」

★同・外来診察室

鈴と伊達。

患者は臨月に近い高齢妊婦と、夫と、夫の母（姑）。

姑「無痛分娩なんて、わたしは許されないと思うんですの」

妊婦「産むのはわたしなんだから、お義母（かあ）さん」

姑「んまっ！　腹を痛めて産んだ子って言葉、知らないの？　陣痛に耐えて本物の母になるんですよ。逃げてはダメよ、さゆりさん！」

鈴　「お義母様、無痛分娩は逃げではなく、医療の選択肢の1つです。痛みで愛情が増えたり減るわけではありません」
姑　「んまっ！　新しいことをやればいいってもんじゃないのよ！　雅彦ちゃん何とか言いなさい！」
　夫はずっと地蔵のように動かない。その傍らで、伊達は気分が悪く、集中力も切れ、うつろな目になっている。
伊達「…………（気分が悪い）」
鈴　「…………」

★遺品整理のポラリス事務所・中

　一方、ポラリスでは朝礼が行われている。
北斗「そういや今日わたしと一星と春が行く11時からの案件、特殊清掃だから」
春　「げ！」
一星「（UDトークアプリを読んで）………！」
桃野「え、何ですか？　特殊清掃？」
服部「2月10日に起きた殺人事件の犯行現場の、清掃と遺品整理」
春　「うーわ！」
一星「（読んで）………！」
桃野「ひょえええええ（無理）」
服部「特殊清掃の経験はほとんどないでしょ？　社長から学んできなよ」
春　「（手話と声で）そういうのって、新人に教育した方がよくないですか？」
一星「（手話で）そうだそうだ！」
春　「ね、桃野、やってみたいよね！」
北斗「（2人をはたき）イヤだからって新人に押しつけてんじゃねぇぞ」
一星・春「…………」
春　「（手話と声で）あの〜、犯人は捕まってますよね」

北斗「まだ」

春「(手話と声で）新しい証拠とか出て来たら、ヤバくないですか？」

一星「(激しくうなずく)」

北斗「出たら警察に提出だよ」

春「…………」

一星「(何て？　何て？　と春に聞くが、春は答えない)」

北斗「(2人をむんずとつかんで連れて）お客は選ばない。他が嫌がることでも笑顔で引き受ける。サービス満点、満足度100％がポラリスだ。行って来まーす！」

北斗に連行されてゆく2人。それを見送る桃野、服部、岩田。

岩田「(桃野に)…………俺らも行くぅ？」

★殺人事件犯行現場のアパート・玄関外廊下～リビング

ドアを開ける一星と春。

が、いきなり血のりのついた床。

一星「…………!!」

春「ふあああああおう…………!!」

慄(おのの)いてすぐドアを閉じる一星と春。

北斗「何してんだよ、入れよ」

一星・春「…………(ゾ～ッ)」

北斗「あのさ、今日の現場はマシな方だよ。半年経ってから発見されたご遺体の家とかさ、人形(ひとがた)くっきり残ってるベッドの処理とかさ、もっと大変な家たくさんあるんだから」

一星「(北斗の話に興味はなく、春に手話で）警察って、掃除とかしてくれないんだな」

春「(うなずきつつ、手話で）犯人は現場に戻って来るとかよく言うけど、ほんとに安全なのかな」

北斗「(ビビってることはわかり)情けねえな。行くよ」

と強引にドアを開けて入って行く。

一星と春、顔を見合わせつつ、自分を奮い立たせ——。

★　★　★

北斗、持参した線香に火をつけて、部屋の真ん中に置き、手を合わせる。

一星と春も、きちんと手を合わせ目を閉じる。

北斗「(一礼)」

一星・春「(一礼)」

★マロニエ産婦人科医院・トイレ

鈴、トイレで手を洗っている。

個室からガタンと音がして、びくっとする。

昨日の伴のことが頭をかすめる。

★　★　★

伴「悪いのは僕じゃなくて、この先生ですよ？　人殺しはそっち」

伴「また来ま～す」

★　★　★

鈴「…………(自分の手が震えていることに気づき)」

と個室から出て来る伊達。平静を装う鈴。

伊達、鈴に会釈して、手を洗うが、気持ち悪そう。

鈴「(トイレを出ようとするが立ち止まり)伊達さん、今朝から思ってたんだけど、もしかして妊娠してる?」

伊達「…………」

鈴　「つわりでしょ」

伊達「…………（涙目でうなずく）」

鈴　「わたしでよければ診よっか？　もちろん別の病院でもいいけど」

伊達「先生、わたしまだ働きたいし、働かないと生きて行けないんです。だからどうしていいかわからなくて、怖くて（と、しくしく泣き出す）」

★同・スタッフ控室

犬山「な〜んで言ってくれないかな〜」

伊達「だって、産婦人科のナースのくせに、避妊もきちんとできないのかって思われたら………」

蜂須賀「思わんよ」

伊達「わたしこれまでさんざん妊婦さんたちのこと、無責任だの、ひどい女だの言って来たし………」

鈴　「彼は、妊娠のこと知ってるの？」

伊達「………とても言えません」

一同「………」

伊達「わたし達、まだ結婚もしてないし………それに彼にとって、わたしはお財布なんです！」

犬山「………え、お財布⁉」

麻呂川「何何何、どゆこと？」

蜂須賀「彼氏何やってる人？」

伊達「彼は東京学院大学の法学部卒で、将来は司法試験を受けるんだって言ってて」

蜂須賀「ええやん弁護士、最高やん」

伊達「でも結局司法試験は一度も受けず、今はラノベ作家志望なんです」

蜂須賀「お………？　ん………？」

鈴　「まだ作家として売れてる、とかじゃないんだよね？」

伊　達「今絶賛1作目を書いている途中なんです！　なのに、わたしがこんなことになったら、彼の夢を支えられないじゃないですか!?」

犬　山「は〜ん………(察する)」

伊　達「お金を渡せなくなったらきっと捨てられちゃいます。だから妊娠したなんて……
…絶対に言えないんです！」

一　同「(唖然)」

麻呂川、突然机を叩く。

麻呂川「それはダメだ！　そんな男に娘はやらない。そいつとは別れなさい」

蜂須賀「院長いつから父に」

麻呂川「わたしはみんなのお父さんだ」

犬　山「わたしも娘？」

麻呂川「そうだ！」

蜂須賀も、なぜか突然机を叩き、椅子に足を乗せる。

蜂須賀「(ビシッと)伊達ちゃん。そのクソ男のところに案内しな！　あたしが一言モノ申してやんよ」

伊　達「え」

鈴「………！」

深　夜「………！」

麻呂川「………！」

犬　山「………！」

伊　達「い、いえ大丈夫です。彼、執筆で忙しいので」

麻呂川「わたしも行こう。今日は幸か不幸か、病棟もがら空き！　入院患者いないし、オペもない！」

犬　山「経営が不安だね」

蜂須賀「雪宮先生も行きますよね？」

鈴「え、わたし？」

蜂須賀「主治医ですよね」

鈴「え、主治医？」

なぜか鈴に注目が集まる。

鈴「………じゃあ行こうかな」

一　同「………！」

犬　山「断るかと思った………！」

蜂須賀「最近キャラ変してるんす」

鈴「まあ、今日午後休だしね」

麻呂川、うれしげに微笑み拳を上げ

――。

麻呂川「チームマロニエ、出陣じゃ〜！」

蜂須賀「おー！」

深　夜「(キョトン)」

★道

午後。音楽に乗って――

鈴、麻呂川、蜂須賀が歩いて行く。

麻呂川、蜂須賀は颯爽と真顔で、鈴は『何これ』と疑問に満ちた様子で。

伊達は気が進まない感じで、後ろからついて行く。

★　★　★

いつのまにか麻呂川、蜂須賀がサングラスをかけピザの箱や手土産らしきものを小脇に抱えている。

鈴も蜂須賀にサングラスを渡され、戸惑い気味。

伊達は気が進まない感じで、ついて行く。

意味不明な状況に笑えてきたのか、鈴も最終的にはサングラスをかけ、カッコよく歩いて行く。

★殺人事件犯行現場のアパート・リビング

時間経過し、ずいぶん整理が進んでいる。

一星、封筒の中身を確認し、権利証などをお客様ボックスに入れ、ふと振り返る。と、春が包丁を持って立っている。

一星「………‼　(驚き過ぎて持っていた書類をぶちまける)」

春「(手話で)………これ凶器じゃないよね?」

一星「(手話で)凶器なら警察が持ってってるよ!　脅かすな!　(と包丁を春から回収して片付ける)」

春「(手話で)無念な気持ちで死んだ人は、浮遊霊になって、この世にとどまるっていうじゃん?　今、いるのかな。ここに、いるのかな」

と、春不安に襲われて一星に擦り寄る。

その時、ピンポーンとチャイムが鳴る。

春「ギャー!」

一星「(春の反応に驚き)ギャー!」

春「(手話と声で)犯人?」

一星「(手話で)何!」

春「(手話と声で)ピンポン!　ピンポン!」

一星「(手話で)犯人はピンポンしないだろ。出ろ」

春「(手話と声で)え、俺?　(仕方なく出る)はい」

チャーリーの映像「イェイイェイウォウウォウ」

一星・春「………!」

北斗が別の部屋から顔を出す。

北斗「特殊清掃頑張ったからさ(つたない手話と声で)昼飯、おごり」

一星・春「(ヤッター!)ヤッター」

★ポラリスのトラックの荷台

荷台に腰かけてチャーリーの持って来

た昼飯をウキウキ開封する一星と春。出て来たのは、真っ赤なラーメン。まるで血の色。

一星・春「……！」

★　★　★

一星と春の脳裏にフラッシュバックする、清掃前の血のり。

一星・春「…………」

チャーリー「キムチチゲラーメンす」

北　斗「血の色だ〜、ハハハハハッ」

一星・春「…………」

北　斗「チャーリーの分もあるよ、食べて行きな」

チャーリー「ウイッス」

北　斗「いただきま〜す」

チャーリー「いっただっきま〜す」

一　星「…………」

春「…………」

ガンガン食べる北斗とチャーリー。

北　斗「こんなんでビビるなよ。夏場にGだらけの現場とか、真っ暗な部屋だな〜と思ったら窓中ハエだらけ！　とかさ。あんた達はこれからいろんな現場を経験することになるんだから」

春「（食欲を失いげんなり）」

一　星「（UDトークアプリを読んで、食欲を失いげんなり）」

チャーリー「しんど」

北　斗「……けどね、どんな家も」

春「（声と手話で）どんな家も、誰かの大切な家だった……ですよね？」

北　斗「……うん」

一　星「（手話で）わかってるよ、ちゃんと（と、ラーメンを食べ出す）」

春「……（も黙ってラーメンを食べ出す）」

北　斗「……（感極まって2人を抱きしめ、チャーリーに）実はこいつら、うちのエースなんだよ」

チャーリー「ポラリスしか勝たん」

と、北斗のスマホが鳴る。服部からメッセージだ。

北　斗「あ、犯人捕まったって（とスマホを見せる）」

一星・春「（よかったあああ）よかったあああ」

★伊達の自宅アパート・中

テーブルに座っている、サングラス姿の鈴、蜂須賀、麻呂川。

その前に、伊達と、愛想のよいヒモ彼氏・原心介。

心　介「（愛想よく）いつもマリナがお世話になってま〜す」

麻呂川カッコよくサングラスを外して、

怒鳴るのかと思いきや——。

麻呂川「こちらこそです〜。あ、ピザ買って参りましたよ〜（と渡す）」

蜂須賀「（止めて）ビシッと言うんじゃなかったんかい」

心　介「わ〜ありがとうございます！　あ、よろしければイチゴ食べますか？　なんか高級なやつ、デパートにあったんで買ってみました！」

とイチゴを出す心介。

伊　達「あれ？　これお金どうしたの？」

心　介「マリナのカードで払ったよ」

伊　達「（ラブラブな感じで）ん！　そっか！」

心　介「（ラブラブな感じで）ん！」

一　同「…………」

麻呂川「（ＰＣを見つけてソファーの方に移動）お、これがラノベ？　読んでもいいかな？」

心　介「あ、どうぞ。今マリナをモデルにしたのを書いてて。異世界に転生したナースがダンジョンでスライムと下剋上スローライフを送るお話なんです！　ちょっとスランプ中なんですけどね（笑）」

麻呂川「へえ〜どれどれ（読み始める）」

蜂須賀、鈴に激しく目線を送る。

鈴「（え、わたし？　とジェスチャー）」

伊　達「（うなずく）」

鈴「…………（仕方なく口火を切る）あの、心介さん！　この先の生活のビジョンを、どうお考えですか？」

心　介「びじょん？」

鈴「例えばですが、もし仮に2人の間に子どもができたらとしたら？」

心　介「（眉を顰め）え!?　子ども!?」

鈴・蜂須賀・伊達「（緊張）」

心　介「………え〜僕は5人くらい欲しいです、僕の子どもだけでゴレンジャーをやるのが夢なんです」

鈴・蜂須賀・伊達「………？　（思ってた反応と違うぞ）」

鈴「でも、もし仮に伊達さんが妊娠した場合、しばらく働けなくなりますので、稼ぎもなくなりますが、その場合は、代わりに働きますか？」

心　介「（きっぱり）いえ！　夢を全力で追いかけてるので、難しいです！」

蜂須賀「おおう………（やはりクソだ）」

伊達、心介の言葉にうなずいている。

鈴、それを見て――。

鈴「…………あなたにとって伊達さんはお財布ですか？」

心　介「!?」

蜂須賀「（小声で）イッタ〜！」

心　介「（激昂）バカにしてるんですか！」

一　同「！」
心　介「僕はマリナを愛しています。たとえお金が底をついても、２人でチネリ米をチネります。チネってチネってチネってチネりまくります」
伊　達「シン………ちゃん………？」
鈴・蜂須賀「…………（おお）」
伊　達「（奮起して）シンちゃん！　わたし妊娠したの！」
鈴・蜂須賀「！　（言った）」
心　介「え、ほんと？　ほんとのほんと？」
伊　達「うん」
心　介「何てこった！　おめでとうマリナ！　え、どうしようどうしよう！　（途端に膝をついて）結婚しよう！」
伊　達「シンちゃん…！　（感涙）」
抱きしめ合う２人。
鈴「………わたし達、なんで来たんだっけ？」
蜂須賀「……」
鈴「（返事がないので）ん？　蜂須賀さん？」
蜂須賀「（遮り）尊いっす！！！」
突然立ち上がる蜂須賀。唖然とする一同。
蜂須賀「自分の推しと、想いが通じ合う。そんなこと現実であるんすね」
伊達・心介「は………？」
鈴「オシ？」
蜂須賀「伊達ちゃんは、六法全書がラノベに変わっても、財布の中身をナチュラルに使われても、このヒモを推し続けたわけだよね。ヲタ界の鑑だよ！」
伊　達「ヲタ界の鑑？」
蜂須賀「（キリッとした表情で突如早口で喋る）わたし、ミュージカル俳優・綺羅星スグルの追っかけやってんだけどさ。推し活がわたしの生きる意味なのね。推しに貢ぐため、ナースやってるっていうか。要は課金するために、仕事してんのね。前の病院を辞めたのは、シフトがキツ過ぎて、推し活ができなかったからなんだけど」

一　同「(そうだったんだ………)」

蜂須賀「わたしはさ、推しに恋人ができたって、推しが結婚したって、不倫して週刊誌に書かれたって、落ちぶれて暴露系ユーチューバーになったって推し続ける。それがわたしの流儀だから。伊達ちゃんは、わたしと同じなんだって、今わかったよ」

伊達・心介「…………!」

鈴「(同じ、なのか………?)」

蜂須賀「(伊達に) こいつはあんたの推しなんだね。一生推して行くんだね」

伊　達「(何だかよくわからんが感動して) はい、一生、推して行きます」

今度は蜂須賀と伊達が抱きしめ合い、讃え合う。

ぜんぜんついていけない鈴。と嗚咽が聞こえる。

麻呂川が、ラノベを読みながら、涙している。

鈴「え、泣いてます!?」

蜂須賀「そんなにラノベ、よかったすか?」

麻呂川「え?………いや、うん! めっちゃよかった!」

鈴「…………」

伊　達「やっぱりシンちゃんは天才だね」

心　介「(満足げ) ヒットしちゃうかもな〜」

麻呂川「(実は、鈴と蜂須賀の話で泣いていた。うなずいて) あ〜いい話だった。マロニエ産婦人科はみんな家族だ。(鈴に) ね」

鈴「(苦笑して)………そうですね」

心　介「じゃあピザでも食べますか!」

一件落着な空気で、ピザを広げ始める

一同。

鈴「……ところで、蜂須賀さんの推し？　も見てみたいな。どこ行けば見られるの」

蜂須賀「あ、ニワカは来ないで欲しいっす」

鈴「ええ………！」

★（日替わり）朝の海街

★マロニエ産婦人科医院・外来診察室

妊婦を診察している鈴。伊達もいる。

鈴「（患者に）うん、順調ですね」

妊婦「初めての妊娠で、すごく不安で」

伊達「実はわたしもいま初めての妊娠中で」

妊婦「え〜！」

伊達「一緒に頑張りましょうね」

鈴「（伊達の成長に微笑み）」

★同・待合室

春とうたが健診に来て、順番を待っている。

うた「（雑誌を見て）こういうのかわいい」

春「パパとママと赤ちゃんお揃いのもあるよ」

うた「え〜！」

その時、誰にも気づかれず、すっと入って来る伴。

うたの隣に座る。

ややあって――。

伴「（うたに）雪宮先生の患者さんですか？」

うた「え………？」

伴「先生、替えた方がいいですよ」

うた「え？」

春「………？」

伴「わたしの妻は、雪宮鈴に殺されました」

うた「………」

春「うた」

春がうながして、別の席に移る2人。

伴「(立ち上がり) 親切で言っているんですよ?」

春・うた「(無視して)………」

伴「何で無視するんですか。聞いて下さいよ、雪宮鈴は (とうたの手を取ろうとして)」

春「(伴を振り払い) やめて下さい。僕らは雪宮先生を信じてます」

うた「(受付に) すみません、あの人、何か変なんです………」

★同・外来診察室

伴の声「雪宮鈴は人殺しだぞ!?」

鈴「………!」

妊婦「………!」

★同・廊下

麻呂川と犬山が歩いていると、息を切らした蜂須賀が走って来る。

蜂須賀「院長! 変な男が乱入して来て、多分、雪宮先生のこと、SNSに人殺しって書いた人かも」

★同・待合室

春に雑誌を投げつけたり、暴れている伴。

伴「何でみんな逃げんだよ! ホントのこと教えてやってんだから」

鈴が出て来る。

鈴　「伴さん、こちらでお話伺いますので」

伴　「何だよ偉そうに。何落ち着いてんだよ！」

鈴　「目的はわたしですよね？　こちらへどうぞ（と外にうながそうとする）」

麻呂川と犬山、蜂須賀が来る。

蜂須賀「院長、あいつです」

伴　「院長先生〜！　知ってます？　こいつが人殺しなこと。まさか知ってて雇ったわけじゃないですよね？」

麻呂川「110番して（と受付に命じる）」

鈴　「院長やめて下さい。この人とわたしの問題なので」

伴　「黙れ！！！」

鈴　「………！」

伴　「俺を庇うのか!?　どこまで上から見てんだよ！」

再び暴れ出す伴。ものをなぎ倒したり、椅子を蹴ったりして患者から悲鳴が上がる。深夜が来る。

鈴　「伴さん、やめて！」

春　「うた！」

麻呂川「みなさんこっちへ（と患者を誘導）」

犬山　「(伴に)あんた！　暴れるならあたしにかかって来いや！　ピンクエンペラーの総長の底力、見せたるで！」

伴　「何でみんな、人殺しを庇うんだ。俺は被害者なんだよ、被害者なんだって！！！」

深夜　「鈴先生！」

伴、何かを鈴に投げつけ、深夜が庇う。猛烈に暴れる伴。

犬山、雄叫びを上げながら、空手チョップを伴にくらわせようとするが、常軌を逸した様子の伴に投げ飛ばされる。間髪を容れず深夜、麻呂川が、伴を止めようと羽交締めにしかけるが、麻呂川は即かわされ、深夜は撥ねのけられて、壁にぶつかり倒れ込む。

鈴「(深夜に駆け寄り伴に向かって)やめて!」

伴「俺は被害者なんだ! (伊達につかみかかり)わかってんのかよ」

鈴「やめて! (立ち上がり伴につかみかかる)その人のお腹には赤ちゃんがいるの!」

伴「(ふっと手を離す)…………(ややあって、笑い出す)みんなに守られて、正義はわたしにあるみたいな顔して………世の中おかしいよ。なぁ、おかしいだろ!?」

女の子の声「お父さん」

いつのまにか静空が入って来ている。

伴「………(振り返る)」

静空「お父さん」

鈴「…………」

深夜「…………」

麻呂川「……」

犬山「…………」

蜂須賀「…………」

伊達「…………」

春「…………」

うた「…………」

他の妊婦や受付スタッフ「…………」

静空「帰ろう」

嘘のようにおとなしくなり、すっと帰って行く伴。

一同「…………」

鈴「すみません。大丈夫ですか、みなさん」

春「(鈴に駆け寄り)鈴さんこそ、大丈夫ですか。佐々木先生も」

深夜「(大丈夫じゃないのは、鈴先生なのに)鈴先生………」

鈴「すみません。すみません………!」

一同「…………」

★（日替わり）キャンプ場

数日後の昼間。

鈴、一星、深夜でキャンプ場に来ている。

一星と深夜が、仲良く料理をしている。深夜は伴との格闘でまたも顔に絆創膏が貼られている。

一星と深夜の様子を見ている鈴。

鈴「で………何で3人でキャンプなん？」
一星「(手話で)大きなパエリア鍋買ったから使いたくて」
深夜「一星に誘って頂きました、はは」
一星「(手話で）鈴と2人じゃ食べきれないし」
鈴「(手話と声で）何か手伝う」
鈴、立ち上がる。しかし、
一星「(手話で）鈴はあっちでだらだらしてろ。邪魔だ」
鈴「え」
一星「(手話で）今日は深夜と作るんだ、な（と深夜と肩を組む)」
深夜「あ、いたた」
一星「(深夜を見て、手話で）またけが？　弱っちいなまったく（と絆創膏の貼られた頬をデコピン)」
深夜「いった！　えええ⁉」
一星「(フンっと笑い、ジェスチャーで）じゃ、××して」
深夜「はい」
料理をまた始める2人。
手話も通じないのに、笑い合ったりしている一星と深夜。
鈴「………邪魔って何だよ」
鈴、2人の傍を離れて、どすんと座り荷物を探る。

やることもないので、音楽をかける鈴。

鈴「………(一星と出会った日も、この音楽をかけていた)」

★鈴の回想

一星との出会い。

遠くで写真を撮っている美しい青年を見つける鈴。

★　★　★

黙って鈴の写真を撮り続ける一星。

★　★　★

いきなりキスして来る一星。

★　★　★

怒り暴れる伴。

伴「浮かれるのもいい加減にして欲しいな……………人殺しなのに」

伴「黙れ！！！」

伴「みんなに守られて、正義はわたしにあるみたいな顔して………世の中おかしいよ。なぁ、おかしいだろ!?」

★キャンプ場

鈴「………」

一星が近づいて来る。

一星「(立ち止まり、振動を感じる)(手話で)音楽かけてんの?」

鈴「(手話で)出会った夜にかけてた曲」

一星「(手話で)だと思った。わかる」

振動に合わせて、踊り出す一星。

それを見ている鈴。やがて一星が鈴を巻き込み、鈴も踊り出す。

一星が深夜の腕を取って、引き込む。

不器用に踊る深夜。

鈴「………深夜先生、リズム感なさ過ぎ」

一星「(手話で)ださ」
深夜「ええぇっひどいです」

★　★　★

時間経過して――

花火をする3人。

棒状の花火に、次々火をつけて連射する。

深夜「ついた、つきました」

一星「(ジェスチャーで)こっち向けんな!」

深夜「……あれ、鈴先生の、ぜんぜんつかない。ん?　んんん?」

一星「(手話で)何でだよ。あ、来た」

並んで花火を持っている3人。

一星と深夜は、はしゃいで花火を向け合ったりして少年のように笑っている。

それを見ている鈴。やがて――。

鈴「(涙ぐみ、そして泣き出す)」

深夜「(声で気づいて鈴を見るが、気づかなかったことにして、花火を続ける)」

一星「(もわかっているが、知らない振りをして、花火を続ける)」

やがて、声を上げて、わーんと泣き出す鈴。

泣き声でわかるけれど、気づかない振りをする深夜。

泣き声は聞こえないけど、鈴が泣いていることはわかり、そして気づかない振りをする一星。

男2人は、笑顔で花火を続ける。鈴は泣いている。

★どこか

幼い娘・静空の手を引いて歩いている伴。

ふと、静空が夜空を見上げる。

伴もそれにつられて、夜空を見上げる。

★キャンプ場

泣いている鈴。
それに気づかない振りで花火を続ける一星、深夜。

鈴の声「何でだろう。あの人もここにいたらよかったのかなと、ふと思った」

花火に興じている3人。

第8話

★

お父さんはいつも、わたしを捨てて、迎えに来るの

★７話ラスト・リフレイン・キャンプ場

鈴を真ん中に、一星、深夜の３人が並んで花火をしている。
鈴は泣いている。
気づかない振りの一星と深夜。

★どこか

幼い娘・静空の手を引いて歩いている伴。
ふと、静空が夜空を見上げる。
伴もそれにつられて、夜空を見上げる。

★キャンプ場

泣いている鈴。
それに気づかない振りで花火を続ける一星、深夜。

鈴「………」
鈴の声「何でだろう。あの人もここにいたらよかったのかなと、ふと思った」

★どこか

伴「………」

★伴の回想

◇５年前、妻の墓。
静空を抱っこ紐で抱いた状態で、妻の墓に花を供えようとするが、突然、その花を地面に叩きつけてしまう。
そして肩を震わせて泣く伴。

◇荒れ果てた伴の家。
2歳くらいになった静空が、荒れ果てた部屋の中で、ひとりで遊んでいる。死んだ妻との幸せな時代の写真が、今も置かれている。
食べ終わったカップ麺の容器などが、伴の足元に散乱している。
ぼんやりと座っている伴。
テーブルの上には、会社からの『解雇通知書』が置いてある。伴のスマホが鳴る。

伴「(出るが、何も言わない)」
弁護士の声「弁護士の今村です、伴さんですよね」
伴「はい」
弁護士の声「裁判所が、控訴取り下げをすすめて来ました」
伴「…………」
弁護士の声「もしもし?」
伴「…………」
弁護士の声「正直なところ申し上げて、控訴審を戦っても勝てないと思うんです。いかがいたしますか?」

その時、静空が何か落とし、ガチャンと、大きな音がする。

伴「(大声で)静かにしろ!」

泣き出す静空の声。

伴「(電話を切り、静空から目をそむけて、両手で耳をふさいで、背中を丸める)」

◇3話より。
呆(ほう)けたように歩いている伴、ふと立ち止まる。
視線の先には、美しい朝陽、そしてその光の中で若い男(一星)とダンスを踊る鈴がいる。

★ ★ ★

妻が運び込まれた時のことが脳裏にフラッシュバック。
鈴から妻が死んだと告げられた瞬間もフラッシュバック。

★　★　★

幸せそうな鈴の表情。怒りがふつふつ湧き上がる伴。

◇4話より。
荒れ果てた自宅で、SNSに誹謗中傷を書き込む伴。
『雪宮鈴は人殺し』

◇5話より。
スーパーの袋を提げて帰って来る鈴。
と、ドアに『人殺し』という紙が何枚も貼ってあるのを目にする。

鈴「…………！」

深夜の声「雪宮先生！」

そこに一星とは違う美しい男性（深夜）が走って来る。
素早くドアの紙を剥がし、

深　夜「先生中へ」

と、鈴の肩を抱くようにして部屋の中へ消える。
その様子を見ている伴。
手には残りの貼り紙が握られている。
思わず、近くにあった植木鉢を持ち上げ、窓に投げつける。
ガラスが割れる音が響く。

◇荒れ果てた伴の家。
PCに向かっている伴。
隠し撮りした写真を、どんどんアップしながら、書き込む。

伴「（声に出しながら）何でお前が幸せなん

だ」

★どこか（回想あけ）

伴「…………」
静空「（空を見上げて）お父さん、星がきれい」
伴「…………」
静空「（手話と声で）星」
伴「……？」
静空「（もう一度手話と声で）星」
伴「…………（驚くが、穏やかに）静空、それ、誰に習ったの？」
静空「（うまく説明できない）ん〜…………」
伴「（優しく微笑んで、静空を抱き上げる）」
帰って行く伴。
静空は伴の腕の中で、『星』と手話で繰り返す。

★（日替わり）一星の家・外観

★同・キッチン

翌朝。寝起きの鈴が居間に下りてくる。
一星が朝食を作っているのが見える。
手慣れた様子にしばし見とれる鈴。
そっと近づき、横からひょいっと一星を覗き込んで――。

一星「…………！」
鈴「（手話と声で）おはよ」
一星「（口の形で）おはよ」
鈴「（料理を見て）何か、朝からずいぶん豪華じゃない？」
一星「（鈴の目を手で隠そうとして）」
鈴「え、何！　何何何！」

＊　＊　＊

鈴「いただきまーす」

鈴と一星とカネ。朝食のテーブルには、フレンチトースト、キッシュ、ビシソワーズ、サラダの他、星形にくりぬかれたフルーツポンチも並んでいる。

鈴「(手話と声で)んー！　メチャメチャ美味しい！」

一星「(手話で)それ、自信作」

カネ「(鈴に手話で)鈴は料理はしないの？」

鈴「(首を振り、声で)ぜんぜん」

カネ「(手話で)昔は、男の胃袋をつかめと言ったもんだけど、鈴は、何で一星の心をつかんだのかな(うふふふふ)」

一星「(手話で)やめろエロババア」

鈴「(食べて)………このキッシュも美味しい」

一星「(手話で)こんなの鈴でもできるよ」

鈴「(手を振って)無理無理無理無理」

カネ「(手話で)無理ではなく、やる気がないな」

鈴「(手話と声で)他にはどんな料理、得意なの？」

一星「(手話で)ホワイトビーフストロガノフ、スパイスカレー、ズッキーニの肉詰め、アスパラの春巻き、ボルシチ、ユーリンチー」

鈴「(一星の手を止め)待って待ってぜんぜんわかんなかった(手話と声で)もう1回」

一星「(あ〜んして、とジェスチャーで言う)」

鈴「え」

カネ「(ジェスチャーで)どうぞどうぞ」

一星「(ジェスチャーで、あ〜んして)」

鈴「(手話と声で)自分で食べて下さい」

一星「(あ〜ん)」

鈴「もう………（と食べさせる）」
一星「（ぱくり。ご満悦）」
カネ「（無視して、黙々と食べ、飲んでいる）」
一星「（手話で）もう1回（あ～ん）」
鈴「（手話と声で）終わり」
一星「（断られてもうれしそう。鈴の真似をして、手話で）終わり」
カネ「（手話で）ところで今度の土曜、ババ友とホムパなんだ！　ご馳走頼むよ」
一星「（手話で）またかよ」
カネ「（手話で）よろしくね～（とミニ小躍り）」
鈴「（カネに応えて、ミニ小躍り）」
元気そうな鈴を見て微笑む一星。やがて2人に誘われ——。
一星「（自分もミニ小躍り）」

★マロニエ産婦人科医院・外来診察室

一般の診療が始まる前。
伊達と超音波検査の結果を見ている鈴。
鈴「順調だね、つわりはどう？」
ノックの音がして、深夜が「失礼します」と入って来る。
深夜「伊達さん、尿検査も問題ありませんでした」
伊達「ありがとうございます」
鈴「深夜先生、ありがと」
深夜「（微笑んで出て行く）」
伊達「お疲れなのに、わたしのことまで心配して下さって………つわりは今は、大したことありません」
鈴「わたしは伊達さんの主治医なんだから、遠慮しないで」
伊達「（うれしげに）はい………。あの、あれから大丈夫ですか、伴って男………」

★鈴と伊達の回想

７話より、外来診察室で、

伴「元気でしたか、先生」

鈴「………………」

伴「また人殺してませんか」

★　★　★

外来待合室で。

伴「何でみんな、人殺しを庇うんだ」

伴「俺は被害者なんだ！（伊達につかみかかり）わかってんのかよ」

★マロニエ産婦人科医院・外来診察室

鈴「あれからは何もない」

伊達「そうですか………」

鈴「怖い思いさせてごめんね」

伊達「いいえ、わたしこそ、鈴先生の力になりたいと思ってます」

鈴「そうだ、彼氏どうしてる？　真面目に小説書いてる？　ナースが異世界に転生する話」

伊達「それなんですけど」

★同・スタッフ控室

鈴、犬山、蜂須賀、伊達、チャーリーがいる。

犬山「うちの息子に取材したい!?」

伊達「はい、うちのシンちゃんにチャーリーのこと話したら、すっごい興味持っちゃって。次回作は、添寝士が転生する話を書きたいって」

蜂須賀「不安しかないな、そのラノベ」

チャーリー「（得意げに）いやいや、いいところに目をつけましたね。添寝セラピーは、海外では新しい心理療法としても注目されてんすよ」

犬山「何を偉そうに」

チャーリー「ん（スマホで働いているスリープ・プリンスのＨＰを見せる）」

蜂須賀「（読み上げる）失恋した時、孤独を感じた時、ちょっと疲れた時、誰かに傍にいて欲しい、話を聞いて欲しい、ギュッてして欲しい。そんな時、お役に立つのが添寝士です」

一同「（は〜）………」

鈴「（読み上げる）オーディションで厳選されたイケメン添寝士が、優しい心で、あなたに寄り添います」

蜂須賀「オーディションで厳選って、チャーリーだろ？」

チャーリー「伊達さんの旦那さんも、是非一度体験してもらえれば」

伊達「ええ何何、チャーリーとうちのシンちゃんが添寝するの、それダメ！　絶対ダメ！」

チャーリー「他にも、イケメンのキャストが何人もいるんで、俺でなくても」

鈴「伊達さん、取材は体張ってやんないとダメなのかもよ（笑）」

伊達「やめて下さい、鈴先生まで。シンちゃんと添寝するのはわたしだけですから」

一同「（笑）」

声「総長！」

と、ピンクの特攻服の中年女性達が、深夜と麻呂川をしめ上げて連れて来る。

元ピンクエンペラーの中年女性１「怪しいの捕まえました」

犬山「院長！」

鈴「深夜先生…！」

元ピンクエンペラーの中年女性1「え………!!」

麻呂川「僕は院長だって言っても信じてくれないのよ」

深　夜「………(しゅん)」

犬　山「(すごむ)てめぇら！　この方はマロニエの院長と、心優しき佐々木先生だ！　頭を下げろ！」

元ピンクエンペラーの中年女性達「………!!　さぁせんしたぁ!!」

途端に整列して頭を下げる元ピンクエンペラー達。

ほっぽり出される深夜、麻呂川。一応駆け寄る鈴。

鈴「(こそっと)え………何………?」

蜂須賀「(こそっと)あの男がまた来ても、中に入れないようにって、今日からパトロールさせてるらしいす」

犬　山「(すごむ)お前らの目的はなんだ!!　マロニエ守ることだよなぁ!?」

元ピンクエンペラーの中年女性達「はい!!」

犬　山「(すごむ)命かけられんのか!!　かけられねぇやついねぇよなぁ!?」

元ピンクエンペラーの中年女性達「うおおおおおお！」

足を踏み鳴らし、雄叫びを上げる中年女性達。

麻呂川「(怖過ぎる)あの、命かけなくて大丈夫なんで………」

元ピンクエンペラーの中年女性2「(麻呂川に)すんませんでした。お邪魔しました(と平身低頭で去って行く)」

鈴「………話には聞いてたけど、ホントにピンクなんだね」

蜂須賀「カッケー総長」

鈴「ちょっとわたしも入りたい」

麻呂川「ええ〜っ」

深　夜「…………（何だか元気がない）」
鈴「…………深夜先生？」
深　夜「あ、はい。大丈夫です（と微笑む）」
鈴「…………」

★道

夕方、仕事終わりの深夜が歩いている。

★東京・深夜の昔の家・前の道

深夜が歩いて来る。
『佐々木』という表札がある。
深　夜「…………」
鍵を出し、扉を開ける。

★同・リビング

暗い部屋に入って来る深夜。
電気をつける。
10年前で、時が止まっている部屋の中。
10年前の新聞があったりする。
10年前の、子育て雑誌や、使うはずだったベビーベッド、紙おむつが大量にある。
深夜と亡き妻・彩子の新婚時代の写真もあり、カレンダーも10年前のまま。
深夜、窓を開け、空気を入れ替える。
それから掃除機を出し、掃除を始める。

★手話教室・前の道

手話教室終わり、出て来る鈴と北斗。
北　斗「最近、深夜、どうしてる？　頑張ってる？」
鈴「はい。だいぶうちの病院にも慣れたと思いますし。患者さんからも好かれてますし」

北斗「相変わらず、食べるものたくさん買ってる？」

鈴「………それは………そうですね」

北斗「そっか。彩子の分も買う癖、抜けないんだよね」

鈴「…………」

北斗「元気そうに見えるんだけどさ。まだまだ立ち直ってないんだなってたまに思い知らされるんだ」

鈴「深夜先生、仕事は終わってるのに、病院に泊まることが多くて。前に家に行った時、何にもなかったのも気になって」

★　★　★

◇3話より、鈴の脳裏にフラッシュバックする深夜の自宅アパート。
ミニマリスト的にものがない。

★　★　★

北斗「本当の家は、東京にあるんだよ。彩子と暮らしてた家」

鈴「………！」

北斗「遺品整理して、きれいにして、売るなり貸すなり考えた方がいいよって、何度も言ってんだけどさ」

鈴「………！」

北斗「もう10年だから………そろそろ整理してもいいような気がすんだけど………」

伴の声「なんでその女と友達やってるんですか～？」

突然男の声がして、振り返る鈴と北斗。
そこには尾行して来た伴が立っている。

伴「その女、人殺しですよ」

鈴「…………」

北斗「…………」

伴「しかも、男に二股かけてるんです。最悪でしょ（とおかしそうに笑う）」

鈴「…………」

伴「（近づいて）あなたもバカですね、この女の本性に気づかないなんて」

北斗「（怒鳴る）うるせー！」

伴「（ちょっと驚く）」

鈴「………！」

北斗「自分が辛いからって、逆恨みすんじゃねえ！」

伴「（笑って）逆恨み…………？　これは忠告ですよ。あなたが後で傷つかないように、親切で教えてあげてるんですよ」

鈴「北斗さん、いいですから」

伴「僕の妻はこの女に殺されたんですよ。僕らみたいな夫婦がもう二度と出ないように、この女は追放しないといけないんだ！」

北斗「（やめない）いい大人が、他にすることないんかい！　そんなことやってっから、いつまでも幸せになれねんだよ！」

伴「…………」

北斗「お前と同じような境遇でも、頑張ってるやつもいるんだよ！　それに鈴先生は独身だぞ、二股かけて何が悪い！　とっとと消えろ、ストーカー野郎！」

鈴「（慌てて北斗の手を引き）い、行きましょう」

伴「（北斗の剣幕に呆然）…………（立ち尽くしていて、それ以上追わない）」

どんどん歩いて行く鈴と北斗。

★違う道

鈴と北斗が歩いて行く。

振り返るが、伴は追って来ない。立ち止まる2人。

北斗「（急に真顔）すまん、完全に言い過ぎた」

鈴「(思わず吹き出し) いえ、ありがとうございます」

北斗「アイツ、鈴先生つけまわすのが生きがいになってんのかな。(鈴に) 大丈夫……?」

鈴「はい。………でもあの人、わたしを傷つけたいとか、殺したいとか、そういう感じじゃないような気がするんです」

北斗「どゆこと?」

鈴「うまく言えないんですけど………彼も戦っている気がするんです」

★　★　★

鈴の回想フラッシュ。

鈴「やめて! (立ち上がり伴につかみかかる) その人のお腹には赤ちゃんがいるの!」

伴「(ふっと手を離す)………」

★　★　★

北斗「そんなことやってっから、いつまでも幸せになれねんだよ!」

伴「………」

★　★　★

北斗「………案外強いね、鈴先生」

鈴「そんなことないですよ、この前びーびー泣きましたし (笑)」

北斗「そうなの!?」

鈴「翌日ブサイクになりました (笑)」

北斗「でもそっか、泣けてんだ。ならよかったよ (と深夜を思う)」

鈴「………」

★マロニエ産婦人科医院・前の道

家に帰る気持ちになれず、マロニエ産婦人科に来る深夜。
コンビニの袋を提げている。

すると、伴が玄関のところに座ってい
る。
その寂しそうな姿。

深夜「………！」
伴「(深夜を見る)」
深夜「………」
伴「先生、あの女に二股かけられてますよ、
知ってます？」
深夜「………」
伴「そちらも遊びならいいんですけど……
…」
深夜「………」
深夜に語りかけるが、心なしか声に力
のない伴。
伴「まぁ医者ですもんね。あんた顔もきれい
だし、やりたい放題か。いいなぁ～全部
持ってて……あ、もしかしてあんたは
結婚してて、不倫してるパターン？　最
低だなぁ」
深夜「………僕の妻は、死にました」
伴「え………？」
深夜「お産の時………子どもも一緒に………」
伴「………」
深夜「僕ひとりを置いて、死にました。だから
………あなたの気持ち、少しだけ、わか
ります」
伴「わからないよ！」
深夜「………」
伴「だってあんた医者だもん、違うだろ、一
緒にするな！」
深夜「僕が医者になろうと思ったのは、妻と子
を亡くした後です」
伴「………？」
深夜「………」
伴「何それ……意味わかんないんだけど。
え、俺も医者になったらよかったってこ

深　夜　と？　冗談じゃないよ、何ひとりで乗り越えた顔してんだよ。気持ち悪いんだよ」

深　夜「……………………僕が医者になろうと思ったのは、多分………復讐のためです」

伴「復讐………？」

深夜「失礼します（と、マロニエ産婦人科に入って行く）」

伴「………」

★一星の家・一星の部屋

焼酎の水割りを作っている鈴。
作って来た夜食をテーブルに置き、隣に一星が座る。

鈴「（手話と声で）寒い日はこれだよね～」

一星「（手話で）出会った日も焼酎だった。吐くほど飲んでた」

鈴「（手で払い）その話やめてよ」

一星「（手話で）でも俺に会えてよかったろ」

鈴「ん～（首を傾げる）」

一星「………！（何だよ、とふくれる）」

鈴「（ふくれっ面に笑い）そうだね。（手話と声で）一星と出会えたから、ゲロ吐いた意味もあったかも」

とでき上がった焼酎の水割りを渡す。
2人、グラスをこつんと合わせ、酒を飲む。

一星「………（手話で）あの男は、鈴に甘えてんだと思う」

鈴「………？？？」

一星「（手話で）取りつく島もない冷たい医者なら、暴れないよ。鈴だから、すがって来るんだ」

鈴「そうなのかな」

一星「（手話で）自分でも、どうやって悲しさを鎮めたらいいのか、わかんなくなってるんだよ」

鈴「…………深夜先生も？」

一星「（手話で）深夜？　深夜は、医者になって立ち直ってるだろ」

鈴「（手話と声で）最近ちょっと変なんだよね。元気ないっていうか」

一星「（そうなんだ、という顔）」

鈴「（手話と声で）深夜先生、奥さんと住んでた家を10年も、そのまんまにしてるんだって」

一星「（へえ〜という顔）…………」

鈴「（手話と声で）深夜先生にもあの人にも、心の遺品整理が必要なのかな」

一星「（手話で）…………俺に任せろ」

鈴「（笑って、手話と声で）え、何を？」

一星「（手話で）俺は最強だから、深夜の遺品整理もするし、今度、あの男が来たら、抱きしめてやる」

鈴「（ジェスチャーしながら）抱きしめんの？」

一星「（手話で）そうだ、深夜のことも、鈴のことも、あの男のことも、全力で抱きしめてやる！　（腕をがばっと開いて）来い！」

鈴「…………キャー（笑）」

そのまま一星に抱きしめられる鈴。
鈴をあやすように、背中をぽんぽんする一星。落ち着く鈴。

鈴「…………今日は添寝してもらおうかな。オプションで腕枕」

一星「（手話で）何？　何か言った？」

鈴「（自分の言ったことが急に恥ずかしくなり一星から離れ）…………何でもない。（頬が熱くなり手であおぐ）もう酔っちゃった……」

一星「……(グラスを両手でつかんで手を冷やす)」
鈴「何してんの?」
一星「(鈴の両頬を、冷えた手で包む)」
鈴「……!」
一星「(ニコッと笑い、頬を包んだまま、鈴にキス)」
鈴「(そのまま身を任せて)」

★マロニエ産婦人科医院・スタッフ控室

入って来る深夜。

ビニール袋から、買って来たものを出す。

大量のサンドイッチやおにぎり、飲み物。

深夜「…………」

食べようと手に取るが、食欲もなく、そのままソファーに寝転がる。ぼんやりと天井を見つめる深夜。

★同・廊下

病棟から戻った夜勤の犬山が通りかかり、その様子を見ている。
犬山「……?」

★(日替わり)朝の海

★マロニエ産婦人科医院・スタッフ控室

麻呂川と犬山が話している。

犬山「佐々木先生、最近様子が変じゃないですか?」

麻呂川「そうだねぇ、あの男が乱入してからかなぁ」

犬　山「さすが院長、気づいてらしたんですか」

麻呂川「ん……」

犬　山「昨日もまたここに泊まったみたいだし。疲れも取れないだろうから院長からも言って下さいよ。これ以上ボーっとされると、そのうち業務に支障が出ますよ」

麻呂川「ふふ、師長優しいね、心配してるんだ」

犬　山「そんなんじゃないですけど」

★同・屋上

深　夜「（ぼんやり、海を見つめている）………」

麻呂川の声「やっほー！」

深　夜「……！　（振り返ると、麻呂川が微笑んでいる）」

麻呂川「今日は風がないから、海も穏やかだね」

深　夜「すみません。こんなとこでサボってて」

麻呂川「いいよ、ここは1分1秒を争う救急病院じゃないから」

深　夜「……」

麻呂川「マロニエが、患者さんにとっていいクリニックでありたいのは当然だけど、わたしはね……ここが、スタッフみんなにとっての帰る場所であって欲しいんだよ」

深　夜「……」

麻呂川「師長はチャーリーをここで産んで、それから働き出したんだけど、チャーリーが暴れてる頃は、よくここに避難して泊まってた。師長にとってはここがシェルターでもあり、実家みたいなもんなんだ」

深　夜「……」

麻呂川「雪宮先生も……裁判抱えて、大学病院にいづらくなって。辛そうだったけど、最近はよく笑うようになったよねぇ。みんなも彼女を頼りにしてるし、今じゃ、なくてはならない存在だ」

深　夜「…………」

麻呂川「佐々木先生も、ここで働きながら、少しずつ進み方を見つけたらいい。家に帰る気がしない日は泊まっていいし、院長んちに来てもいい」

深　夜「それはちょっと、申し訳ないです」

麻呂川「ははは。僕の経験上ね、休んだら、もっと辛くなる場合もあるからさ。変わらず病院にはおいで。何があろうとも、目の前の仕事に全力投球しているうちに、いつか問題は解決して行くもんだ」

深　夜「僕は医者をやっていて、いいんでしょうか」

麻呂川「…………どうだろう。ちなみに僕はワイフに、あんたが医者だなんて信じらんないってよく言われるよ（笑）」

深　夜「…………」

麻呂川「まぁでも佐々木先生は産婦人科、案外向いてると思うけどね」

深　夜「…………」

麻呂川「なんちゃって（笑）は～………午前中のお産は、雪宮先生がやってくれたし、午後から釣り行くかな～（笑）」

★遺品整理の現場・表

ポラリスのトラックが停まっている。

★同・中

手際よく片付けている、一星、春、桃野。

春「（畳を横切って）ん？（と何かに気づき、とんとんと畳を蹴るか、手で叩く）…………（一星の肩を叩き、手話で）ここ何かある」
一星「(手話で) 畳、上げる?」
春「(手話で) 俺の勘、試したい」
一星「(手話で) よっしゃ」
一星と春、チームワークよく、畳を上げる。
桃野「おおお! えええ! 何すんですか!」
畳の下の板を外すと紙袋がいくつもある。
一星・春「(出た!) 出た!」
桃野「何ですか、これ?」
春が袋を取り中を開けると、一万円札がたくさん出て来る。
一星「(手話で) 久しぶりだな、ヘソクリ発掘王」
春「(ガッツポーズ)」
桃野「こここれ、もらえたりしないんですか? ダ、ダメか。でも、でも警察、届けたら、謝礼3パーとかもらえるんじゃ……」
春「もらえるわけねえだろ」
春、粛々と金をお客様ボックスに入れ始める。
呆(ほう)けている桃野の肩を叩く一星。
一星「(手話で) 春は畳の上からでも、金の気配がわかるんだ。こいつは天才なんだ」
桃野「(手話がわからなくて) え? 何と?」
春「俺は天才遺品整理士だって話」
作業に戻る3人。しばし間があって、桃野、2人の肩を叩く。
桃野「……あの、(身振り手振りつきで) 1枚ずつ、もらいませんか?」
一星・春「(ダメだって) ダメだって」
★同・表
夕方、休憩時間に缶ジュースを飲みな

がら話している一星と春。

春「(手話で)今朝さぁ、またうたと喧嘩になってさ」

一星「(手話で)どうせお前が悪いんだろ」

春「(手話で)いや聞いて。つわりがキツイのはわかるけどさ、俺が仕事から帰ったら、汗の臭いでオエッてなってさ。さすがに俺もアレは傷つくなって」

一星「(手話で)お前が悪い」

春「(手話で)俺が悪いの?」

一星「(うなずく)」

春「(手話で)んだよ!」

缶ジュースを飲んで、ちょっと空を見ている一星。

一星「…………………」

春「(手話で)…………鈴先生のストーカーの件でモヤモヤしてんの?」

一星「………!(悩んでたのバレてたか)」

春「(手話で)いやわかるよ、何年のつきあいだと思ってんだよ」

一星「(苦笑し、手話で)あの人………どうしたらいいのかな………?」

春「(手話で)んん………そうだなぁ」

一星「(手話で)因縁を断つのが無理なら、いっそ深められたらいいのかな」

春「は?」

一星「(手話で)鈴とあの人が、ただ普通の会話をできるようになるのがきっと一番いい。何なら一緒に星を見に行けたらいいのに」

春「(手話で)………お前すごいこと言うね」

一星「(手話で)ずっとひとりぼっちで戦うのは、あの人も辛いかも」

春「…………」

その時、静空がひとりで歩いているのが、一星に見える。

一星「………？　(手話で)ごめん、ちょっとタンマ」

と静空のところに行く一星。春も続いていく。

一星「(静空の視界に入り、ヨッと手を上げる)」
静空「あ(手を振る)」
春「………(どこかで見たことがある気がするが、まだ気づかない)」
一星「(手話で)何してるの？」
静空「………？」
春「俺、一星の友達なんだけど、ここで何してんの？」
静空「お父さんが、わたしを捨てたの」
春「は!?」
一星「(手話で)何？」
春「(手話で)父親に捨てられたって」
一星「………！」

★スーパー・店内

仕事終わり、深夜が買い物をしている。相変わらず何でも多めに買ってしまっている。

深夜「…………(戻そうとしてみるが、やはりかごに入れる)」

通路でご機嫌のカネが、愉快なダンスを踊りながら、買い物をしている。

深夜「(不思議そうにカネを見る)」

すると、くらりとしたカネ、そのまま倒れる。

深夜「あ………！　(カネに走り寄る)」

深夜、意識の確認、脈拍、呼吸の確認などをしながら——。

深夜「(呼びかけるように)わかりますか？　頭は痛くないですか？　胸やお腹に痛み

　　　は？　手足で動かしにくいところはありますか？」
カネ「（手話で力なく何か言おうとするが）……
　　　……」
深夜「（わからない）誰か！　救急車呼んで下さい！　救急車！　ＡＥＤも！」
　　　カネ、胸を押さえて意識消失。
　　　深夜、心肺蘇生を始める。

★遺品整理の現場・表

春「（静空に）お父さんに捨てられたって、どういうこと？」
一星「…………」
静空「（驚いた顔の一星と春に）大丈夫。迎えに来るから」
春「誰が？」
静空「お父さん」
春「……お父さんに捨てられたんじゃないの？」
一星「…………」
静空「……お父さんは……」

★静空の回想

　　　◇伴の妻が死んだ大学病院。
　　　伴に手を引かれて、病院に入って行く静空。
伴「…………」
静空「お父さん、ここどこー？」
伴「（静空に）ここで待ってて」
静空「……？」
伴「必ず戻って来るから、ここにいて」
静空「（うなずく）」
　　　伴、病院を出てゆく。

★　　★　　★

夜になって、ポツンとベンチに座っている静空。
迎えに来る伴。

伴「………帰ろうか」

◇鈴の自宅マンションが見える場所。

伴「お父さん、あそこに用事があって行ってくるけど、ここで待ってて」

静空「(うなずく)」

伴「すぐ戻るから」

伴、マンションに入って行く。伴の手から落ちた紙を拾い上げる静空。紙には『雪宮鈴は人殺し』の文字。

★　★　★

時間経過して——
パトカーのサイレンの音が聞こえる。

静空「(心細くなって、しくしく泣き出す)」

伴が息を切らして戻って来る。なぜか伴も泣いている。
植木鉢を投げた後だ。

伴「(静空を抱きしめ)ごめん………ごめんね(と泣きながら、静空を抱きしめる)」

静空「(抱きしめられながら)お父さん…………大丈夫?」

伴「ああ………(自分の涙をぬぐい、静空の涙もぬぐう)」

★遺品整理の現場・表(回想あけ)

静空「お父さんはいつも、わたしを捨てて、迎えに来るの」

一星「(春に手話で)何て………?」

春「(手話で)よくわからん………捨てるけど迎えに来るって言ってる」

一星「………………?」

静空「ねえねえ、またこれ(星の手話)教えて」

一　星「(ジェスチャーで)オッケー!」
その時、一星のスマホがバイブレーション　ョンする。
深夜からのビデオ電話だ。
一　星「(出る。手話で)どうした?」
画面の深夜「(通じないとわかりながら必死で)あ、あの、一星、違ったらごめんなさいなんですが、この方はお身内ですか?」
酸素吸入されているカネが映る。
一星・春「………!?」
画面の深夜「柊さんというお名前で、手話をなさるので、もしかしてと思って」
一　星「(深夜の言っていることがわからずパニック)」
春「(横から顔を出し)一星のばあちゃんです!」
画面の深夜「佐藤さん!　あの、おばあ様、スーパーで倒れられて、今、救急車で海平南病院に向かってます」
春「(通訳)スーパーで倒れて、今、海平南病院に向かってる」
一　星「…………(動揺)」
春「(手話で)残りの作業は俺と桃野で大丈夫だから」
一　星「(春が言い終わらないうちに走り出す)」
春「あ、一星、車使っ………」
と言うが、聞こえないので、アッという間に走り去る一星。
と、戻って来る桃野とすれ違う。
桃　野「およ…?　誰すかこの子」
静空、気づけば春の服の袖をつかんでいて――。
春「…………(静空を見て)っていうか、君、どっかで………」

★道

走る一星。

★一星の回想

両親が死んだ日。

教室で友達と手話で話している高校生の一星。

スマホがバイブレーションする。ビデオ電話だ。

電話の相手「(手話で)一星、お父さんとお母さんが(事故で)………」

一星「…………!!」

★　★　★

道。

走る高校生の一星。

★道

あの時のように走る今の一星。

★海平南病院・ロビー

走って来る一星。誰に聞いていいか迷いつつ、インフォメーションの係に必死に訴えかける。

一星「(手話で)柊カネの孫です！　ばあちゃんはどこですか!?」

案内係「え？　あぁっわたし、手話、できなくて。これに(と紙を探している)」

一星「(焦る。スマホのメモに書こうとする)」

その時、深夜が走って来るのが目に入る。

深夜「一星！」

一星「(駆け寄り、手話で）ばあちゃん、生きてるよな?」
深夜「大丈夫です。(手話で）だいじょうぶ」
一星「(へたばりそうになりながらもホッとする)」
深夜「(そんな一星を支えつつ、ＵＤトークアプリを起動し)急性心筋梗塞でしたが、カテーテル治療をしたのでもう大丈夫です」
一星「(読んで)…………」
深夜「今夜はこのまま集中治療室で様子を見て、明日以降は慎重にリハビリして行くことになります」
一星「(読んで、深夜に深く頭を下げる)」

★同・ＨＣＵ（集中治療室）

入って来る一星。

眠っているカネの横に座り、見つめる。
カネ「(すやすや寝ている)」
一星「…………(カネの寝顔を見つめている)」
一歩下がったところで、一星を見つめている深夜。
一星「…………」
と、後ろから、息切れした鈴が顔を出す。
聞こえないので、一星は気づかない。
鈴「(小さく）どう?」
深夜「大丈夫です。お願いします（と、自分は外に出る)」

★同・廊下

廊下に出て、ドアを閉めようとしてふと病室の中を見る深夜。

★同・ＨＣＵ

張りつめている一星の背中。
静かに近づき、驚かせないように、そっと一星の肩に手を置く鈴。

一星「(振り返る)」
目が合う2人。
一星「…………」
鈴「…………」
一星「(鈴の顔を見て安堵したのか、ポロポロと涙をこぼす)」
鈴「(一星を優しく抱きしめる)」

★同・廊下

深夜「(そっとドアを閉める)」
そして近くのベンチに、ホッとして腰を下ろす。
深夜も疲れている様子。

★同・ＨＣＵ

鈴に抱かれて、号泣している一星。
そんな一星をずっと抱きしめている鈴。

★同・屋上

鈴と深夜。
鈴「深夜先生がスーパーにいるなんて奇跡」
深夜「………いえ。運よくＡＥＤが置いてあってよかったです」
鈴「ありがとうございました」
深夜「………とんでもないです」
小さい間――
鈴「(ふと) わたしにも、何かできること、ない？」

深　夜「え？」

小さい間——

鈴「（急に大きな声で）添寝とかしようか!?」

深　夜「えええ………!?（キョトン）」

鈴「（急に恥）ああ！　ごめんなさい間違えた！　間違えた！　そういう意味じゃなくて………」

深　夜「ど、どういう意味ですか？？？」

鈴「（恥MAX）おあああああ！」

深　夜「おおお、落ち着いて下さい！」

鈴「………その、最近ずっと、元気、なかったから！」

深　夜「え………？」

鈴「（堰を切ったように）深夜先生がご飯多めに買うのも食べてあげるくらいしかできないし！　お産の時にいつも変な顔になっちゃうのも、何かあるんだろうなと思いつつ、何もしてあげられないし！」

深　夜「………」

鈴「だからその………（言い訳しようと饒舌になり）チャーリーが、添寝セラピーは、新しい心理療法として海外でも注目されているとか何とか言ってたし、わたしも一星に抱きしめられると、すごい安心することもあるし、いや違うの、ノロケてるわけじゃなくて、ああ……（疲労して落ち込む）いろいろ間違えた……ごめん忘れて、取り消し……」

深　夜「………（必死過ぎる鈴に思わず笑う）」

鈴「（顔を隠して）笑わないでよ」

深　夜「……鈴先生に添寝してもらえたら、うれしいですよ」

鈴「………いいよ、気遣わなくて」

深　夜「すみません。心配かけてしまって」

鈴「深夜先生だからだよ！　あ～もう失敗。

失敗だ！（笑）」

鈴「おせっかいだよね、ごめんなさい。こういうこと言うタイプじゃなかったんだけどなぁ………」

深夜「………（微笑んで）」

鈴「え？」

深夜「………あの人は僕だなって思って」

深夜「伴さんです。彼を見てると、自分を見てるみたいな気持ちになって」

鈴「………」

深夜「（つい本音を漏らしたのを隠すように）あ、でも、僕が暴れたりせずに済んだのは、鈴先生がいたからです」

鈴「………暴れてもいいのに」

深夜「え？」

★鈴の回想

3話より、大学病院の裏口。
寝台車に乗せられる深夜の妻・彩子の遺体。
茫然としている深夜。
執刀医、助手、その後ろに研修医の鈴、看護師も見送りに出ている。
鈴だけが涙をこぼしている。泣き声をこらえ、手で涙をぬぐっている鈴。
深夜、泣いている鈴を見る。

深夜「………」

そんな深夜を、鈴も見る。

★　★　★

3話より、深夜の自宅アパート。

深夜「（空気を変えるように）ありがとうございます、雪宮先生」

鈴「え？」

深夜「僕の代わりに、また泣いて下さって」

★海平南病院・屋上

鈴「………泣いて叫んで怒っても、いいのに」

深夜「…………」

鈴「…………」

その時、鈴のスマホがバイブレーションする。

鈴「一星？　あ、春さんだ（出る）はい」

春の声「鈴先生。急にごめん、あの実は………今、迷子の女の子と一緒にいるんだけど、その子………」

★どこか

仕事終わりの春が電話している。

春「病院に乱入した男の人の子どもだと思うんだ」

鈴「え？」

春「父親に捨てられたって………でも迎えに来るって言うんだ。俺もよくわからないんだけど、夕方になっても誰も来ないから、交番に届けようと思うんだけど」

鈴「ちょっと待って。わたし、今から行く」

春「え？　いや、鈴先生が来て、またあの男と会ったりしたらまずいから」

鈴「すぐ行くから、そこどこ？」

と駆け出そうとする鈴の手を深夜がつかむ。

深夜「僕も行きます」

★海平南病院・HCU

一星、うとうとしながら見守っている。

カネが、突然、カッと目を開く。

カネ「（点滴の入った手を、少しだけ動かして、手話で）わたしは死んだのか？」

一星「……！　（立ち上がって、カネの顔を見る）ばあちゃん！」

カネ「（手話で）ここはあの世か、お前も死んだのか？」

一星「（手話で）生きてるよ！　心配かけやがって、もう……」

カネ「（状況を理解して思案し、手話で）ホムパ、リスケせねば」

一星「（思わず笑い、手話で）ホムパのリスケは明日にしよう。今日は安静にしてて。鈴に知らせる」

とスマホを出し、廊下に出てビデオ電話をかける一星。

しかし鈴は出ない。

★海沿いの道

走っている鈴と深夜。

★海平南病院・廊下

一星「……？　（何度もかける）」

★海沿いの道

きょろきょろと春を探す鈴。

深夜「その子に会って、どうするんですか？」

鈴「わからない。でも、会わなきゃいけない気がするの」

深夜「……」

向こうから力なく、とぼとぼ歩いて来る伴。

鈴「……！」

深夜「（鈴の前に立って、鈴を庇う）」

鈴と深夜に気づく伴。しばし2人を見

つめた後――。

伴「(寂しく笑って)そんなに身構えないでも……」

深夜「………?」

鈴「………?」

伴「雪宮先生、申し訳ありませんでした。みなさんにも………本当に、ご迷惑をおかけしました」

鈴「え………?」

深夜「………?」

伴、静かに頭を下げる。

やがて、鈴と深夜の横をすり抜けて歩いて行く。

小さくなる伴の背中を黙って見つめる鈴と深夜。

鈴「………どこ行くんだろう」

深夜「え?」

やがて伴は見えなくなる。

なんだかイヤな予感が胸をよぎる鈴。

深夜「鈴先生、行きましょう」

鈴「………おかしい」

深夜「え?」

鈴、突然伴が消えた方向へ踵を返す。

深夜「え!? ちょっと!?」

伴を追って走り出す鈴。

追いかける深夜。

★海平南病院・廊下

一星が鈴にビデオ電話をかけていると、春からビデオ電話がかかって来る。

一星「(手話で)春、ばあちゃん、目が覚めた。心配かけてごめん」

画面の春「(遮り手話で)一星、さっきの女の子、伴の子だ」

一星「………!?」

画面の春「(手話で)鈴先生がこっちに向かうって言ったけど、まだ来ない。電話もつながらないんだ。一星のところに連絡はない?」

一　星「………!!(飛び出して行く)」

★道

走る一星。

★海岸

走る鈴と深夜。二手に分かれて伴を探す。

★道

走る一星。

★海岸

夕暮れになっている。
まっすぐに延びる桟橋を歩いて行く伴。
その先は海。
その姿を見つける鈴。

鈴「………伴さん!!」

必死で走る鈴。
追いついて止めようとするが、伴に振り払われて転倒する鈴。
別方向を探していた深夜も、鈴と伴に気づき、桟橋の方へ。
深夜も追いつき止めようとするが、伴になぎ倒される。

伴「放っておいてくれ、これしかないんだ」

それでも諦めず、伴を引き戻そうとする鈴と深夜。

伴が振るった腕が深夜のみぞおちに当たり、深夜がせき込んで、倒れ込む。

鈴「深夜先生！」

伴「(倒れ込んだ2人を見て)………あなたにひどいことをした、わかってる。だから優しくしないで下さい。歩み寄られたら、耐えられない」

鈴「………」

伴「あなたがいい医者じゃ、困るんです。お願いだから、イヤな人でいて下さい。悪い人でいて下さい………そうじゃないと………」

鈴「伴さん！」

伴「ゴールが、もうないんです（また桟橋の先へ歩き出す)」

鈴「待って！」

鈴、止めようとするが振り払われる。
深夜も鈴も太刀打ちできず、どんどん歩いて行く伴。
万事休すと思った時、

静空の声「お父さ〜ん！」

鈴と深夜が振り返ると、静空を抱いた一星がいる。

静空「(泣き出す) お父さ〜ん」

伴の足が止まる。

鈴「………」

深夜「………」

伴「(涙があふれ、もう前には進めない。その場に崩れ落ちる)」

鈴「………」

深夜「………」

一星「………」

一星、泣いている静空を春に託し、走って来る。
夕陽に照らされた波が、美しく跳ねる。

鈴「………」

深夜「…………」

一直線に駆けて行き、伴のもとへ辿り着く一星。

伴「…………(一星を見上げる)」

一星「…………(そのまま、伴を強く抱きしめる)」

美しい夕陽が、一星と伴、鈴、深夜、そして春と静空を照らしている。

伴「(抱きしめられたまま、泣いている)」

深夜「(泣いている伴を見ている)…………」

一星「…………」

鈴「…………」

第9話

★

たまには自分のために、泣いたり怒ったりしていいんだよ

★8話ラストより

海辺。
静空が「お父さ～ん」と叫び、そして一星が伴を抱きしめる。
美しい夕陽が、一星と伴、鈴、深夜、そして春と静空を照らしている。

伴「(一星に抱きしめられたまま、泣いている)」

深夜「(泣いている伴を見ている)…………」

一星「…………」

鈴「…………」

静空を抱いた春が、鈴たちの方へ歩き出す。
深夜、伴に近づき肩を叩き、その方向を示す。

伴「…………(静空の方を見る)」

伴、立ち上がる。それを支えようと歩み寄る深夜。
しかし、突然……。

深夜「ふぇっくしょえい！！！」
シリアスな空気をぶち壊す、とんでもないくしゃみをかます深夜。

伴「えっ」

一同「…………」

深夜「あ……すみません……」

★銭湯・外観

★同・男湯の湯船

湯船に一星、深夜、春、伴。
冷え切った体を温めている一同。

一星「…………」

深夜「…………」

伴「…………」

なかなか温まりきらない。
震えている深夜、それに申し訳なさそうな伴。

春「何この状況」

伴「（申し訳なさそう）…………」

春「ていうかこの寒さで海に入ったら、死んじゃいますからね普通」

伴「すみません」

深夜「（急に）ビーチボーイズですね！」

春「は………？」

一星「（手話で）何？」

春「（手話で通訳）ビーチボーイズ」

一星「………？」

深夜「あ、すみません。知らないですよね。昔のドラマです」

春「知ってますけど、見たことないですね。すいません」

一星「（知らないという顔）」

深夜「…………（伴を見る）」

伴「すみません、知ってます………すみません………」

深夜「（春に）………僕、今滑りました？」

春「そうですね、それはもうきれいに。ええ」

その時、壁の向こうから静空の声がする。

静空の声「お父さ〜ん」

伴「（思わず）は〜い！」

静空の声「気持ちいい〜？」

伴「気持ちいいよぉ〜！　あ………（申し訳なさそうにする）」

深夜「…………」

春「…………」

伴「すみません」

一星「（何が起こっているかわからず、手話で）

春「何？」
一星「（手話で）あっちから声がした、気持ちいいって」
一星「！　（なぬ!?　と思わず女湯の方を見る）」
伴「あの、ホントに………すみません………」
一星「（伴の肩を叩き、手話で）女湯って覗いたことある？」
伴「え？」
春「女湯覗いたことありますかって」
伴「え!?」
一星「（伴の肩を叩き、催促。手話で）ある？ない？」
伴「（首を振り）いやないです、すみません」
一星「（な〜んだと天井を仰ぎ、また何か思いつき、再び伴の肩を叩き、手話で）じゃあ『喪服でイェイ！』は見たことある？」
伴「あ？　え？」
一星「（手話で）駅弁！」
伴「（ジェスチャーを見て推理）………駅弁？」
一星「（伝わったことに喜んで指差し）そう！」
伴「（正解したらしいことに喜んで）おお！………え、駅弁が何ですか？」
春「（一星を殴り、手話と声で）困らせんなよ」
一星「（顔で春に）いってーな！」

★同・表の道

湯上がり状態の面々がぞろぞろ出て来る。

伴「…………（一体全体どうしたら）」
一星「（伴の肩を叩き、手話で）またな」
伴「え？」
鈴「（伴に通訳）またね、って言ってます」

深夜「…………」
静空「(真似しながら手話と声で）またね～！」
鈴「(手話と声で）またね」
伴「…………」
伴、深く深く、頭を下げる。
やがて顔を上げると、静空の手を引いて、帰って行く。
途中で振り返って、手を振る静空。
手を振り返す鈴と一星。
黙って見ている深夜。そして春。
深夜「…………」
一星「…………」
鈴「…………！（と、くしゃみをする）」
一星・深夜「！」
深夜「湯冷めしちゃいますね、僕らも帰りましょう」
春「(手話と声で）じゃ、お疲れした～」
春と深夜も、それぞれ帰ってゆく。

2人になった途端、一星、突然不機嫌な表情になり、プイッとひとりで、歩いて行ってしまう。
鈴「え？　何？　一星（と呼びかけるが聞こえない）……（走って追いかけ、一星の前に回り込む）ちょっと！」
一星「(ブスッ)」
鈴「(手話と声で）何？」
一星「(手話で）俺、怒ってる」
鈴「え？」
一星「(手話で)何でひとりで静空のところに向かった？」
鈴「あ…………」
一星「(手話で)何で俺を置いてった？　どんだけ心配したと思ってんだ！」
鈴「……（手話と声で）ごめん……」
一星「(手話で）ひとりで突っ走んな！」
鈴「(あまりに一星が怒るので、逆ギレ。手話と声で）じゃ、ほっとけばよかったの!?」

一星「（は？）（手話で）そんなことは言ってないよ」

鈴「（手話と声で）わたしは一星のせいでおせっかいになったんだから！」

一星「（手話で）俺のせい？」

鈴「（手話と声で）そうだよ」

一星「（手話で）何だそれ！（頭をぐしゃぐしゃして座り込み）もおおおお！」

鈴「………（顔を覗き込むため、しゃがみ込む）」

一星「………（手話で）鈴が死んじゃったらって想像したら、すごく怖かった。どれだけ俺が鈴を大事に思ってるか、鈴はぜんぜんわかってないんだ（むすっ）」

鈴「（手話と声で）わかってるよ」

一星「…………」

鈴「（もう一度、手話と声で）ありがとう。来てくれて」

一星「（ため息）………（手話と顔で）あーあ、ムカつく！　惚れた方がいっつも負けだ」

鈴「（笑って立ち上がり、手話と声で）帰ろう。（そのまま一星に手を伸ばすが、またもやくしゃみをする）う～冷えた」

一星「（と、急に立ち上がり、コートの前を広げて、がばっと鈴をいとおしそうに包み込む）」

鈴「あったか～………」

　一星の腕の中にうもれる鈴。
　それから一星を見上げる鈴。

鈴「…………」

一星「…………」

　2人、見つめ合い、微笑み合う。

★東京・深夜の昔の家・表

昔の家の前に立っている深夜。

★同・リビング

10年前で、時が止まっている部屋の中。
家の中をじっと見回す深夜。
亡き妻・彩子との新婚時代の写真が入った写真立てを手に取る。

深　夜「…………(遺品整理をしようと、心に決める)…………」

★(日替わり)
マロニエ産婦人科医院・前

翌朝。
ピンクの特攻服を着たオバサン達を前に、犬山が演説している。マロニエの面々が遠巻きにそれを眺めている。

犬　山「本日をもって、ピンクエンペラーは解散する！」
元ピンクエンペラー達「………!? (動揺)」
元ピンクエンペラー1「なぜですか、総長！」
元ピンクエンペラー2「うちら、まだ総長とてっぺん目指したいっす！」
犬　山「昔のうちらは、このピンクの鎧(よろい)がねえと生きられなかった。だけど、今は違うだろ？」
元ピンクエンペラー達「…………」
犬　山「普通のオバハンとして、胸張って生きていけんだろ？　こんなトップクで絆を確認しなくても、そこらのファミレスで集まれんだろ！」
元ピンクエンペラー1「イヤです、総長！　(泣き出す者あり)」

犬　山「制服を脱げ！　総長、最後の命令だ！」

苦しげにピンクの服を脱ぎ出す面々。

その下から現れたのは、普通のおばさん服だ。

犬　山「今日からあたしは総長じゃない。ただの犬山さんだ。じゃあな」

実にカッコよく特攻服を脱ぎ捨て、マロニエの面々のところにやって来る犬山。

犬　山「お騒がせしました。最後に雪宮先生を守って戦えてよかったです」

別にピンクエンペラーが守ったわけでもないが、一同、そんな気分でうなずく。

蜂須賀「(もらい泣きしている) 師長はカッケーっす」

鈴　「解散しないでもいいのに」

深　夜「もったいない気もします」

犬　山「物事には始まりと終わりがあるからね。さて、仕事戻ります！」

一　同「(なぜかピンクエンペラーのように)うぃっすッ！」

犬山について、鈴、蜂須賀、伊達、外来診察室の方に行く。

2人になる深夜と麻呂川。

麻呂川「みんな変わって行くんだな………」

深　夜「………院長」

麻呂川「ん？」

深　夜「今度、何日かお休み頂きたいんですけど」

麻呂川「(察して)………ああ。もちろんだよ (微笑む)」

★遺品整理のポラリス事務所・中

昼頃。

北斗と桜と服部が昼食を取っている。

深夜が入って来る。
たい焼きの絵の描いてある袋を持っている。おみやげだ。

深夜「こんにちは」

服部「いらっしゃい」

桜「あ、はまやのたい焼きだ（と駆け寄る）」

深夜「差し入れ。みんなで食べて。桜、春休み？」

桜「うん。（深夜から袋を奪い）たい焼きたい焼き〜」

服部「いぇーい！」

たい焼きをテーブルに出して、味を堪能する桜と服部。
北斗、深夜に近づいて――。

北斗「（深夜に）またたくさん買ってぇ」

深夜「………違うんだ。これはもう、彩子の分じゃなくて」

北斗「え………？」

深夜「（しっかり北斗の方を見て）北斗ちゃん。今日はお願いがあって来た」

北斗「深夜、もしかして」

深夜「（ちょっと照れ臭そうにうなずく）」

北斗「（どう言えばよいかわからない気持ちになり、そのまま深夜を抱きしめて、背中をバンバン叩く）」

深夜「ああっ………痛いよ北斗ちゃん。痛い」

北斗「ずっと待ってた」

深夜「うん」

北斗をそっと抱きしめ返す深夜。
そこに帰って来る一星と春。

春「ただいま。（北斗と深夜を見て）え、何？何なの？」

一星「（深夜を見て、手話で）おお深夜！　どした？」

深夜「（一星を見て）…………」

一星「…………？」

★マロニエ産婦人科医院・外来診察室

午後。
鈴がカルテを打ち込んでいる。
深夜が顔を出す。

深夜「鈴先生、ちょっといいですか？」
鈴「うん。なあに？」
深夜「昼休み、ポラリスに行って、東京の家の遺品整理をお願いして来ました」
鈴「………！」
深夜「一星がチーフをやる！　って言ってくれて」
鈴「そうなんだ……いつ？」
深夜「次の土曜日です」
鈴「……それ、わたしも行ってもいい？」
深夜「え？」

★（日替わり）実景

★東京・深夜の昔の家・表

土曜日。
深夜の家の遺品整理の日。
一星、春、桃野、服部、岩田、北斗が勢揃いしている。
深夜の隣に、鈴もいる。

北斗「（涙ぐむ）深夜と彩子と3人でよく飲んだね、ここで……」
深夜「10年も、お願いできなくて……ごめんね」
北斗「謝ることないよ。遺品整理士にとって、やりがいのあるおうちだ。今日は親友特別サービスで全員でやるから、アッという間に終わるよ」

深夜「よろしくお願いします」

一星「(タブレットを見せる)」

『チーフをつとめます、柊一星です。

これから遺品整理を始めさせて頂きます。

ご依頼は、全処分、で間違いございませんか？』

鈴「(深夜を見て) いいの………？」

深夜「(うなずく) すべて、きれいに捨てて下さい」

一星「(うなずき、ポラリスのメンバーを振り返り手話で) 始めます」

一同、一斉に動き出し、家の中に入ってゆく。

深夜「………」

鈴「…………」

★同・玄関

玄関に足を踏み入れる一星、春、桃野、服部、岩田、北斗。

一礼して、上がって行く。

★同・リビング

リビングで作業を始める一星、北斗。それを見ている鈴と深夜。

鈴「北斗さん、わたしも何か………(手伝いたいです)」

一星「(雰囲気で察して、鈴を止め手話で) ここで見てて」

鈴「………」

一星「(手話で) 俺に任せて？」

鈴「(手話で) わかった」

深　夜「…………」

★同・2階の深夜と彩子の寝室

桃野と服部が作業している。
部屋に入って来る鈴と深夜。
クローゼットにあるたくさんのスーツ。

桃　野「こちらも処分いたしますか？」
服　部「まだ着られるものばかりですけど」
深　夜「処分して下さい」
桃　野「(うなずき、リユースの箱にスーツを入れて行く)」
　鈴「…………」
深　夜「…………」

★深夜の回想

◇11年前。都庁全景。
◇都庁の中で働いている深夜。会議室。医師である今とは相当違う雰囲気のスーツ姿。
会議で何か計画を発表している。
◇都庁の廊下。
スマホを見る深夜。妻の彩子からメッセージだ。
はしゃいでいる風なスタンプ。
『5週目だって』
うれし過ぎて動揺し、持っていた資料を全部落とす。

深　夜「ああ～………」

★東京・深夜の昔の家・子ども部屋
(回想あけ)

春と岩田が整理をしている。
2階から戻って来た深夜の前で、ベビーベッドが解体される。

深　夜「…………（じっと見ている）」
鈴　　「…………」
春　　「（間もなく父となるので、深夜の気持ちを思い、複雑）…………」

★深夜の回想

◇自宅。子ども部屋。
悪戦苦闘しながらベビーベッドを組み立てている深夜。仕事から帰って来る彩子。

彩　子「ただいま〜。ウッソ、もう買ったの？」
深　夜「昼休みにデパートで見たら欲しくなっちゃって」
彩　子「リースにしようと思ってたのに」
深　夜「ダメだよ、新品でなきゃ」
彩　子「ホントせっかちだよね、深夜って。相談してよ、こういうの買うなら。まだ生まれるのずっと先なんだからさ」
深　夜「ごめん……でも僕、うれしくて、うれしくて（と、彩子を抱きしめる）」
彩　子「（抱きしめられて）……わたしね、深夜に似た男の子がいいな〜……ちょっとドジで、天然で、でも優しい子」
深　夜「え、ぼく、ドジ？」

★東京・深夜の昔の家・リビング（回想あけ）

一星と北斗が、手際よく整理をしている。

リビングには、結婚式の時の写真や、幸せそうな2ショット写真、深夜・彩子・北斗3人の写真などもある。

それを1つずつ、処分してゆく北斗。

更に、天体望遠鏡を手に取るが、ついに涙腺が決壊。

その場に座り込んで泣く。
そんな北斗の背中を、慰めるようにぽんぽんする一星。

鈴「………(深夜を見る)」

深夜「(鈴の表情に気づき)星を見るのが好きだったのは彩子なんです。彼女の影響で僕も夜空を見るようになって………」

鈴「…………」

★深夜の回想

◇夕方、風情のいい場所を散歩する深夜と彩子。
彩子のお腹は、かなり大きくなっている。
夕暮れに、一番星が見えている。

彩子「一番星見ーつけた！　これ、子どもの頃やらなかった？」

深夜「やった(笑)。学校の帰りとか、まだ明るい空でよく一番星見つけたな。でも最近はぜんぜん見てなかったかも。久しぶり」

彩子「オトナになると、一番星が出る頃はまだ忙しいから、そんなゆとりがないのかな」

深夜「ああ………だから見ないのか、この頃………。子どもの名前は一星にしようか」

彩子「えっ、今、ひらめいたの？」

深夜「前から考えてたけど。この子のこと、どこにいても、一番最初に見つけたいから」

彩子「………深夜ってさ、たまに漫画みたいなこと言うよね。キモイ」

深夜「えっ………キモイ………？」

彩子「うん」

深夜「ごめん………なおす………」

彩子「うそうそ(笑)。そういうとこ好きだよ。あ、蹴った！」

深夜「えっ」

彩　子「赤ちゃん、蹴ったよ！　ほら深夜！」
深　夜「(恐る恐るお腹を触り)あ、蹴った！　彩子、蹴ったよ！」
幸せいっぱいな2人。
深　夜「(彩子とお腹の中の我が子を慈しむように抱きしめる)」

★東京・深夜の昔の家・庭に面したテラス
(回想あけ)

時間経過。テラスに腰かける鈴と深夜。
目の前には、段ボールや処分予定のものが積まれている。
その中には、医学書の山もある。
深　夜「(医学書を見て)……僕が医者になろうと思ったのは、復讐のためでした」
鈴「……？」

★深夜の回想

◇3話より、千代田医科大学付属病院・手術室の前。
堀が、深夜に頭を下げる。一番後ろに鈴もいる。
堀「力及ばず……残念です」
深　夜「(呆然)」
◇3話より、千代田医科大学付属病院・裏口。
寝台車に乗せられる深夜の妻・彩子の遺体。
茫然としている深夜。
執刀医の堀、助手、その後ろに研修医の鈴、看護師も見送りに出ている。
後方にいる鈴だけが涙をこぼしている。
泣き声をこらえ、手で涙をぬぐってい

る鈴。

深夜、泣いている鈴を見る。

胸の名札に『研修医・雪宮鈴』とある。

深　夜「…………」

深夜の声「あの時鈴先生が泣いてくれたから、お医者さん達も、きっと一生懸命だったのだろうな…………と思いました」

★東京・深夜の昔の家・庭に面したテラス（回想あけ）

深　夜「だから、仕方ないことだと頭では理解しつつも…………やっぱり何かミスがあったんじゃないか、病院は何か隠してるんじゃないかと、思ってしまって。僕が医者になれば、彩子と子どもがなぜ死んだのか、真実がわかるかもしれない…………そう考えることが、あの頃の僕の生きる糧でした」

鈴「…………」

深　夜「でも結局、医者になってわかりました。彩子と子どもが死んだのは、誰のせいでもないって」

鈴「…………」

深　夜「伴さんの奥さんもそうだし、彩子と同じ症状で亡くなった妊婦さんを何人も目にしました」

鈴「…………」

深　夜「…………亡くなった患者やその家族のことが、医者にとっても、心の傷になるってことも、知りました」

鈴「あの時…………この無力さ、この悔しさを、何百回も繰り返さないと、一人前の産婦人科医にはなれないのかな、って思ってた。…………今も結局、その気持ちは変わらないけど」

深　夜「…………」

★鈴の回想

あの時の、涙もこぼさず、無表情な深夜。

鈴の声「だから、泣いていないあの時の深夜先生の姿は」

★東京・深夜の昔の家・庭に面したテラス（回想あけ）

鈴「そこだけ、色のない世界みたいになって て、今も忘れられない」

深夜「…………研修医の頃も、マロニエに来てからも、お産の時、おめでとうって、どうしてもちゃんと言えなくて………」

★深夜の回想

◇1話より、マロニエ産婦人科医院・手術室。
帝王切開で、お腹の中から赤ん坊を取り上げる鈴。
やがて、びえ～～～と産声を上げる赤ん坊。

◇1話より、マロニエ産婦人科医院・病室。

鈴「元気な男の子ですよ」

深夜「おめでとうございます！　よかった……
…本当によかった（と言いながら、変な顔になる）」

★東京・深夜の昔の家・庭に面したテラス（回想あけ）

鈴「…………」

深夜「よかったなと思う気持ちと、嫉妬みたいな気持ちがごちゃまぜになってしまって

鈴　「……」

深夜「それで、変な顔に……？」

鈴　「最低です。僕はいつも自分の気持ちばかりで……やっぱり、医者になんてならない方がよかったのかなって」

深夜「わたしは深夜先生に出会えてよかったと思ってるよ」

鈴　「……？」

深夜「深夜先生に泣いてくれてありがとうって言われて、あなたみたいな医者になりたいと思ってマロニエに来た！　って言われて、わたしはわたしを認めることができたもん」

鈴　「……」

深夜「ていうか、深夜先生は、いっつも人のことばっかりじゃん。たまには自分のために、泣いたり怒ったりしていいんだよ」

深夜「……」

一星がやって来る。

一星「(手話で）終了しました」

★同・リビング

鈴と深夜が入って来る。
ものがすっかりなくなって、ガランとした部屋になっている。
気づけば夕方だ。

深夜「……」

鈴　「……」

一星、春、桃野、服部、岩田、北斗が整列している。

深夜「北斗ちゃん、みなさん……ありがとうございました。(一星に向かって手話で）ありがとう」

ポラリスのメンバー、帽子を取って一礼し、出て行く。

北斗も深夜にグーパンチをして出てゆく。
鈴、深夜のもとに、なぜか一星だけが残る。

深夜「…………？」
一星『（タブレットを見せる）すべて処分とのことでしたが、これだけご確認下さい（とお客様ボックスを差し出す）』
深夜「何ですか……？」
鈴「…………」
一星『（タブレットで）いらないとお思いでしたら、こちらで処分します』
深夜「…………（少し考えて中を見る）…………」
中には、大・中のスニーカーと、赤ちゃん用の靴が入っている。
カードもある。
鈴「スニーカーだ」

深夜「…………（取り出す）…………」
一星「…………」
深夜「（カードを見る）」
『結婚記念日おめでとう！　深夜が欲しがってたスニーカー。お揃いで買いました。３人分。一星はまだ生まれてなくて気が早いけど、これをはいて、３人でいろんなところに出かけようね』
深夜「（つぶやくように）出産予定日の次の日が結婚記念日だったんです……」
鈴「…………」
一星「…………」
深夜「こんなの、こっそり用意してたんだ……」
３人分のスニーカーを胸に抱き、静かに泣き出す深夜。
鈴「…………！」
一星「…………！」

ずっと泣くことのできなかった深夜が泣く。

深　夜「どうして………？　もっと一緒にいたかったのに………どうして、どうしてどうして………？」

次第に号泣となる深夜。
深夜の背中に、寄り添う鈴、そして一星。

深　夜「息子を抱いて、3人で、この靴をはいて、歩きたかった………！」

涙を流し続ける深夜。

★遺品整理のポラリスのトラックの中

信号で停止する。運転席に春。助手席に北斗。
他のメンバーはもう1台のトラックのようだ。

北　斗「鈴先生と一星と深夜は、太陽と月と地球みたいなもんだな」

春「は………？」

北　斗「一列に並んだり、陰になったり、欠けたり満ちたりしながら、3つはずっと回り続けてる」

春「確かに………何か不思議な3人ですよね」

北　斗「ああいう関係は、恋とか愛とか、単純な名前はつけられないね」

信号が変わり、走り出すトラック。
海街を駆ける。

★東京・深夜の昔の家・庭に面したテラス

夜が更けている。
泣き疲れて放心し、ボーっと星空を見上げている深夜。

その横に、鈴が来て、深夜の手を握る。
逆側に一星が来て、深夜の反対の手を握る。
深夜を真ん中に、３人が手をつないでつながっている。

深　夜「………」
一　星「………」
鈴「………」

★（日替わり）実景・空

★マロニエ産婦人科医院・屋上

翌日。
鈴と深夜が話している。

深　夜「マロニエを辞めようと思うんです」
鈴「え～っ！　どうして？」
深　夜「鈴先生みたいな医者になりたいから。僕は自分のために医者になったけど、これからは患者さんのためにちゃんと働きたいので」
鈴「え～………よくわかんない」
深　夜「………鈴先生を尊敬しているから、鈴先生から離れないと。卒業しないと一人前になれないので」
鈴「何それ、わたしが邪魔してるみたいじゃん」
深　夜「（慌てて）そういう意味じゃないですよ」
鈴「わかってるよ（笑）」
深　夜「すみません」
鈴「わたしの方こそ………ありがと」
深　夜「え？」
鈴「辛い時、いつも深夜先生が、何も言わずに傍にいてくれたから」

★鈴の回想

◇SNSの誹謗中傷を見た時
◇ガラスが割られた時
◇伴が暴れている時

★マロニエ産婦人科医院・屋上
（回想あけ）

鈴「どこの病院に行くのか知らないけど、遠くにいても、傍にいて」
深夜「はい」
鈴「わたしも、深夜先生が辛い時は、飛んで行くから」
深夜「はい」
微笑み合う2人。
目の前の海もキラキラ輝いて、2人を見守っている。

鈴「あ〜行っちゃう前に、深夜先生の魚料理もっかい食べたいな〜」
深夜「院長がいいお魚釣ってくれたら、作りますよ！　今ならカサゴとかクロダイかな」
鈴「刺身も食べたいし、唐揚げも食べたいし、前作ってくれた素揚げみたいなのも食べたい」
深夜「みんなを呼んでパーティーでもしますかね」
と、犬山が屋上の入り口から叫ぶ。
犬山「先生達！　岡崎さん、子宮口7センチです！」
鈴「すぐ行きまーす！（と走って犬山の方へ向かい、振り返る）ほら深夜先生行くよ」
深夜「はい、はい、はい！」
走って屋上を出てゆく鈴と深夜。

笑いながら、忙しい日常に戻ってゆく。

★屋台

その夜。
一星と深夜が並んでスマホを打っている。

一星『(メッセージアプリで) どっか行くって、どこ行くの? 孤島とか?』
深夜『(メッセージアプリで) 今、募集があるのが、北の果てか南の果てなんです』
一星『(メッセージアプリで) 遊びに行くなら、南がいいな』
深夜『(メッセージアプリで) じゃ南優先で考えてみます』
一星『(メッセージアプリで) てか敬語やめろよ。俺より20コも上なんだから』
深夜『(メッセージアプリで) ウイッス』

一星、えっ……という顔で深夜を見る。

一星『(メッセージアプリで) チャーリーの真似? 似合わな』
深夜「え……(しょんぼりしてスマホを置き、日本酒を自分で注ぎ) もういいよ、ひとりで飲むよ……」
一星「(深夜の日本酒を取り上げ、自分の盃(さかずき)に注ぎ、手話で) 俺は深夜のこと、好きだよ」
深夜「(手話と声で) 僕もだよ」

おちょこを合わせて乾杯する一星と深夜。
一星、お酒を飲みながらふと空を見上げる。星が美しい。

★マロニエ産婦人科医院・玄関

仕事が終わって、出て来る鈴。

ふと空を見上げる。
空には美しく、星が輝いている。

★道・星降る夜

帰って行く鈴。
星を見上げ、一星との出逢いを思い返す。

★　★　★

◇1話より、夜のキャンプ場。
満天の星が、湖面にも映っている。
桟橋の上での、2人の出逢い。

★　★　★

ふと鈴のスマホがバイブレーションする。
立ち止まりスマホを取り出す鈴。一星からだ。

一星『(メッセージアプリで)君と初めて出会ったのは、星降る夜のことだった』
鈴、ちょっと吹き出して返信。

鈴『(メッセージアプリで)何で急にエモい感じ? 笑』
『(メッセージアプリで)でも、わたしも今、星見て思い出してた』

★　★　★

◇1話より、キャンプ場。
どんどんシャッターを切る一星。そのまま鈴にキス。
◇1話より、海星ヶ浜の堤防。
鈴「(手話で)お前のキス、大したことなかったけどな」
一星「(ドヤ顔の鈴の顔を見て)…………(思わずぷっと笑う)」

★　★　★

一星から返信が来る。

一星『(メッセージアプリで) そいえば前に2人で見た映画、続編発表されたよ』
鈴『(メッセージアプリで) 見たい!』

★　★　★

◇2話より、映画館の中。
並んでゾンビ映画を見ている鈴と一星。
鈴・一星「(笑っている)」

◇3話より、一星の部屋。
風邪を引いて嫉妬して、鈴のゼリーを無理やり食べる一星。

◇3話より、海沿いの道。
朝陽の中、踊っている2人。

◇4話より、道。
鈴にネックレスをプレゼントし、つけてあげる一星。

★　★　★

鈴、今日もしているそのネックレスに手を触れて――。
と、また一星からメッセージ。
一星『(メッセージアプリで) 1つだけ、言いたいことがある』
鈴『(メッセージアプリで) 何?』

★　★　★

◇5話より、鈴の自宅マンション・ベランダ。
一星「…………(手話で) 鈴好きだ」
鈴「(手話で) 知ってる」

◇5話より、鈴の自宅マンション・玄関。
一星「(手話で) 俺じゃ、鈴を、守れない…………! (飛び出して行く)」
鈴「一星!!!」

◇6話より、一星の部屋。
一星「(ニヤニヤ見ている)」
鈴「(ムッとして、横を向くと)」
一星「(ギュッと、鈴を抱き寄せる)」
◇7話より、レストラン。
一星「(立ち上がって、鈴の耳をふさぐ)」
鈴「………?」
一星「(手話で)そんな言葉、聞かなくていい」

★　★　★

一星からメッセージが届く。
一星『(メッセージアプリで)鈴が冷蔵庫に入れてたプリン、食べちゃった』
一星『(メッセージアプリで、ごめんのスタンプ)』
返信を打ち込む鈴。
鈴『(メッセージアプリで)許さない』
一星『(メッセージアプリで、ぴえんのスタンプ)』
鈴『(メッセージアプリで)今どこ?』

★　★　★

◇1話より、斎場つき火葬場・屋上。
肩を震わせて泣く鈴。
そんな鈴にしばし寄り添う一星。
◇8話より、HCU(準集中治療室)。
ポロポロと涙をこぼす一星。
一星を優しく抱きしめる鈴。

★踏切・星降る夜

歩いていた鈴、やがて、踏切に来る。踏切の警報音が鳴る。

鈴「…………」
スマホを取り出し、一星にメッセージを送る。
鈴『(メッセージアプリで)会いたい』
鈴『(メッセージアプリで)一星に会いたい』
なぜか、既読がつかない。ため息をつく鈴。
ふと顔を上げる鈴。
鈴「…………!」
向こう側にいる一星が見える。
鈴「…………」
一星「…………」
電車が通過する。

★鈴と一星の回想
2話より。
同じ踏切で雪の降る夜。

一星「(手話で)雪宮鈴」
電車が去り、一星が見える。
一星「(ゆっくりと手話で)雪」
鈴「雪」
一星「(手話で)宮」
鈴「宮」
一星「(手話で)鈴」
鈴「鈴」
一星「(手話で)好き」
鈴「…………」
一星「(もう一度手話で)雪宮鈴、好きだ」

★踏切・星降る夜(回想あけ)
電車が通り過ぎる。一星が見える。
一星、微笑み、まっすぐに鈴を見て手を動かす。
一星「(手話で)雪宮鈴」

鈴「…………」

一星「(手話で)愛してる」

鈴もまた、まっすぐに一星を見て手を動かす。

鈴「(手話で)わたしも一星を愛してる」

踏切が開く。

今度は鈴が全力で一星に駆け寄り、がばっと、お互いを抱きしめ合う。

体を離し、見つめ合う2人。

愛しい表情を浮かべている。

感情をあふれさせる鈴。かつてとは違っている。

2人、そのまま顔を近づけて、深く深く、キス。

2人の周りに、星が降り注ぐ。

輝く星の中、キスをする2人。

★実景

季節がめぐっている。

★青森・津軽庄司クリニック市民病院・全景

★同・廊下

深夜が颯爽と走って行く。

その風情をステキという目で見るナースや患者もいる。

と思いきや、足がもつれてそのまま転び、持っていた資料を派手にぶちまける。

深夜「あああああああ」

青森の師長「(青森弁で)足長過ぎんだな、んだか

深　夜「は、はは」

　　ら、もつれんだべな」

　　未だにややドジな一面の残る深夜。

★同・手術室

　　緊急の帝王切開に臨んでいる深夜。
　　見違えるほど腕を上げ、頼もしくなっている。

深　夜「羊水吸引。胎児娩出します」

★同・病棟

　　麻酔から覚めた母親のもとに深夜が赤ん坊を抱いて現れる。

深　夜「元気な女の子です。ほ〜らママでちゅよ〜」

　　感動している母親。

母　親「先生ありがとうございます」

深　夜「……おめでとうございます！」

　　その表情は、以前の変な顔ではなく、心からうれしそうで、そして幸せそうな笑顔だ――。

★マロニエ産婦人科医院・外観

★同・外来診察室

　　うたが１カ月健診に来ている。
　　赤ん坊を抱いているのは春。

鈴　「ババババババ〜、ご機嫌ですね〜。イェイイェイイウォウウォウ？」

春　「変なこと教えないで下さいよ、先生。夜泣きもしないし、ホントいい子なんですよ。ね〜秋〜」

うた「泣いても春が起きないだけでしょ」
春「え〜………」
鈴「一星も一度寝たら絶対起きない。小さい子みたい」
うた「あ、ノロケだ」
鈴「え、やば」
春「幸せそうですね、鈴先生も（笑）」
鈴「春さんちほどじゃないけどね」
うた「一星さんは、熱く愛を語るらしいですね。羨ましいな〜」
春「手話だと照れずに言えるんだよ」
鈴「それはある（笑）」
春「（笑）」

犬山が入って来る。

犬山「すいませ〜ん、先生、まただいぶ時間がオーバーしてますけども………」
鈴「ごめんごめん」
春「すいません」
犬山「今日ひときわ混んでるもんで、よろしくで〜す」

★同・スタッフ控室

昼食を食べている犬山と、スマホに集中している蜂須賀。
伊達の赤ん坊の世話をしている麻呂川。

伊達「（入って来て）すみません、院長」
麻呂川「いいよいいよ。旦那さんも忙しそうだもんね」
伊達「ネットで連載した添寝士が転生するラノベが、当たっちゃって、ドラマ化も決まって、いろんな仕事が舞い込んで来て、もう大変で！」
犬山「それは、うれしい悲鳴？」
伊達「ハイッ、彼の夢はわたしの夢だし、この子の夢なので」

鈴が入って来る。

鈴　「う〜お腹すいた〜（伸びをする）」

麻呂川　「ご苦労さん」

蜂須賀　「（スマホを見て突如叫ぶ）予約、取れた！！！！　え、やば、今月忙し過ぎる、遠征せねば」

一同　「………？」

蜂須賀　「鈴先生、今度の日曜空いてます？　推しのミュージカル、キャン待ちでS席2席取れたんですけど、行きませんか？」

鈴　「ウッソ、マジ行っていいの？」

蜂須賀　「福岡に遠征ですけどね。オペラグラス必須ですよ。あ、それと終わった後3時間解説するので、その時間も空けといて下さい。これを機に沼に引きずり込みますから」

鈴　「コワ」

一同　「（笑）」

★遺品整理のポラリス事務所・中

一星、春、桃野、服部、岩田、北斗がいる。

春が紐を引っ張ると、くす玉が割れ、『山平支店開店決定！　祝・岩田店長』の垂れ幕が落ちる。

一同、拍手。一星、UDトークアプリを見つつ。

服部　「寂しいです。岩田さんがいなくなるなんて」

北斗　「あれ、服部さんも山平支店へ異動だよ？　言ってなかったっけ？」

服部　「え〜！」

北斗　「それから………（春を示して）じゃじゃーん。今月から春がチーフに昇格しました〜」

岩　田「しっかりやれよ〜春〜！」
春「岩田さ〜ん（と抱き着く）」
そこに、桜が帰って来る。
桜「ただいま〜！　そういや報告なんだけど（手話と声で）わたし彼氏できたから」
一　同「………！」
チャーリー、いつになく慎ましく入って来る。
桜、チャーリーを見て、いつになくもじもじしている。
桜・チャーリー「（声を揃えて）イェイイェイウォウウォウ」
一　同「（唖然）」
北　斗「お前かよ、桜の彼氏」
チャーリー「よろしくお願いしますお義母さん」
北　斗「お前かよ！！！」

★（日替わり）手話教室

鈴、北斗、それに桃野が生徒に加わっている。
橋　本「（手話で）今日から後期の授業を始めます。新しいメンバーが増えました（と桃野をうながす）」
桃　野「よろしくお願いします！」
橋　本「（ホワイトボードに書かれている『教室内での音声会話は禁止です』を指差し、桃野に伝える）」
桃　野「（ハッ………どうしよう………）」
北　斗「（手話で）こいつは桃野です。わたしと彼は、遺品整理士です」
橋　本「（驚く顔）」
北　斗「（手話で）弊社では空き家清掃やリサイクルのご相談も承っております。最近は生前整理のご依頼も多く……」

鈴 「(北斗を止めるため、手振りで北斗さん北斗さん!)」

北斗 「(ハッとして席に戻りつつ鈴に)あ、ごめん、ついつい営業を」

橋本 「(手話で)えっと……もういいですか?」

北斗 「(なぜか敬礼)」

橋本 「(笑って手話で)ではみなさん、今日のテーマは海外旅行です!」

★(日替わり)どこかの道

釣り道具を背負って歩いている麻呂川。
と、シャンパンのボトルを抱いたカネと、ババ友とすれ違う。
ピクニックをするらしい。
カネとババ友、ルンルンルンルン、にこにこ楽しそう。

麻呂川 「(カネとババ友を見る)」

カネ 「(シャンパンのボトルを見せ、あんたも来るか? と誘う)」

ババ友 「(も、ジェスチャーで誘う)」

麻呂川 「(つぶやく)え何? もしかして僕、ナンパされてる? (と歓喜)」

そのままうれしげにカネとババ友に拉致されていく麻呂川。

★(日替わり)東京の映画館・入り口

日曜日。
『ゾンビ・ハンサム・ヘブン』の続編映画が公開されている。
はしゃいで入って行く鈴と一星。

★同・客席

映画を見ながら、手話で話している鈴と一星。

鈴「(手話で)う〜わ、ごめんわたし犯人わかっちゃった、言っていい?」
一星「(ゴーグルを外し、手話で)言うな。楽しく見てんだから」
鈴「(手話で)これ恋人がゾンビなんだよ、さっき火怖がってたから」
一星「(手話で)言うなって! 映画館では静かにしろよ!」
鈴「(手話で)静かじゃん!」

★スーパー

夕飯の買い出しをしている鈴と一星。

一星「(片手手話で)鈴の考察、ぜんぜん当たんなかったな」
鈴「(手話で)恋人、絶対ゾンビだと思ったわ」
一星「(手話で)恋愛映画だって言っただろ」
鈴「(手話で)で、今日のご飯は?」
一星「(手話で)今日は肉の日だから〜」

と肉コーナーで、肉に手を伸ばすと、割引シールを貼っている店員の手と、一星の手が触れ合う。

伴「あ、すみませ………あ!」
一星「(あ!)」
鈴「………!」

微妙に気まずい空気が流れる。
と、そこに静空がやって来て、伴に抱き着く。ランドセル姿だ。

静空「お父さんただいま〜!………あ! 鈴、一星!」

伴「………（2人に頭を下げる）」

一星「（手話で）久しぶり。（ランドセルをさし、手話で）似合うじゃん」

静空「（褒められているのはわかり）ふふふ～」

鈴「（伴に）こちらで働かれてるんですか？」

伴「は………先月から………はい………」

と、伴、どうしていいかわからず、沈黙したのち、お肉に割引シールを貼って、そっと鈴に渡す。

鈴「（思わず少し笑う）」

伴「あ、すみません…………」

鈴「いえ。………また来ます」

伴「え？」

鈴「（一星の肩を叩き、手話で）行くよ」

鈴と一星、その場を去ってゆく。

伴、2人に手を振る静空をそっと抱き、憑き物が落ちたような穏やかな表情で、鈴と一星を見送る。

★（日替わり）鈴と一星の新居・リビング

朝。

キッチンの流しにかわいい色違いの2つのマグカップ、2枚の皿、2膳の箸などがある。カラフルな色のオーブントースター、ミキサーなど、かわいい家電も並んでいる。

リビングには、一星が撮った風景写真が数々飾られており、その中には出会った日に撮った鈴の写真もある。

鈴の母の遺品の中にあった熊のぬいぐるみがソファーの上にひっくりかえっている。

乾燥機から出したばかりの洗濯物も、そのまま山と積んである。共働きで忙しい様子。

２人の釣り竿が並んで、壁に吊ってある。

★同・風呂場〜洗面所

朝風呂に入った一星が髪を乾かしている。

鈴が歯ブラシをくわえて来る。

鈴「（手話で）またつけてない、お風呂出たら換気扇つけてよね！」

一星「（構わず髪を乾かしている）」

鈴「（肩を叩き手話で）換気扇つけろ」

一星「（手話で）聞こえないから無理」

鈴「（手話で）それ関係ないでしょ！　あそれと、昨夜、わたしのアイス食べたでしょ。今朝食べようと思ったのに」

一星「（肩をすくめる）」

と、ピンポーンとベルが鳴る。ろう者用の光も点灯する。

★同・ＬＤＫ

戻って来た鈴が、宅配便を開けている。

一星も来て、鈴の肩に顎を乗せる。

一星「（手話で）何だ？」

鈴「（手話で）深夜先生から荷物届いた！（声で）何だろ………（中を見て）イカ！こんなにたくさん！」

手紙が出て来る。

『青森湾で僕が釣ったイカです。釣ってすぐそばつゆに漬けた沖漬け。漁師さんに教えてもらった食べ方です。ちょっとあぶると、めっちゃ美味しいです。深夜』

一星「（手話で）うまそ〜」

鈴「（手話で）わたし、さばけないよ。スミ噴いたら困るし」

一星「(手話で)俺がやる。ばあちゃんとこにも半分持ってこう」

鈴「(手話で)てかイカ臭いよ~。深夜先生、青森ならリンゴとかにして欲しかった~(時計を見て)ヤバ、もうこんな時間」

と急いで、イカを冷凍庫にしまう鈴。

いっぱいの冷凍庫に、無理矢理イカを押し込む。

一星、慌てて着替える。

鈴「(手話で)出かけるよ」

一星「(うなずく)」

鈴「あ~もう遅刻しちゃう」

慌ただしく出て行く鈴と一星。

★海沿いの道

キラキラ光る海沿いの道を足早に歩く鈴と一星。

やがて、別れ道になり――。

一星「(手話で)行って来ます!」

鈴「(手話と声で)行って来ます!」

と逆方向の道に、別々に歩いて行く2人。

画面の中から消える。

しばしの間。

画面の中に早足で戻って来て、キスする2人。

Cast

雪宮 鈴 …………………… 吉高由里子
柊 一星 …………………… 北村匠海

佐藤 春 …………………… 千葉雄大
犬山鶴子 ………………… 猫背 椿
蜂須賀志信 ……………… 長井 短
伊達麻里奈 ……………… 中村里帆
北斗 桜 …………………… 吉柳咲良
チャーリー（犬山正憲）…… 駒木根葵汰
桃野拓郎 ………………… 若林拓也
服部洋美 ………………… 宮澤美保
岩田源吾 ………………… ドロンズ石本
柊 カネ …………………… 五十嵐由美子
橋本英雄 ………………… 寺澤英弥
・
麻呂川三平 ……………… 光石 研
・
北斗千明 ………………… 水野美紀

佐々木深夜 ……………… ディーン・フジオカ

脚本 ……………………………… 大石 静
音楽 ……………………………… 得田真裕
ゼネラルプロデューサー …… 服部宣之（テレビ朝日）
プロデューサー ……………… 貴島彩理（テレビ朝日）、本郷達也（MMJ）
監督 ……………………………… 深川栄洋、山本大輔
制作 ……………………………… テレビ朝日 MMJ

ブックデザイン ……………… 小口翔平＋須貝美咲（tobufune）
DTP ……………………………… 有限会社 美創

著者紹介

大石 静（おおいし・しずか）

東京生まれ。脚本家。1997年にNHK連続TV小説『ふたりっ子』で向田邦子賞と橋田賞を受賞。脚本作品に大河ドラマ『功名が辻』、『セカンドバージン』『家売るオンナ』『大恋愛～僕を忘れる君と』『和田家の男たち』など多数。

星降る夜に シナリオブック

2023年3月15日　第1刷発行

著　者　　大石 静
発行人　　見城 徹
編集人　　菊地朱雅子
編集者　　松本あおい
発行所　　株式会社 幻冬舎
〒151-0051 東京都渋谷区千駄ヶ谷4-9-7
電話　03(5411)6211(編集)
03(5411)6222(営業)
公式HP:https://www.gentosha.co.jp/
印刷・製本所　株式会社 光邦

検印廃止

ISBN978-4-344-04093-9　C0095

この本に関するご意見・ご感想は、
下記アンケートフォームからお寄せください。
https://www.gentosha.co.jp/e/